IC691013

Durbridge-Edition Band Nr. 12

Francis Durbridge
# Die Anhalterin

(The Passenger)

Kriminalroman

aus dem Englischen übersetzt von
**Dr. Georg Pagitz**

mit einem Vor- und Nachwort des Übersetzers

– Williams & Whiting –

## Von Francis Durbridge
### sind bereits bei Williams & Whiting erschienen
### (Bandnummer in Klammer):

Die gelbe Windmühle (5)
Mitten ins Herz / Der Mann, der das Quiz gewann / Paul Temple
und die vorsichtige Miss Helvin (6)
Paul Temple muss her! (3)
Paul Temple und der Fall Valentine (8)
Paul Temple und der Fall Dr. Belasco (10)
Paul Temple und die Marquis-Morde (11)
Schöne Grüße von Mister Brix (4)
Schritt ins Dunkel (2)
Sie wussten zu viel / Das Gesicht der Carol West (7)
Stichtag für Harry / Paul Temple und der vorausgesagte Mord (1)
Zwei Fälle für Paul Temple: McRoy / Westfield (9)

Coverdesign: Timo Schröder

ISBN 9781915887115

Williams & Whiting (Publishers)
15 Chestnut Grove, Hurstpierpoint,
West Sussex, BN6 9SS, England

# Inhalt

Vorwort 7

Die Anhalterin 11
    Kapitel 1 15
    Kapitel 2 83
    Kapitel 3 145

Nachwort 229

Interview mit Regisseur Michael Ferguson 253

Weitere Durbridge-Bücher
bei Williams & Whiting 259

# Vorwort
von Dr. Georg Pagitz

Mit *Die Anhalterin* erscheint bei Williams & Whiting ein weiterer Kriminalroman von Francis Durbridge (1912–1998) erstmals auf Deutsch, der bisher nicht übersetzt wurde.

Das Werk stammt aus der späten Romanphase des Autors, der sich ab Anfang der 1970er-Jahre vermehrt auf das Theater konzentrierte und seine Arbeit für das Fernsehen stark reduzierte. Wie fast alle Romane des britischen Schriftstellers basiert auch das vorliegende Buch auf dem Drehbuch für einen seiner Radio- bzw. Fernsehmehrteiler.

*The Passenger*, ein Dreiteiler, der 1971 in der BBC lief, bildet die Grundlage für *Die Anhalterin*. Dieser Krimi mit Peter Barkworth in der Titelrolle entstand unter der Regie von Michael Ferguson und war in England ein großer Publikumserfolg. 1974 entstand eine französische Version unter dem Titel *La passagère*, die in neunzehn rund zwölfminütigen Häppchen die gleiche Geschichte erzählte und die Handlung nach Frankreich verlagerte.

Die Story zu *Die Anhalterin* entstand allerdings bereits Ende der 1960er-Jahre. Eine erste Fassung des Drehbuchs trug den Titel *Stupid Like a Fox* (also ›Dumm wie ein Fuchs‹) und wurde von Durbridge dem WDR als potentielle Grundlage für einen neuen deutschen Straßenfeger vorgelegt. Die damalige Fernsehspielabteilung lehnte das Buch jedoch ab. Durbridge überarbeitete es, aber der Chef der zuständigen Redaktion konnte davon nicht überzeugt werden. Zwar kündigten deutsche Zeitschriften bereits an, dass der Regisseur Rolf von Sydow an einem neuen Krimi namens *Dumm wie ein Fuchs* arbeitete, allerdings wurden die Planungen verworfen und der WDR bestand darauf, dass Durbridge das in der

BRD bis dato nicht verfilmte dritte Tim-Frazer-Abenteuer umschrieb. Daraus wurde schließlich *The Knife/Das Messer*, mit sensationellem Erfolg im November/Dezember 1971 mit Weltstar Hardy Krüger in der Titelrolle ausgestrahlt.

Unter dem neuen Titel *The Lipstick Murder* fand das ursprüngliche Drehbuch *Stupid Like a Fox* doch Verwendung und so starteten im Frühling 1971 die Dreharbeiten zur Verfilmung. Letztlich erhielt der Dreiteiler den Titel *The Passenger* (etwa: ›Die Beifahrerin‹ oder ›Die Mitfahrerin‹). 1983 wurde diese BBC-Produktion synchronisiert und lief als *Die Spur mit dem Lippenstift* im September 1983 im Fernsehen.

Mittlerweile dürfte hinlänglich bekannt sein, dass Francis Durbridge kein beschreibender Erzähler war, sondern dass sein Talent im Erfinden eines starken Plots, dem Abfassen pfiffiger Dialoge und dem Einbinden geschickter Drehungen, Wendungen und Cliffhangern war. Die Romanfassungen seiner Hörspiele oder Fernsehmehrteiler waren für ihn immer nur ein lukratives Nebenprodukt, mit dem er wohl als einer der ersten einen Trend setzte. Aus der Not heraus, dass es damals keine Möglichkeit für das Publikum gab, Episoden aufzuzeichnen, wenn man sie verpasste, schuf er das »Buch zum Hörspiel« bzw. das »Buch zur Serie«. In all den Jahren hatte er allzu viele Anfragen verzweifelter Fans erhalten, die die eine oder andere Radio- oder Fernsehepisode verpasst hatten und deren Inhalt wissen wollten. So kam es, dass die Drehbücher in Romane umgewandelt wurden, damit man nachlesen konnte, was man nicht gehört oder gesehen hatte. Da der Autor selbst einer der beschäftigsten Schriftsteller jener Zeit war und gleichzeitig für viele Medien arbeitete (Radio, Fernsehen, Theater, Film, hinzu kamen Paul-Temple-Comics und kurze Fortsetzungsromane für Zeitschriften), konnte er sich mit den Romanfassungen seiner Werke gar nicht lange aufhalten. Deshalb wurden diese von verschiedenen Ghostwritern (darunter Charles Hatton und Douglas Rutherford) verfasst.

Es ist nicht ganz klar, wer die Romanfassung von *Die Anhalterin* schrieb (am wahrscheinlichsten war es Douglas Rutherford), aber wer es auch immer war, er hielt sich Szene für Szene und Wort für Wort an das Drehbuch von Francis Durbridge und ergänzte es an vielen Stellen nur um die für einen Roman notwendigen Beschreibungen und Floskeln. Selbst die Anzahl der Kapitel gleicht jener der Fernsehepisoden (es sind nur drei!) und jeder einzelne Textblock entspricht einer Szene in der Verfilmung des Drehbuchs.

Der Roman erschien fünfeinhalb Jahre nach der Ausstrahlung des Mehrteilers, im Februar 1977 bei Durbridges Hausverlag Hodder & Stoughton. Übersetzt wurde das Buch bisher ins Polnische (*Nieznajoma,* wörtlich ›Die Fremde‹), Dänische (*Passageren*) und Norwegische (*Passasjeren*).

Die Leserschaft wird in *Die Anhalterin* einen gemäßigten Durbridge vorfinden, der in den 1970ern angekommen ist und nicht mehr die Actionlastigkeit der Paul-Temple-Abenteuer benötigt, um Spannung zu erzeugen. Schussattentate auf die Protagonisten in Telefonzellen, Verfolgungsjagden und Abdrängversuche über Brücken oder brennende Häuser sind nun passé. Diese Sequenzen wären im Fernsehen natürlich auch viel teurer und aufwendiger umzusetzen gewesen, als im Radio. Die subtile Spannung und die Überraschungsmomente manifestieren sich in *Die Anhalterin* vielmehr in den Drehungen und Wendungen dialogischer Natur und in alltäglichen, aber geheimnisvollen Gegenständen wie einem Lippenstift, einem Schlüsselanhänger oder einem Fotoapparat.

Im ausführlichen Nachwort zu diesem Roman gehe ich auf die Entstehungsgeschichte näher ein und beleuchte die beiden Verfilmungen. Ein Interview mit dem mittlerweile verstorbenen *The-Passenger*-Regisseur Michael Ferguson, das ich mit ihm im Jahr 2015 geführt habe, befindet sich im Anschluss.

Nun aber spannende Unterhaltung mit einem weiteren bisher nicht auf Deutsch verfügbaren Durbridge-Krimi!

Francis Durbridge
Die Anhalterin

## Die handelnden Personen

| | |
|---|---|
| Martin Denson | Kriminalinspektor |
| Harry Kennedy | Kriminalsergeant |
| David Walker | Spielzeugfabrikant |
| Evelyn Walker | Walkers Ehefrau |
| Arthur Eastwood | Walkers Kompagnon |
| Sue Denson | Walkers Sekretärin |
| Roy Norton | Fahrschulbesitzer |
| Andy Mason | Pubbesitzer, Evelyns Bruder |
| Colonel Reams | Rennstallbesitzer |
| Judy Clayton | Anhalterin |
| Jack Stenhouse | amerikanischer Industrieller |
| Ruth Jensen | Angestellte von Reams |
| Tom Reams | Gebrauchtwagenhändler |
| Olive Mason | Andy Masons Ehefrau |
| Christine Bodley | Judy Claytons Vermieterin |
| Horace Revelwhite | Rechtsanwalt |
| Mr. Parker | Davids Onkel |
| George Richards | Kellner |

Die Handlung spielt
in Guildfleet (Buckinghamshire) im Jahr 1977.

# Kapitel
1

David Walker starrte aus dem Fenster, die Hände in den Taschen. Er zwang sich, tief und langsam zu atmen, während er darum kämpfte, seine Wut und seine Gereiztheit unter Kontrolle zu bringen. In letzter Zeit hatte er zu oft und zu leicht die Beherrschung verloren, war explodiert und hatte Dinge gesagt, die er sofort bereute, sobald er sie ausgesprochen hatte. Tief in seinem Inneren wusste er, was der Grund dafür war, aber er wagte nicht, es an die Oberfläche zu bringen und sich der Sache zu stellen. Er hatte weiter so getan, als sei zwischen ihm und Evelyn alles beim Alten, als hätten die merkwürdigen kleinen Anzeichen, die ihm aufgefallen waren, nichts zu bedeuten.

Von hier oben im Bürogebäude aus konnte er das gesamte Gelände der Fabrik überblicken, in der die ›Cavalier Toys‹ hergestellt wurden. Es war eine der größten Spielwarenfabriken in Europa und außerdem ein außergewöhnlich attraktives Beispiel für industrielle Architektur. Die Firma war aus London umgezogen, als Guildfleet zum Entwicklungsgebiet erklärt worden war und Unternehmen attraktive Anreize geboten wurden, sich hier anzusiedeln. Nach den beengten Verhältnissen in Hackney wirkte das Gewerbegebiet am Rande der Stadt in Buckinghamshire sehr großräumig und bot Platz für Rasenflächen und Blumenbeete zwischen den niedrigen Gebäuden.

Er zündete sich eine Zigarette an und wandte sich dem Mann zu, der hinter dem schräg in einer Ecke des Büros stehenden großen Schreibtisch saß.

»Es tut mir leid, Arthur. Ich wollte nicht die Beherrschung verlieren.«

»Aber bitte, David.« Arthur Eastwood machte eine Geste mit der Hand, als wolle er die Entschuldigung wegwinken. »Du hast ein Recht darauf, hin und wieder die Beherrschung zu verlieren.«

»Hin und wieder ist milde ausgedrückt. Ich verliere sie in letzter Zeit viel zu oft.«

David Walker war zehn Jahre jünger als sein Partner und immer noch zwei Jahre jenseits der Fünfzig. Obwohl die beiden Männer in vielerlei Hinsicht sehr unterschiedlich waren, waren sie in den fünfzehn Jahren ein äußerst erfolgreiches Team. Damals hatten sie eine kleinen Möbelfabrik gegründet, deren Besitzer in Konkurs gegangen war. David war dunkelhaarig und sah immer noch gut aus. Er achtete auf sein Äußeres und kaufte seine Anzüge bei einem Londoner Schneider. Obwohl er in seinen Launen unberechenbar war, hatte er die originellsten und einfallsreichsten Ideen. Arthur Eastwood war eher behäbig und beständig. Er verfügte über einen ausgeprägten Geschäftssinn und wusste genau, wie er Davids Enthusiasmus bremsen konnte. Sein Kleidungsstil passte zu seiner Erscheinung, die etwas von einem Landadeligen hatte. Er bevorzugte Anzüge aus Tweed und mochte es, diese so lange zu tragen, bis die Hosenböden glänzten und seine Ellbogen abgenutzt waren.

Ihre erfolgreichste Erfindung war ein Spielzeug mit dem Namen ›Der wandelnde Kavalier‹, eine geniale Spielzeugfigur mit einem Federwerk, die einen Soldaten Karls I. darstellte und mit einer außerordentlich lebensechten Bewegung marschieren konnte. Sie war sogar so erfolgreich, dass die Firma den Namen ›Cavalier Toys‹ annahm. Verschiedene Versionen des Kavaliers schmückten das Büro des Geschäftsführers. Eine Version aus massivem Silber stand auf Arthur Eastwoods Schreibtisch.

David ging vom Fenster weg hin zum Schreibtisch seines Partners.

»Also, wo waren wir gerade?«

»Du wolltest mir gerade sagen, dass ich dich gern haben kann«, sagte Arthur mit einem schiefen Lächeln.

»Nicht du – Stenhouse.«

16

»Was hast du gegen Jack?« Arthur sah auf und kniff die Augen aufgrund der Nachmittagssonne zusammen, die in den Raum strömte.

»Nichts. Ich bewundere den kleinen Teufel. Er ist eine Wucht. Ich will nur am Ende nicht für ihn arbeiten.«

»Das verlangt ja auch niemand von dir.« Arthur erhob sich von seinem Stuhl und kam hinter seinem Schreibtisch hervor. »Du kennst den Vertragsvorschlag. Sie wollen uns aufkaufen, die ganze Firma, mit allem Drum und Dran.«

»Genau das ist es ja.« David schnippte mit den Fingern und warf einen Blick durch die Fenster auf das Fabrikgelände.

Arthur legte ihm freundlich die Hand auf die Schulter. »Hör zu, David, ich weiß, wie du dich fühlst, aber sentimental zu sein, was die Firma angeht, bringt uns nicht weiter.«

David lachte kurz auf. »Nach fünfzehn Jahren fällt es mir ein wenig schwer, nicht sentimental zu sein.«

»Ich weiß, aber wir müssen den Dingen ins Auge sehen. Sei realistisch.«

»Und du denkst, dass der Verkauf an Jack Stenhouse realistisch ist?«

»Ja, das tue ich.«

»Obwohl wir letztes Jahr mehr Geld verdient haben als jemals zuvor?«

»Es ist nicht nur eine Frage des Geldes!«, sagte Arthur verärgert. »Ich bin siebenundfünfzig, in zwei Monaten werde ich achtundfünfzig.«

»Was sind schon achtundfünfzig Jahre, um Himmels willen? Dein alter Herr ist erst mit siebzig in den Ruhestand getreten.«

Arthur drehte sich um und setzte sich in einen der Sessel vor seinem Schreibtisch. »Aber er hatte keinen Herzinfarkt, als er fünfundfünfzig war, David«, sagte er leise. Es gab eine unangenehme Pause, bevor er fragte: »Hast du mit Evelyn darüber gesprochen?«

»Um Himmels willen, nein! Du kennst Evelyn, sie ist

nicht im Entferntesten an dem Geschäft interessiert. Sie hatte noch nie etwas von Jack Stenhouse gehört, bis ich ihn neulich beim Abendessen erwähnte. Und da dachte sie, er sei ein Schauspieler.«

Arthur zuckte mit den Schultern. »Da liegt sie gar nicht so falsch. Nun, du weißt, was ich denke. Es liegt jetzt an dir, David.«

David drückte seine halb gerauchte Zigarette aus, bevor er antwortete.

»Wann sehen wir Stenhouse wieder?«

»Morgen früh. Um zehn Uhr.«

»Hier?« Davids Gesichtsausdruck verriet seine Überraschung.

»Ja. Und ich habe ihm eine Entscheidung versprochen – so oder so.«

»Er hat es aber wirklich eilig …«

»Bleiben wir fair«, sagte Arthur, »dieser Verkauf steht schon seit fast zwei Jahren zur Diskussion.«

»Schade, dass ich dich nicht schon vor fünf Jahren gewähren habe lassen, als du an die Börse gehen wolltest …«

Arthur lachte, aber ohne Bitterkeit. »Seien wir mal ehrlich, David. Du hast mir nie meinen Willen gelassen!«

»Vielleicht ist es an der Zeit, dass ich damit anfange.«

»Wie?« Arthur blickte zu ihm auf, offensichtlich überrascht.

David begegnete seinem Blick, sein Gesicht war ernst und hatte einen resignierten Ausdruck. »Wir werden das Angebot annehmen. Wir werden Stenhouse morgen früh grünes Licht geben.«

»Ist das dein Ernst?«, fragte Arthur und versuchte, nicht zu zeigen, wie erleichtert er war.

»Ja.«

»Und du wirst deine Meinung nicht mehr ändern?«

»Nein, Arthur«, sagte David mit einer Ernsthaftigkeit, die für ihn ungewöhnlich war. »Ich werde meine Meinung nicht mehr ändern.«

Arthur nickte und nahm eine Zigarre aus der silbernen Schachtel auf der Vorderseite seines Schreibtisches. Er war gerade dabei, sie zu köpfen und sie zum Rauchen vorzubereiten, als sich die Verbindungstür zu Davids Büro öffnete. Sue Denson kam misstrauisch herein. Davids Stimme, die er aus Protest erhoben hatte, war durch die Türschwellen zu hören gewesen.

Davids Sekretärin war Ende zwanzig und auf eine etwas strenge Art attraktiv. Ihr dunkles Kostüm war geschmackvoll und zurückhaltend. Schon ein kurzer Blick zeigte, dass sie eine junge Frau war, die ihren eigenen Kopf kannte. Sie trug immer noch ihren Ehering an der linken Hand und ließ sich, obwohl ihre Ehe gescheitert war, gerne Mrs. Denson nennen.

»Entschuldigen Sie, Mr. Eastwood«, sagte sie zu dem älteren Mann. »Ich weiß, ich störe, aber Mr. Royce ist am Telefon. Er möchte mit Mr. Walker sprechen.«

»Sagen Sie ihm, ich bin nicht da«, sagte David knapp. »Ich werde ihn morgen früh anrufen. Ach – und rufen Sie Baker an und sagen Sie unseren Termin für heute Nachmittag ab. Ich nehme mir den Rest des Tages frei, Sue.«

Sue warf ihm einen prüfenden Blick zu und versuchte, den Grund für dieses untypische Verhalten herauszufinden. »Fühlen Sie sich nicht wohl, Mr. Walker?«

»Ich muss ein paar Dinge besorgen.« David drehte sich zu Arthur um, der nun in eine Wolke aus reichlich Zigarrenrauch gehüllt war. »Ich habe gerade daran gedacht, dass ich einen Schal und ein Paar Pantoffeln kaufen muss.«

In der Tat war es bei David Walker so gut wie nie vorgekommen, den Rest des Tages freizunehmen. Einer der Gründe für den Wohlstand des Unternehmens war, dass die Partner immer schon in ihren Büros waren, bevor die Arbeiter kamen, und auch noch da waren, nachdem sie gegangen waren. Deshalb hatte es bei ›Cavalier Toys‹ auch nie einen Streik gegeben. So etwas ist nicht ohne Anstrengung zu erreichen, aber in seiner momentanen Stimmung konnte David sich des Eindrucks nicht erwehren, dass dies alles vergebliche Mühe gewesen war. Was hatte es für einen Sinn, wenn man seine ganze wache Zeit dem Aufbau von etwas widmete und es dann, wenn man sein Ziel erreicht hatte, einfach einem völlig Fremden überließ?

Die freundliche Begrüßung der Angestellten, die er auf dem Weg zum Parkplatz traf, verschlimmerte sein Gefühl nur noch. Er kannte sie alle mit Namen. Wie würden sie sich fühlen, wenn sie die Neuigkeit hörten?

Er öffnete die Tür des Bentleys und setzte sich hinter das Lenkrad.

Der Sicherheitsmann am Tor hievte die Schranke hoch, als der große Wagen auf die Ausfahrt zufuhr und hob eine Hand zum Gruß, als David auf die Straße einbog. Doch anstatt in Richtung Stadtzentrum zu fahren, nahm er die Straße, die in das Wohnviertel führte, in dem sein eigenes Haus stand. Er hoffte nur, dass Evelyn zu Hause sein würde. Er musste mit jemandem über seine Empfindungen sprechen und sie war wirklich die einzige Person, die verstehen würde, wie tiefgehend diese waren. Sie wusste nur zu gut, wie viele Abende und Wochenenden er im Interesse der Firma geopfert hatte.

Die Fahrt dauerte nur fünf Minuten. Der Motor des Wagens war so leise, dass er praktisch nicht zu hören war, als er in die Einfahrt von Gameswood House einbog. Es war ein solides Backsteingebäude aus den dreißiger Jahren, mit genügend Bäumen auf dem Grundstück, um es von den Häusern abzuschirmen, die es auf beiden Seiten flankierten.

Die Zufahrt war kurz. David erkannte sofort das Auto, das vor seiner Haustür geparkt war: ein Austin Allegro mit einem ›L‹-Schild, das Lernende beim Autofahren markierte, und dem Logo der ›Norton‹-Fahrschule. David lächelte, als er seinen Wagen dahinter parkte. Evelyn hatte schon so lange versucht, ihre Fahrprüfung zu bestehen, dass es zu einem Witz zwischen ihnen geworden war.

Das Schließen der Tür des Bentleys klang wie das Schließen einer Kutschentür, was ihn wie immer zufriedenstellte. Er suchte in seiner Tasche nach seinen Schlüsseln, als er die Stufen zur Haustür hinaufging. Er lächelte immer noch und dachte über eine Bemerkung nach, mit der er Evelyn wegen der sich anhäufenden Rechnung für Fahrstunden necken konnte.

Er schloss die Tür auf und als er sich umdrehte, fiel sein Blick auf den Tisch im Flur. Darauf lagen ein Herrenhut und ein Paar Lederhandschuhe. In der Annahme, dass Evelyn und ihr Fahrlehrer im Salon sein mussten – wahrscheinlich, um die Straßenverkehrsordnung zu büffeln – ging er zur Tür des großen Wohnzimmers. Bevor er diese erreichte, hörte er Stimmengemurmel aus dem oberen Stockwerk. Er sah sich um, ging zum unteren Ende der Treppe und wollte gerade nach oben rufen, als ihn das Lachen einer Frau erstarren ließ. Es musste Evelyn sein, aber dieses Lachen hatte etwas Seltsames an sich, mädchenhaft und sinnlich zugleich.

Auf dem oberen Korridor hatte sich eine Tür geöffnet. Er hörte sie sagen: »Du musst dich noch etwas gedulden, Roy. Ich bin gleich wieder da.«

Aus dem Zimmer dahinter kam das Gemurmel einer Männerstimme, die Worte waren nicht zu verstehen. Dann kam sie ins Blickfeld, immer noch lachend, während sie über ihre Schulter zur Schlafzimmertür blickte.

»Sei nicht albern, Süßer. Du wirst einfach warten müssen.«

Sie trug einen hauchdünnen Morgenmantel aus Organza-Stoff, der so durchsichtig war, dass man die Kurven ihres nackten Körpers darunter sehen konnte. Den Taillengürtel hatte sie hastig um ihre Mitte gebunden. Ihr goldenes Haar war zerzaust und der Lippenstift um ihren Mund war verschmiert. Aber es war die seltsame Erregung in ihren Augen, die ihn am meisten erschütterte. In ihnen brannte ein Feuer, das er seit Jahren nicht mehr gesehen hatte.

21

Sie war schon ein Stück weit die Treppe heruntergegangen, als sie ihn sah. Sie blieb wie erstarrt stehen. Dann, mit verblüffender Plötzlichkeit, wich jeglicher Ausdruck aus ihrem Gesicht. David schüttelte den Kopf, als wolle er ihn von einem Albtraum befreien. Fünf schreckliche Sekunden lang starrten sie sich einfach nur an, während ihr ganzes gemeinsames Leben lautlos um sie herum zerfiel.

Dann wandte David sich ab, sein Gesicht verzerrt vor Trauer und Abscheu. Er stolperte zur Tür, stürzte unbeholfen hinaus und verschwand.

Arthur Eastwood lauschte noch lange dem Klingelton am anderen Ende der Leitung, nachdem er schon wusste, dass niemand abheben würde. Vom anderen Ende des Büros aus beobachtete Jack Stenhouse ihn ungeduldig, mit einem Stirnrunzeln auf seinen selbstbewussten, arroganten Zügen. Er war Mitte vierzig und hatte bereits eine Glatze. Wie zum Ausgleich hatte er seine seitlichen Barthaare bis auf die Wangen wachsen lassen. Sie trugen zu seinem harten, fast räuberischen Aussehen bei.

»Immer noch keine Antwort.« Arthur legte endlich den Hörer auf und drückte einen Knopf auf seinem Schreibtisch. »Tut mir furchtbar leid, Jack. Das ist ganz untypisch für David. Meistens ist er morgens schon lange vor mir in seinem Büro. Wir machen da immer einen kleinen Witz darüber.«

»Der scheint sich jetzt wohl abgenutzt zu haben.« Stenhouse schaute demonstrativ auf seine Uhr. »Tut mir leid, Arthur, ich muss rasch weiter.«

»Ja, natürlich. Sie sind ein viel beschäftigter Mann in diesen Tagen, das verstehe ich.« Arthur stand auf, als Stenhouse seinen Mantel und seinen Hut von einem der Stühle holte.

»Schade, dass das Ihr Partner nicht so sieht.«

Die Tür von Davids Büro hatte sich geöffnet und gab den Blick auf eine besorgt dreinblickende Sue Denson frei. »Gibt es etwas Neues, Sue?«, fragte Arthur sie.

»Nein, leider nicht.«

Etwas an ihrem zögerlichen Verhalten veranlasste Arthur, sie scharf anzublicken. »Haben Sie mit dem Versand gesprochen?«

»Ja, sie haben Mr. Walker seit gestern Morgen nicht mehr gesehen.«

»In Ordnung, Sue. Rufen Sie weiterhin bei ihm zu Hause

an. Früher oder später wird schon wer abheben.«

Sue nickte. Sie schien dankbar zu sein, wieder in Davids Büro gehen zu können. Arthur half Stenhouse in seinen Mantel, der ein teures Stück mit Pelzkragen und scharlachrotem Seidenfutter war.

»Keinen Grund zur Sorge, Jack. Er hat sich entschieden, und sobald David …«

»*Ich* mache mir keine Sorgen, mein Bester, nicht im Geringsten«, sagte Stenhouse, wobei diese Beruhigung wie eine Drohung klang.

»Ich werde David bitten, Sie anzurufen, sobald er da ist.«

»Ja, tun Sie das. Ich fliege am Samstagvormittag nach New York. Wenn ich bis Donnerstagmorgen nichts von ihm gehört habe, können Sie die ganze Sache vergessen.« Stenhouse hatte eine distanzierte Haltung eingenommen, als er ihm die Hand reichte.

Arthur legte ihm eine Hand auf den Arm, um eine freundliche Geste zu machen. »Ich begleite Sie zum Wagen.«

Kaum hatte sich die Tür hinter ihnen geschlossen, kam David aus seinem Büro herein. Es war offensichtlich, dass er sich nicht rasiert hatte. Sein normalerweise tadelloser Anzug sah aus, als hätte er darin geschlafen. Ihm folgte eine zutiefst besorgte Sue.

»Danke, Sue. Ich hätte ihnen einfach nicht gegenübertreten können.«

»Kann ich Ihnen etwas bringen, Mr. Walker?«

»Nein, nein, ich möchte im Moment nichts.«

»Janet macht Kaffee«, sagte Sue mit der Stimme einer Mutter, die ein widerstrebendes Kind überredet. »Ich hole Ihnen eine Tasse …«

David rieb sich mit den Händen die Augen. »In Ordnung, Sue, ich nehme einen Kaffee. Und ich möchte ein Telefongespräch nach Ditchford. Ein persönliches Gespräch mit einem Mr. Parker, Ditchford 278.«

»Ditchford 278.«

»Ja. Das ist in Cumberland, in der Nähe von Penrith.«

Sue zögerte, als ob sie etwas sagen wollte, dann presste sie die Lippen zusammen und ging in ihr Büro zurück.

David ging lustlos zum Fenster hinüber. Er blickte hinunter und sah, wie Arthur und Jack Stenhouse aus dem Gebäude kamen und sich auf den Parkplatz zubewegten. Stenhouse ging voraus und Arthur musste fast rennen, um mit ihm Schritt halten zu können. Auf dem Parkplatz öffnete sich die Tür eines lilafarbenen Rolls-Royce Corniche und ein Chauffeur in Uniform stieg aus. Er hielt die hintere Wagentür auf, als Stenhouse näher kam. Arthur unterhielt sich noch immer, als der stämmige Mann in sein Auto kletterte. Er streckte eine Hand aus und schlug die Tür zu, wodurch Arthurs Satz abgebrochen wurde, bevor er zu Ende gesprochen hatte. Arthur blieb niedergeschlagen stehen, als die große Limousine davonfuhr. Als er sich wieder dem Bürogebäude zuwandte, sah er plötzlich Davids unverwechselbaren grünen Bentley. Er warf einen Blick zum Fenster hinauf und eilte sogleich zurück.

Als Arthur in sein Büro stürmte, stand David neben dem Schreibtisch und hielt das Telefon in der Hand. Eastwood stapfte wütend zum Fenster.

»Ich weiß nicht genau, wann ich ankomme«, sagte David, »wahrscheinlich gegen fünf Uhr. Nein, ich fahre mit dem Wagen ... Was? Das erzähle ich dir, wenn wir uns sehen, Onkel.«

Arthur konnte seine Wut kaum unterdrücken. Als der Hörer aufgelegt wurde, stürzte er sich auf seinen Partner. »David, wo zum Teufel hast du gesteckt? Stenhouse hat fast eine Stunde lang gewartet!«

»Ich weiß ... Es tut mir leid, Arthur.«

Davids Stimme war sehr angespannt. Arthur starrte ihn an, bemerkte das unrasierte Gesicht, die zerknitterte Kleidung. »Was zum Teufel ist passiert?«

»Ich konnte Jack Stenhouse einfach nicht gegenübertreten – nicht heute Vormittag.«

»Hast du deine Meinung geändert?«

»Wie?« David hatte die Frage kaum gehört. Seine Gedanken waren weit weg.

»Wegen des Verkaufs«, sagte Arthur ungeduldig.

»Nein, nein.« Davids Stimme war immer noch undeutlich. »Ich habe meine Meinung nicht geändert.«

Arthur bewegte sich auf ihn zu, bis die Wut in Besorgnis umschlug. »David, was zum Teufel ist passiert?«

Mit einem Mal setze sich David und stützte seinen Kopf in die Hände.

Arthur wartete. Nach einem Moment sah er wieder auf. »Kennst du einen Mann namens Roy Norton?«

»Ja. Er betreibt eine Fahrschule. Großer Kerl, sieht gut aus.«

»Das ist er. Nun, ich habe den Herrn gestern Nachmittag kennengelernt, leider etwas überraschend.«

»Wieso?«, fragte Arthur, der immer noch nicht verstand, worauf David hinauswollte.

»Evelyn hat uns einander vorgestellt«, sagte David mit ton- und emotionsloser Stimme.

»Gestern Nachmittag?«

»Ja.«

Erst jetzt begriff Arthur, was sein Partner ihm zu sagen versuchte. »Oh, mein Gott«, sagte er leise. »David, das tut mir leid.«

»Du bist gar nicht überrascht?«

Arthur wandte den Blick ab und wich der Frage aus. »Du bist nicht überrascht? Die kleine Schlampe! Diese gemeine, billige, abscheuliche kleine Schlampe! Ich hätte sie umbringen können!«

Davids Stimme war fast hysterisch geworden. Arthur sah es nicht gerne, wenn ein Mann die Kontrolle über sich verlor. Er drehte sich zum Fenster, als David erneut den Kopf in den Händen vergrub.

»Was ist passiert?«

»Es gab so viele Dinge, die ich den beiden sagen wollte, aber …«

»Was ist passiert, David?«, beharrte Arthur leise.

»Ich – ich habe kein Wort gesagt. Kein einziges verdammtes Wort, ich … Ich bin einfach gegangen …«

In der Stille konnten sie Sues Schreibmaschine im Nachbarbüro rattern hören.

»Was wirst du jetzt tun?«

»Ich weiß es nicht. Letztendlich werde ich wohl über eine Scheidung nachdenken müssen, oder … – Jedenfalls fahre ich für zwei oder drei Tage weg. Ich habe einen Onkel in Cumberland. Er hat sich um mich gekümmert, als ich ein Junge war, und ich habe ihn seit Jahren nicht gesehen. Ich dachte mir: Fahre zu ihm!«

»Ich denke, das ist eine gute Idee.«

David stemmte sich auf die Beine und ging zu dem Schrank, in dem Spielzeugmuster von ›Cavalier Toys‹ ausgestellt waren.

»Das kommt zu einem ungünstigen Zeitpunkt für dich, Arthur, das ist mir schon klar. Aber ich muss hier weg.« Er stellte sich hinter seinen Partner. »Es tut mir leid wegen heute Morgen.«

»Heute Morgen?«

»Stenhouse.«

»Ach, zur Hölle mit Jack!« Arthur lenkte seinen Blick von dem Sattelschlepper ab, der gerade rückwärts zu einer der Laderampen fuhr.

»Ich werde ihn später anrufen. Ich bringe das schon in Ordnung. Wenn du für eine Weile bei uns einziehen möchtest, bist du herzlich willkommen. Das weißt du doch.« Arthur legte seinem Partner eine Hand um die Schulter und führte ihn zurück zur Sitzgruppe.

»Danke, Arthur«, sagte David mit einem Hauch von Dankbarkeit in der Stimme. »Können wir uns darüber unterhalten, wenn ich zurück bin?«

Wenigstens das Wetter meinte es mit David für seine Fahrt in den Norden gut. Er fuhr rechtzeitig los, denn er wusste, dass er den ganzen Tag brauchen würde, um nach Cumberland zu kommen. Er hatte nicht die Absicht, über die hässliche Autobahn zu fahren. Er zog es stattdessen vor, eine eigene Strecke zu wählen, die ihn durch schöne Städte und eine wunderbare Landschaft führte. Zum ersten Mal seit jenem schrecklichen Moment am Ende seiner eigenen Treppe fühlte er eine Art von innerlichem Frieden. Das Fahren mit dem Bentley hatte schon immer eine beruhigende Wirkung auf ihn gehabt. Es gab ihm Sicherheit, die lange Motorhaube vor sich zu sehen und zu wissen, dass er darunter über immense Kraftreserven verfügte, die er jederzeit einsetzen konnte, wenn er wollte.

Im Moment fuhr er gemütlich auf Nebenstraßen, um eine Route zu finden, die ihn irgendwo zwischen der M1 und der A1 nach Norden führen würde. Die Sonne glitzerte auf dem grünen Kühler aus Zellstoff und Chrom und die Felder zu beiden Seiten der Straße waren grün und frisch.

Der blaue Ford Capri war schon seit einiger Zeit hinter ihm. Er hatte ihn im Rückspiegel beobachtet und sich gefragt, ob der Fahrer zu zögerlich war, die große Limousine zu überholen. Er verlangsamte leicht, ließ das Fenster herunter und winkte ihn vorbei. Der Ford zog mit einer rasanten Beschleunigung vorüber und war bald hinter einer Kurve verschwunden.

Ein paar Meilen weiter hielt er vor einer Kreuzung mit einer Vorfahrtsstraße, die er überqueren musste. Schräg gegenüber befand sich ein schönes Hotel, an dessen Mauern eine riesige Glyzinie empor kletterte. Da erblickte er eine junge Frau am anderen Straßenrand. Sie hatte ihre kleine Tasche aufgehoben und beobachtete ihn erwartungsvoll. Er hatte keinen Zweifel, dass sie ihn fragen würde, ob er sie mitnahm.

Sobald die Straße frei war, beschleunigte er. Die junge Frau trat direkt auf die Fahrbahn, unterließ die übliche Daumengeste einer Anhalterin und winkte ihm regelrecht zu, damit er stehen blieb.

Sie war ein sehr hübsches Mädchen Anfang zwanzig, trug eine ziemlich neue Jeans und hatte eine freche Mütze auf dem Kopf. David warf einen Blick auf sie, als er vorbeifuhr. Er hatte es sich zur Regel gemacht, junge Anhalterinnen nicht mitzunehmen, aber dieses Mädchen hatte etwas Unschuldiges und Anziehendes an sich. Ihr Gesicht verfinsterte sich, als sie sah, dass er ihre Signale ignorieren wollte. Als er an Tempo zulegte, hatte er den Eindruck, dass er bei ihr eine verzweifelte Enttäuschung zurückließ. Fast augenblicklich entschloss er sich um. Vielleicht hatte sie dort schon seit Stunden gewartet – und im Bentley war ja auch noch genug Platz. Er ertappte sich dabei, wie er auf die Bremse trat, bevor er Zeit hatte, seine Gefühle wirklich zu analysieren. Im Spiegel konnte er sehen, wie sie ihm am Straßenrand hinterherlief, die Tasche mit ihren Sachen in der Hand. Er öffnete die Tür, als sie mit dem Auto auf gleicher Höhe war. Sie kam keuchend und lächelnd an, warf ihre Tasche nach hinten und kletterte auf den Beifahrersitz. Er beugte sich vor, um die Tür selbst zu schließen, bevor sie sie zuschlagen konnte.

»Oh, das ist aber nett.«

Sie kuschelte sich in den Ledersitz und schaute sich zufrieden im Auto um, als David wieder losfuhr. Er war leicht amüsiert darüber, dass sie ganz gelassen davon ausging, ein natürliches Recht darauf zu haben, in einem fremden Wagen kostenlos mitgenommen zu werden. Sie hatte sich nicht einmal die Mühe gemacht, sich zu bedanken. Als der Wagen wieder seine normale Geschwindigkeit erreicht hatte, konnte er aus dem Augenwinkel sehen, dass sie sein Profil studierte.

»Wie weit fahren Sie?«, fragte sie plötzlich.

»Ähm … Penrith.« Vorsicht und ein gewisses Misstrauen gegenüber jungen Frauen ohne Begleitung ließen David zögern, sein genaues Ziel zu verraten.

»Penrith? Wo ist das?«

»Cumberland. Nicht weit von Appleby.«

»Appleby? Nie davon gehört! Fahren Sie auch durch Doncaster?«

»Ja.«

»Das ist gut«, sagte sie und nickte. »Sie können mich in Doncaster absetzen.«

»Irgendeine bestimmte Straße?«

Sie sah ihn lächelnd an, schien aber den Sarkasmus in seiner Stimme nicht zu bemerken.

»Nein, egal wo.« Sie drehte sich so, dass sie seitlich saß und bemerkte dabei all die Sonderausstattungen der Mulliner-Limousine. »Schönes Auto. Sehr schick.«

»Freut mich, dass es Ihnen gefällt«, sagte David, immer noch in demselben ironischen Tonfall.

»Sie müssen einen Haufen Geld haben.«

Er lachte. »Ja, ich bin sehr reich.«

Sie warf ihm einen kurzen Blick zu, immer noch nicht sicher, ob sie ihn ernst nehmen sollte oder nicht. »Was wollen Sie denn in Appleby?«

»Penrith.«

»Ich meine Penrith.«

»Ich denke daran, es zu kaufen.«

»Es zu kaufen! Den ganzen Ort?«

»Ja. Er ist sehr klein.«

Sie rutschte in ihrem Sitz zurück, runzelte die Stirn und schmollte leicht.

»Sie nehmen mich auf dem Arm, nicht wahr?«

»Ja, ich nehme Sie auf den Arm.«

Zum ersten Mal betrachtete er sie. Sie grinste ihn an, und plötzlich war er froh, dass er seinen Vorsatz gebrochen hatte. Dieses Mädchen hatte etwas Ungewöhnliches an sich.

»Das ist mal eine nette Abwechslung«, sagte sie lachend. »Normalerweise höre ich schmutzige Dinge.«

David lächelte und lenkte seine Aufmerksamkeit wieder auf die Straße. Erst nachdem sie ein Dorf passiert hatten, eröffnete sie wieder das Gespräch.

»Rauchen Sie?«, fragte sie ihn plötzlich.

Zuerst dachte er, sie wollte ihm eine Zigarette anbieten. Dann erkannte er an ihrem erwartungsvollen Gesichtsausdruck, dass dies ihre Art war, ihn um eine Zigarette zu bitten. Er zog sein Etui aus der Tasche und reichte es ihr.

»Danke.« Sie nahm eine Zigarette und steckte sie sich zwischen die Lippen, klappte das Etui zu und betrachtete es dann interessiert. »D. W. ... Wofür steht das?«

»Das sind meine Initialen.«

»Das weiß ich doch! So blöd bin ich nicht! D – mal sehen. Derek?«

Sie legte den Kopf auf die Seite, um ihn zu mustern. »Nein, ich glaube nicht ... Donald? Nein, Sie sehen mir nicht wie ein Donald aus. Denis, vielleicht?« Da David keine Antwort gab, nickte sie zustimmend. »Ja, Denis.«

»David.« David lächelte. Sie hatte es irgendwie geschafft, das einfache Ratespiel charmant und amüsant zu gestalten.

»Oh – oh, ich mag David!«, rief sie begeistert aus. »Ich kannte mal einen David. Ich kannte ihn sogar sehr gut.« Sie hielt inne, als wolle sie die Bedeutung dieser Bemerkung erst einmal wirken lassen. »Mein Name ist Judy.«

David warf ihr einen amüsierten Blick zu, aber er spielte den Ball nicht zurück. Stattdessen griff er nach seinem Zigarettenetui und steckte es wieder in seine Tasche. Er drückte auf den im Armaturenbrett eingebauten Zigarettenanzünder, wartete ein paar Sekunden und hielt ihr dann das rot glühende Stück so lange hin, bis sie sich ihre Zigarette damit angezündet hatte. Sie nickte dankend und zog den Rauch tief in ihre Lunge.

»Stört es Sie, wenn ich das Radio einschalte?«

»Nein«, sagte David amüsiert über ihr besitzergreifendes

und selbstbewusstes Auftreten. Er fragte sich, warum er es nicht als störend empfand.

Sie beugte sich vor und begann, an dem Knopf zu drehen, um ein passendes Programm zu finden.

Die Musik war nicht die, die David selbst ausgesucht hätte, aber wenigstens beschäftigte dies Judy. Er redete nicht gern, wenn er fuhr, und sie schien ganz glücklich damit zu sein, darauflosplappern zu können, ohne eine Antwort von ihm zu erwarten. Die meisten ihrer Bemerkungen bestanden aus einem unterbrochenen, meist bissigen Kommentar zu den Platten, die der Discjockey spielte.

Sie hatten schon einige Meilen zurückgelegt, als er merkte, dass sie ihm eine Frage gestellt hatte und auf eine Antwort wartete.

»Was haben Sie gesagt?«

»Machen Sie und Ihre Frau immer getrennt Urlaub?«

»Das ist kein Urlaub«, antwortete er knapp. »Und wie kommen Sie darauf, dass ich verheiratet bin?«

»Sind Sie das denn nicht?«

»Doch, um ehrlich zu sein: Ich bin verheiratet. Zumindest auf dem Papier. Hören Sie, warum stellen Sie nicht den Sitz zurück und machen ein Nickerchen?«

»Ich bin nicht müde. Außerdem bin ich sehr wählerisch, mit wem ich schlafe.«

Ihr verschmitztes Lächeln blitzte wieder auf, als sie sein verärgertes Stirnrunzeln sah. »Jetzt nehme *ich Sie* auf den Arm!«

David erwiderte das Lächeln nicht. Er nickte in Richtung des Handschuhfachs. »Da drinnen ist eine Zeitschrift, wenn Sie sie sich ansehen möchten.«

»Ist das eine höfliche Art, mir zu sagen, dass ich die Klappe halten soll?«, fragte Judy, immer noch gut gelaunt. Endlich fand sie den Lippenstift, nach dem sie in ihrer Handtasche gesucht hatte, und zog den Deckel ab.

»Ja.«

»Das dachte ich mir!« Sie schob ihre Lippen vor, als sie sich anschickte, ihr Make-up zu erneuern. »Sie hören sich genauso an wie … Oh, verdammt!«

»Was ist los?«

»Mein Lippenstift! Ich glaube, er ist unter den Sitz gefallen.« Sie beugte sich vor und begann, unter dem Sitz herumzutasten. »Ich kann ihn nicht finden.«

»Halb so schlimm.« Davids Stimme war jetzt wirklich gereizt. Das Geplapper und die Mätzchen seiner Begleiterin verloren langsam ihren Reiz. »Wir finden ihn schon, wenn Sie aussteigen.«

Kaum hatte er diesen Satz gesagt, begann der Motor zu stottern. Er keuchte und sprang dann wieder an, nur um einige Sekunden später abzusterben. David lenkte den Wagen auf den Fahrbahnrand, wo er zum Stehen kam.

»Was ist denn los?«

»Ich weiß nicht, es scheint, als ob …« David ließ seinen Blick über die Anzeigen auf dem Armaturenbrett schweifen. »Oh verdammt! Verdammt!«

»Was ist los?«

»Mir ist das Benzin ausgegangen!« Er schaltete die Zündung aus. »Der Tank ist leer.«

»Sie Chaot!« Judy lachte jetzt über ihn. »Sie sind heute wohl nicht ganz bei der Sache, was, Meister?«

»Verdammt!« David starrte sie verärgert an. Das war die Konsequenz, wenn man Leute mitnahm, die einen vom Fahren ablenkten. »Sind wir nicht vor ein paar Meilen an einer Tankstelle vorbeigekommen?«

»Ja, ich glaube, das sind wir. Auf der linken Seite. Warum? Was haben Sie vor?«

»Was glauben Sie denn, was ich vor habe?« David schrie fast: »Ich werde Benzin holen!«

Er stieg aus dem Auto aus und öffnete den Kofferraum. Darin befand sich ein Benzinkanister. Er wusste, dass er leer war, seit er den Rasenmäher aufgetankt hatte.

Gerade, als er gehen wollte, kurbelte sie das Fenster herunter und steckte den Kopf heraus.

»Wo ist denn die Zeitschrift?«

»Das sagte ich Ihnen doch. Im Handschuhfach.«

Er drehte ihr den Rücken zu und stapfte die Straße in die Richtung entlang, aus der sie gekommen waren.

Es dauerte eine gute halbe Stunde, bis der Land Rover der Tankstelle hinter dem Bentley vorfuhr. David stieg aus und hielt den nachgefüllten Zwei-Gallonen-Kanister in der Hand. Er griff in seine Tasche, fand ein 50-Pence-Stück und reichte es dem Fahrer.

»Danke, Kumpel. Kommen Sie jetzt klar?«

»Ja. Danke für Ihre Hilfe.«

»Gern geschehen.«

Der Land Rover bog auf die Straße, der Fahrer drehte energisch am Lenkrad. Er winkte fröhlich, als er in Richtung Tankstelle davonfuhr.

David ging zum Heck des Bentleys, entfernte den Tankdeckel und wollte gerade die zwei Liter Benzin einfüllen, als er bemerkte, dass der Beifahrersitz leer war. Er stellte den Kanister ab und ging zum Fenster auf der Beifahrerseite. Im Wagen war niemand. Aus der Ausgabe des Magazins ›Drive‹, das er im Handschuhfach mitführte, war eine Seite herausgerissen worden. Sie war zusammengefaltet und hing über dem Lenkrad. Er griff hinüber und öffnete das Blatt. Die Nachricht war in fetten Großbuchstaben hingekritzelt worden: »WIEDERSEHEN, DANKE FÜRS MITNEHMEN! J.«

Die Zeitschrift, aus der die Seite herausgerissen worden war, lag auf dem Sitz. Vermutlich war sie des Wartens überdrüssig geworden und hatte mit ihren ganz eigenen Anhaltermethoden einen anderen Fahrer überredet, sie mitzunehmen. Das Mädchen war ziemlich nervtötend gewesen, aber David starrte mit einem merkwürdigen Gefühl der Einsamkeit und des Verlusts auf die Straße vor ihm. Dann beutelte er diese Stimmung von sich ab, zerknüllte die Nachricht und warf sie in die Hecke. Er ging zum hinteren Teil des Wagens, leerte den Kanister in den Tank und ging herum, um zu sehen, ob der Wagen anspringen würde. Dies tat er sofort. Er schloss die Tür und fuhr weiter.

Etwa eine Woche – oder genauergesagt fünf Tage – nach der Abreise seines Partners in den Urlaub nach Nordengland saß Arthur Eastwood in seinem Büro und diktierte Briefe in das Gerät, das in einer speziellen Schublade an der Seite seines Schreibtischs angebracht war. Er hörte die Tür von David Walkers Büro, blickte aber nicht auf, weil er dachte, es sei Sue Denson. Er runzelte die Stirn und sprach weiter. Gleichzeitig bemühte er sich, seine Konzentration zu bewahren, bis er den Brief zu beendet hatte.

»… bei allem Respekt, dass Sie die Sache absichtlich durcheinander bringen. Erst letzten Montag …«

Er unterbrach das Diktat, als ihm bewusst wurde, dass die Person, die hereingekommen war, nicht Sue, sondern David Walker selbst war. Schnell stellte er das Mikrofon ab und stand auf.

»David! Ich wusste nicht, dass du wieder da bist!«

»Ich bin gestern Abend zurückgekommen«, erklärte ihm David ruhig.

Arthur ging um seinen Schreibtisch herum und musterte prüfend das Gesicht seines Partners. David sah nicht mehr so abgemagert aus wie bei seinem letzten Besuch, aber etwas Grundlegendes hatte sich an ihm verändert. Sein Gesicht war bereits schmäler geworden.

»Mein lieber Freund, du hättest mich anrufen sollen! Wie geht es dir? Ich hatte frühestens in drei oder vier Tagen mit dir gerechnet.«

David zuckte mit den Schultern, als ob sein Gesundheitszustand von untergeordneter Bedeutung wäre. »Mir geht es gut, aber ich fürchte, es war doch keine so gute Idee, wegzufahren.«

Arthur zögerte, als prüfe er, das schmerzhafte Thema wieder anzusprechen. Dann entschied er sich. Er sagte leise: »Ich habe Evelyn am Dienstag gesehen …«

Davids Augen zuckten sofort zusammen.

»Wo?«

»In der High Street.«

»Und was war?«

»Ich glaube, sie hat mich nicht gesehen.« Arthur kratzte sich an der Wange.

»Wenn doch, dann hat sie es geschickt überspielt.«

»War sie allein?«, fragte David nach einem Augenblick.

»Ja. – Ich nehme an, du hast sie nicht getroffen?«

»Nein, ich bin gestern Abend nicht nach Hause gefahren. Ich war müde und deprimiert und hatte einfach keine Lust, mich mit jemandem zu streiten.«

Arthur bemerkte, wie sich Davids Schultern wieder senkten, als er den Raum durchquerte und düster aus dem Fenster starrte.

»Wo hast du denn geschlafen?«

»Ich habe mir ein Zimmer im ›The Crown‹ genommen. Jedenfalls vorübergehend.«

»Aber du hättest doch auch zu uns kommen können, das weißt du. Du musst doch wahrscheinlich früher oder später sowieso zum Haus zurück – und sei es nur, um deine Sachen zu holen.«

»Ja, das werde ich wohl müssen.« David drehte sich um und straffte die Schultern, als sei er entschlossen, die Depression der letzten Woche abzuschütteln. »Nun, was hat sich hier getan? Wie ist die Lage in der Stenhouse-Sache?«

»Gute Frage!« Arthur gab ein kurzes Lachen von sich. »Ich bekomme fünfzehn Telefonanrufe pro Tag.«

»Von Jack?«

»Nein, der ist in New York. Von den Buchhaltern. Und Briefe!« Arthur deutete auf den Stapel von Briefen in seinem Posteingangskorb. »Sieh dir bloß mal diesen Haufen an.«

Unten auf dem Besucherparkplatz hielt gerade ein Wagen der Kriminalpolizei von Guildfleet. Das Auto parkte mit der Motorhaube nur wenige Zentimeter von der den Parkplatz begrenzenden Mauer entfernt. Die beiden Beamten, die ausstiegen, trugen leichte Mäntel und Hüte und hatten auf ihrer Zivilkleidung keine Abzeichen, die auf ihren Rang hinwiesen. Doch selbst für einen flüchtigen Beobachter war es offensichtlich, dass Kriminalinspektor Martin Denson der Ranghöhere war. Obwohl er erst Anfang dreißig war, zeigte sich eine gewisse Autorität in seinen harten, entschlossenen und nicht lächelnden Gesichtszügen. Er war mit etwas über zwei Metern ein sehr großer Mann und schnell und entschlossen in seinen Bewegungen. Er war flink unterwegs und Kriminalsergeant Kennedy musste große Schritte machen, um mit ihm mitzuhalten, als sie sich auf den Eingang des Bürogebäudes zubewegten.

Sie waren gerade die Treppe zu den doppelten Schwingtüren hinaufgelaufen, als Sue Denson mit einem Bündel Akten in der Hand herauskam. Als er sie sah, wich Sergeant Kennedy zurück, und sein Gesicht nahm instinktiv die ausdruckslose Maske des Polizisten an.

»Guten Morgen, Sue«, sagte Martin mit ernster Miene.

Sue Denson ignorierte die Begrüßung ihres Mannes. Sie blickte direkt an ihm vorbei zu dem Sergeant.

»Hallo, Harry!«, sagte sie mit gezwungener Freundlichkeit. »Wie geht's Dorothy?«

Obwohl es ihm peinlich war, versuchte Kennedy zu lächeln. »Ach, es geht ihr … gut, danke, Sue.«

»Und den Kindern?«

»Ja – Ihnen geht es auch gut.«

»Wie geht es dir, Sue?«, unterbrach ihn Martin, immer noch mit ruhiger, ernster Stimme. Kennedy fand, dass er so klang, als würde er sich wirklich dafür interessieren, aber der kurze Blick, den Sue ihm zuwarf, war kalt und abweisend.

»Martin, ich bin heute Morgen sehr beschäftigt. Was willst du?«

»Sag deinem Chef, dass ich ihn gerne sehen würde.« Martins Stimme hatte sich abrupt verändert. Es war der Polizist, der sprach.

»Meinem Chef?« Sue blinzelte erschrocken über die plötzliche Schärfe in Martins Tonfall.

»Du arbeitest doch für einen Mr. David Walker, oder?«

»Das weißt du doch«, sagte sie.

»Dann richte ihm bitte aus, dass ich ihn sprechen möchte.«

Sue bemerkte zum ersten Mal die dienstliche Aktentasche in Kennedys Hand. Sie blickte von einem Gesicht zum anderen und wurde mit kompromisslosen, geschäftsmäßigen Blicken bedacht. Sie drückte das Aktenbündel fester an sich, drehte sich um und ging den Weg ins Gebäude vor.

Als sie das Büro betrat, um ihrem Arbeitgeber mitzuteilen, dass der Inspektor und der Sergeant auf ihn warteten, war Arthur Eastwood schon wieder am Telefon und seiner Stimme nach zu urteilen, war die Person am anderen Ende der Leitung äußerst gereizt.

»... ja, aber darum geht es gar nicht, es wurde am 18. verschickt ... Verzeihen Sie, aber ausnahmsweise weiß ich mal, wovon ich spreche! Na gut, tun Sie das ... Nein, machen Sie das ruhig!«

Er knallte den Hörer auf die Gabel und wischte sich über die Stirn.

»Entschuldigen Sie, Mr. Eastwood«, sagte Sue und wandte sich dann etwas verlegen an David. »Mein Ehema... Da ist ein Inspektor Denson, der Sie sprechen möchte.«

David stand neben Arthurs Schreibtisch. Er hatte den Stapel von Briefen durchgesehen, die auf ihre Bearbeitung warteten.

»Ach?«, sagte er und hob fragend eine Augenbraue in

Richtung Arthur. »Tja, dann bitten Sie ihn besser herein, Sue.«

Als sich die Tür schloss, trat David an den Schreibtisch heran.

»Denson? Ist das der Kerl, mit dem sie verheiratet ist?«

»Sieht so aus. Er ist bei der Polizei.«

»Bist du ihm schon mal begegnet?«

»Einmal. Wir haben vor etwa einem Jahr bei einem Golfturnier gespielt, kurz nachdem sie ihn verlassen hatte. Er hat kein Wort gesprochen, sondern mich hemmungslos beim Spiel geschlagen.«

Arthur lachte über diese Erinnerung, als Sue die Tür öffnete und die beiden Beamten hereinführte. Arthur ging mit ausgestreckter Hand auf den Inspektor zu.

»Hallo, Mr. Denson! Kommen Sie doch herein!«

»Guten Morgen, Mr. Eastwood.« Martin schüttelte die Hand in der für ihn typischen, unaufgeregten Art.

»Schön, Sie wiederzusehen«, sagte Arthur herzlich und konnte nicht umhin, hinzuzufügen: »Wie läuft's beim Golf?«

Martin erlaubte sich ein schwaches Lächeln. »Im Moment gar nicht. Leider.«

Arthur nickte Martin zu und sah David mit einem Augenzwinkern an. »Dieser Kerl ist der beste Golfer, den ich je gesehen habe. Erinnerst du dich an das gute alte vierzehnte Loch in St. George? Ich habe ihn auf dem Grün gesehen, wie er mit einem Mal …«

»Es tut mir leid, Sie zu stören, Mr. Walker.« Martins forscher Ton unterbrach Arthurs Erinnerungen kurz und bündig. »Könnten Sie wohl ein paar Minuten für mich entbehren?«

»Ja, natürlich«, sagte David überrascht von der Ernsthaftigkeit im Tonfall des Inspektors.

Martin zeigte auf seinen Begleiter. »Das ist ein Kollege von mir, Sergeant Kennedy.«

»Guten Morgen, Sir.« Kennedy nickte und blickte David

abwägenden Blickes an.

»Guten Morgen.«

»Wenn das eine Privatangelegenheit ist, dann …«, sagte Arthur Eastwood, der mit seinem Gesichtsausdruck andeutete, dass seine Anwesenheit möglicherweise für David peinlich sein könnte.

»Aber das ist doch dein Büro, Arthur!«, sagte David entschieden. »Setz dich.« Arthur ging gehorsam hinter seinen Schreibtisch und nahm seinen Platz wieder ein.

David wies den beiden Kriminalbeamten einen Stuhl zu und setzte sich selbst.

»Weswegen wollen Sie mich sprechen?«

Der Sergeant stellte seine Aktentasche auf die Knie und öffnete den Reißverschluss.

Martin kam direkt zur Sache. »Kennen Sie ein Mädchen namens Judy Clayton, Sir?«

»Nein, leider nicht«, sagte David ohne zu zögern.

»Sie wohnt in Guildfleet und wohnt zur Untermiete in der Reigate Street.«

»Ich habe noch nie von ihr gehört.«

Martin antwortete mit einem Nicken zu Kennedy. Kennedy holte ein Foto aus der Aktentasche und reichte es David. David versuchte vergeblich, Martins Gesichtsausdruck zu lesen, bevor er das Foto nahm. Er betrachtete es einen Moment lang und Arthur sah, wie ein neugieriger Schatten über sein Gesicht glitt.

David blickte auf und sah in Martins fragende Augen. »Ist das Judy Clayton?«

»Ja, das ist sie.«

»Dann tut es mir leid«, sagte David leise. »Ich kenne das Mädchen. Ich habe sie in meinem Wagen mitgenommen.«

»Wann war das, Sir?«

»Letzten Dienstag. Ich war auf dem Weg in den Norden, um einen Onkel von mir zu besuchen, und ich … . Hören Sie, was soll das eigentlich? Ist diesem Mädchen etwas zugesto-

42

ßen?«

Martin ignorierte Davids Frage und fuhr mit seiner Befragung fort. »Wo haben Sie Miss Clayton in Ihren Wagen steigen lassen, Sir?«

»Das war ungefähr zehn Meilen hinter Guildfleet. Sie stand an einer Straßenecke und versuchte, eine Mitfahrgelegenheit zu finden.«

»Erzählen Sie mir, was passiert ist.«

Auf Davids Gesicht war die Verärgerung zu lesen, die er über Martins hartnäckige Fragen empfand. »Wie meinen Sie das? Nichts ist passiert. Sie sagte, sie wolle nach Doncaster fahren und ich habe ihr einfach angeboten, sie mitzunehmen.«

»Haben Sie sie bis nach Doncaster mitgenommen, Sir?«

»Nein, das habe ich nicht.«

»Warum nicht?«

»Weil ich …« David blickte zu Arthur hinüber, überrascht über die mögliche Bedrohung, die sich hinter dieser Reihe von Fragen verbarg. Arthurs Gesicht war ernst, als hätte er bereits geahnt, wohin das alles führen würde. Er nickte David leicht zu, als wolle er ihn auffordern, zu kooperieren und die Fragen des Inspektors zu beantworten. »Sie war etwa eine halbe Stunde im Wagen, als mir plötzlich das Benzin ausging. Zum Glück waren wir gerade an einer Tankstelle vorbeigefahren. Nun ja, sie lag etwa zwei Meilen hinter uns. Ich bin zu dieser Tankstelle gelaufen und einer der Mechaniker hat mich zurück zum Auto gefahren.«

»Und was ist mit dem Mädchen? Ist sie mit Ihnen zur Tankstelle gelaufen?«

»Nein, natürlich nicht!«, sagte David wütend. »Sie saß im Auto und hat eine Zeitschrift gelesen.«

»Fahren Sie fort, Mr. Walker«, forderte Martin auf, völlig ungerührt von Davids unfreundlicher Antwort.

»Nun, nichts weiter. Das war's. Als ich zurückkam, war sie weg.«

»Wo war sie, Sir?«

»Woher soll ich das wissen?«, sagte David angriffslustig. »Ich nehme an, sie war des Wartens müde und es gelang ihr schließlich, jemanden anderen zu überreden, sie mitzunehmen. Am Lenkrad war ein Zettel, auf dem sie sich für die Mitnahme bedankte.«

»Was zum Teufel soll das alles, Inspektor?«, schaltete sich Arthur ein, dessen Neugierde ihn übermannte. »Ist das Mädchen verschwunden oder was?«

»Sie ist nicht verschwunden, Sir. Sie ist tot. Sie wurde erdrosselt. Wir haben ihre Leiche etwa dreihundert Meter von der Stelle entfernt gefunden, wo Mr. Walkers Auto angehalten hat. Oder vielleicht sollte ich sagen – dreihundert Meter von der Stelle entfernt, wo wir das hier gefunden haben.«

Martin griff in seine Brusttasche und holte einen schlichten weißen Umschlag hervor, aus dem er vorsichtig ein Blatt bedrucktes Papier herauszog. Noch während er das zerknitterte Blatt auffaltete, erkannte David, dass es sich um jene Seite aus dem Magazin ›Drive‹ handelte, auf die Judy ihre Lippenstiftnachricht gekritzelt hatte.

»Ich nehme an, das ist der Zettel, den Sie meinten, Sir?«

»Ja. Ja, das ist er.« David lachte nervös auf und wünschte sich sofort, er hätte es nicht getan. »Ich wollte mich gerade dafür verfluchen, dass ich ihn weggeworfen habe.«

»Niemand hätte erwartet, dass Sie ihn behalten, Mr. Walker.« Martin faltete die Seite vorsichtig wieder zusammen, steckte sie in den Umschlag und zurück in seine Tasche.

»Inspektor«, sagte Arthur, »woher wussten Sie, dass es David war, der das Mädchen mitgenommen hat? Sein Name steht nicht auf dem Zettel.«

»Wir haben uns in der Gegend umgehört und der Tankstellenmitarbeiter erinnerte sich sowohl an den Bentley als auch an Mr. Walker. Er gab uns eine sehr gute Beschreibung von Ihnen, Sir. Außerdem haben wir dies in der Handtasche des Mädchens gefunden.«

Diesmal war es ein Schlüsselanhänger, den Martin aus

seiner Tasche zog. Er hielt ihn zwischen Zeigefinger und Daumen hoch. Der Schlüsselbund war einer von der Sorte mit einem Ringverschluss. Auf ihm befanden sich drei kleine Schlüssel und ein Metall-Emblem.

»Das ist einer unserer Schlüsselanhänger!« Arthur beugte sich vor und starrte auf die Reproduktion des erfolgreichsten Produkts seiner Firma, den wandelnden Kavalier. »Einer von unserer Firma, meine ich!«

»Ja, Sir. Ich nehme an, Sie verschenken sie an Ihre Kunden.«

Martin wandte seinen Blick bedeutungsvoll von Arthur zu David. »Und an Freunde.«

»Nun, das ist der Zweck. Es ist Werbung.«

»Haben Sie ihn Miss Clayton gegeben, Sir?«, fragte Martin, der David immer noch ansah.

»Natürlich habe ich das nicht! Warum in aller Welt sollte ich einer völlig Fremden …« David brach ab, von einem plötzlichen Gedanken ergriffen.

»Fahren Sie fort, Sir.«

»Ich habe ihn ihr nicht gegeben, aber jetzt, wo ich darüber nachdenke, habe ich eine Idee, woher sie ihn hat. Ich wette, sie hat ihn aus dem Handschuhfach meines Wagens genommen.«

»War denn ein solcher Schlüsselanhänger im Handschuhfach?«

»Da waren mindestens ein halbes Dutzend davon.«

»Wir haben immer welche bei uns, Inspektor«, erklärte Arthur. »Ich habe einen ganzen Stapel davon zu Hause.«

»Nun, wenn das stimmt, was Sie sagen«, meinte Martin, »dann hat sie keine Zeit verloren, ihre Schlüssel daran zu hängen. Seltsam ist nur, dass wir ihren alten nicht gefunden haben.«

»Ihren alten?«

»Ihren golden Schlüsselanhänger.«

»Hören Sie, Inspektor.« Davids Stimme wurde lauter, als

seine Wut zurückkehrte. »Was wollen Sie damit andeuten? Dass ich das Mädchen kannte? Dass sie eine Freundin von mir war? Dass ich ihr den Schlüsselanhänger gegeben habe, bevor …«

»Mir war nicht bewusst, dass ich etwas andeute, Sir«, sagte Martin mit unschuldigem Blick. »Aber da Sie diesen Punkt ansprechen: War sie eine Freundin von Ihnen?«

»Nein! Ich habe Ihnen doch schon gesagt, dass ich sie niemals zuvor gesehen habe!«

»Sie stand also an der Ecke und Sie haben ihr einfach so angeboten, sie mitzunehmen?«

»Ja.«

»Hat sie Ihnen gesagt, warum sie ausgerechnet an dieser Ecke stand, Sir?«

»Nein, das hat sie nicht.«

Martin hielt inne, bevor er seinen Trumpf ausspielte.

»Sie war dort mit jemandem verabredet«, sagte er und beobachtete David genau. »Um zehn Uhr dreißig.«

»Zehn Uhr dreißig?« David legte seine Stirn in Falten.

»Ja.«

»Aber … es muss ungefähr halb elf gewesen sein, als ich sie mitgenommen habe.«

»Ja, das nehme ich auch an, Sir«, sagte Martin mit fast beruhigender Stimme.

David fuhr sich mit der Zunge über die Lippen und tauschte einen besorgten Blick mit Arthur aus.

»Woher wissen Sie, dass sie diese Verabredung hatte, Inspektor?«, fragte Arthur nach ein paar Augenblicken des Schweigens.

»Wir haben ein Tagebuch in ihrer Handtasche gefunden. Es erwähnt die Verabredung, aber leider nicht, mit wem sie stattfinden sollte.« Martin stand auf. Kennedy klappte seine Aktentasche zu und folgte ihm. Der Inspektor reichte David die Hand. Sein Verhalten war so freundlich, als sei er mit Davids Antworten zufrieden. »Nun, vielen Dank, Sir. Sie haben mir die Informationen gegeben, die ich wollte. Wir werden Ihre Zeit nicht länger in Anspruch nehmen.«

»Ich nehme an, Sie stehen im Telefonbuch, Sir«, sagte Kennedy beiläufig, »für den Fall, dass wir Sie kontaktieren wollen?«

»Was? Oh, ja … Nein, tut mir leid – im Moment wohne ich im ›The Crown‹.«

Kennedy, der sich auf die Tür zubewegt hatte, sah sich sichtlich überrascht um. »In der Mortimer Street?«

»Ja.« David erwiderte seinen fragenden Blick trotzig, als wolle er ihn zu einer neuen Befragung herausfordern. Aber Kennedy tauschte nur einen Blick mit seinem Vorgesetzten aus und nickte.

»Vielen Dank, Sir.«

Arthur war hinter seinem Schreibtisch hervorgeeilt. Er folgte dem Inspektor rasch, als dieser zur Tür hinausging: »Ich komme mit, Inspektor«, sagte er und warf David einen Blick zu, der ihm unmissverständlich sagte, dass er bleiben sollte, wo er war.

Arthur hatte gesehen, dass Davids Reaktion auf die polizeilichen Ermittlungen einen sehr ungünstigen Eindruck auf den Inspektor gemacht hatte. Es war wirklich sehr unglücklich gewesen, dass die Beamten in einem Moment aufgetaucht waren, in dem David aus dem seelischen Gleichgewicht war. Obwohl Arthur genau wusste, warum sein Partner so gereizt und verärgert war, gab es natürlich keinen Grund für die Beamten, den wahren Grund für sein schroffes und unfreundliches Verhalten zu kennen. Als sie den Korridor entlanggingen und die Treppe zum Foyer hinunterstiegen, erzählte er Martin mit leiser Stimme von dem Schock, den David erlitten hatte, als er vor fast einer Woche an einem Nachmittag nach Gameswood House zurückgekehrt war.

Martin hörte aufmerksam zu und nickte nur ab und zu. Arthur schwieg, als sie das mit Teppich ausgelegte Foyer durchquerten. Das Mädchen am Empfang beobachtete sie neugierig. Er wollte nicht, dass sie mithörte, was er sagte. Draußen vor der Tür setzte Martin seinen Hut auf und reichte Arthur die Hand.

»Danke, Mr. Eastwood, ich bin Ihnen sehr verbunden, dass Sie mich über diese Sache ins Bild gesetzt haben.«

»Ich wollte nur nicht, dass Sie einen falschen Eindruck bekommen. Mein Partner ist normalerweise nicht so schlecht gelaunt, das versichere ich Ihnen. Aber diese Sache mit seiner Frau hat den armen Kerl ganz schön aus der Bahn geworfen.«

»Das kann ich mir gut vorstellen, Sir.« Er dachte einen Augenblick nach und durchforstete sein Gedächtnis. »Roy Norton? Leitet er nicht eine Fahrschule?«

»Ja, das ist der Kerl.«

Martin nickte. »Ich kenne den Mann. Nochmals vielen Dank, Sir. Sie haben uns sehr geholfen.«

Arthur schlüpfte durch die Schwingtür und die beiden Kriminalbeamten gingen die Treppe hinunter. Auf dem Weg zum Parkplatz warf Martin einen fast neidischen Blick auf Davids Bentley, der auf einem reservierten Parkplatz stand, den ein entsprechend schönes Schild mit der Aufschrift »Mr. David Walker« kennzeichnete.

»Glauben Sie, er hat die Wahrheit gesagt, Harry?«

»Walker? Ja, ich glaube ihm, aber ob ich das auch getan hätte wenn das Mädchen diesen Zettel nicht hinterlassen hätte … Ich weiß es nicht.«

»Sie messen dem Zettel Bedeutung bei?«

»Tun Sie das denn nicht?«, fragte Kennedy erstaunt.

Martin hielt mit einer Hand auf der Tür des Polizeiautos inne und starrte zurück auf den Bentley.

»Doch, ich messe ihm eine große Bedeutung bei. Vor allem, weil sie ihn vielleicht gar nicht geschrieben hat.«

»… weil sie ihn vielleicht gar nicht geschrieben hat? Wie meinen Sie das?«

»Die Nachricht wurde mit Lippenstift geschrieben, in Druckbuchstaben«, erinnerte Martin ihn. »Laut Labor wird der Lippenstift als ›Pink Flamingo‹ vertrieben. Das ist der Name, den die Hersteller ihm gegeben haben.«

»Und?«

»Der Lippenstift, den wir in ihrer Handtasche gefunden haben, hieß jedoch ›Mountain Rose‹.«

»›Mountain Rose‹? Sie meinen, es war ein anderer Farbton?«

»Ja, genau.«

»Und, welchen trug sie?«

»Das ist der interessante Punkt«, sagte Martin, öffnete die Tür und bückte sich, um ins Auto zu steigen. »Sie trug gar keinen Lippenstift.«

Nach der Trennung von Sue hatte es Martin Denson unerträglich gefunden, weiterhin in dem Cottage zu wohnen. Es war ein bezauberndes Örtchen etwas außerhalb von Guildfleet, aber jedes Detail des Hauses und des Gartens erinnerte ihn an Sue und die glücklichen Jahre, die sie zusammen dort verbracht hatten, bevor plötzlich und unerklärlicherweise alles schiefgegangen war. Glücklicherweise stand eine kleine Junggesellenwohnung in der Nähe der High Street zum Verkauf und die Bank hatte ihm ein Darlehen gewährt. So konnte er die Zeit überbrücken, bis die Immobilienmakler einen Käufer für das Cottage gefunden hatten.

Er hatte so viele Möbel mitgenommen, wie er brauchte, allerdings war in dcr Wohnung nicht genug Platz für all das, was im alten Haus stand. Er hoffte, dass er sich mit dem Käufer darauf einigen konnte, dass dieser alles übernahm, was noch dort war.

Die Wohnung machte immer noch den Eindruck, als sei sie nur vorübergehend bewohnt. Die meisten Möbel standen mehr oder weniger dort, wo die Umzugshelfer sie abgestellt hatten. Ehrlich gesagt war Martin der Eindruck, den seine Unterkunft machte, egal. Es war nur ein Ort, an dem er essen und schlafen wollte. Er würde es nie als ein Zuhause betrachten. Tatsächlich wusste er, dass er nirgendwo zu Hause sein konnte, es sei denn, Sue war auch dort. Die Wohnung hatte den Vorteil, dass sie nur wenige Gehminuten von der Polizeiwache entfernt war. Da Martin Trost und Vergessen suchte, indem er sich ganz in seine Arbeit vertiefte, hatte er nichts dagegen, dass er so leicht zu erreichen war.

Er hatte es schon lange aufgegeben, die Wohnung ordentlich zu halten. Bücher und Langspielplatten lagen verstreut auf den Stühlen und Tischen. Martin hatte die beiden persönlichen Dinge mitgenommen, die er auch in seiner Einsamkeit genießen konnte: seine Dynatron-Hi-Fi-Anlage und seine persönliche Büchersammlung.

Am Morgen nach dem Besuch in der ›Cavalier Toys‹-Fabrik kam er gerade aus der kleinen Küche mit einem gehäuften Teller Müsli in der Hand, als es an der Haustür klingelte. Er stellte den Teller ab und ging hin, um sie zu öffnen. Draußen stand Harry Kennedy auf der Matte. Er hatte eine Aktentasche in der Hand und auf seinem jugendlichen, sonnengebräunten Gesicht lag ein aufgeregter Ausdruck.

»Hallo, Harry!« Martin begrüßte ihn etwas verwundert.

»Störe ich Sie?«

»Ja«, erwiderte Martin mit jenem ernsthaften Gesichtsausdruck, der es so schwer machte, zu unterscheiden, ob er es ernst meinte oder einen auf den Arm nahm.

»Es tut mir leid, Inspektor, aber es ist wichtig.«

Martin musste über Kennedys plötzlich besorgte Äußerung lächeln. Er hielt die Tür weit auf. »Kommen Sie herein!«

»Ich habe gestern Abend versucht, Sie zu erreichen«, sagte Kennedy, als er durch den Flur ins Wohnzimmer schritt, »aber leider vergeblich.«

»Es war der Geburtstag meiner Mutter. Ich bin nach Hampstead gefahren.«

Martin deutete auf den Tisch, auf dem Bücher und Zeitschriften zurückgeschoben worden waren, um Platz für sein Frühstückstablett zu schaffen. »Kaffee?«

»Nein, danke.«

Martin zuckte mit den Schultern und setzte sich an den Tisch. Er nahm den Löffel in die Hand und zog den Teller mit dem Müsli zu sich heran. »Nun – was ist passiert? Sie wirken etwas aufgeregt ...«

Kennedy setzte sich auf die Kante eines der Sessel und öffnete seine prall gefüllte Aktentasche. »Ich war gestern Abend wieder in der Reigate Street – dort, wo Judy Clayton wohnte.«

»Und?«, fragte Martin und knabberte an seinen Rice

Krispies.

»Mrs. Bodley, die Vermieterin, hat endlich den Schlüssel herausgerückt.«

»Sagen Sie nicht, dass Mrs. Bodley anfängt, zu kooperieren!«

»Nein, sie will immer noch nicht reden. Sie verschließt sich wie eine Muschel, wenn man auf den Mord zu sprechen kommt.« Kennedy holte einen Umschlag und einen sperrigen Gegenstand aus der Aktentasche. Er sah ausgesprochen zufrieden mit sich selbst aus. »Ich habe diesen interessanten Gegenstand im Schrank entdeckt, zwischen dem ganzen Krimskrams.«

Martin setzte seinen Löffel ab und sah interessiert zu, wie Kennedy das Lederetui öffnete und eine quadratische Klappkamera herausnahm. Er reichte sie Martin, der sie mit einem fragenden Hochziehen der Augenbrauen entgegennahm.

»Das ist eine von diesen neuen Polaroids! Wie heißen die noch gleich? Die machen Sofortbilder, man muss nicht …« Er starrte mit leerem Blick auf den Bücherstapel auf dem Sofa, dann schnippte er mit den Fingern, als er sich erinnerte.

»SX-70!« Er betrachtete die Kamera einen Moment lang und drückte dann auf einen roten Knopf. Die Kamera klappte auf. »Genau! Und die hier ist auch noch ein sehr gutes Modell!«

Kennedy schüttelte ein halbes Dutzend Abzüge aus dem Umschlag und stand auf, um sie vor dem Inspektor auf den Tisch zu legen. »Das sind einige der Bilder, die sie gemacht hat. Ich habe sie bei der Kamera gefunden.«

Martin schob seinen Teller beiseite und stützte sich mit den Ellbogen auf dem Tisch ab, um die kleine Sammlung zu studieren. Sie waren offensichtlich alle an einem Urlaubsort aufgenommen worden, wahrscheinlich am Mittelmeer. Eines zeigte eine Person beim Sonnenbad am Strand. Auf einem anderen saß sie in einem Ruderboot und trug einen Sombrero.

Die vier anderen Bilder waren ähnlich: Sie zeigten die Person beim Gitarrenspiel, beim Kauf von Souvenirs, beim Sprung in einen Swimmingpool und in Großaufnahme, als sie den Fotografen anlächelte. Sie vermittelten den Eindruck von jemandem, der fröhlich und glücklich Urlaub macht – und in allen Fällen handelte es sich um dieselbe Person.

»David Walker …«, sagte Martin leise und sah zu dem selbstzufriedenen Untergebenen auf, der zustimmend nickte. »Gut gemacht, Harry.«

Das Wohnzimmer von Gameswood House öffnete sich nach hinten zum Garten. Es war Davids Gewohnheit, den Rasen jeden Sonntag zu mähen, und es waren fast zwei Wochen vergangen, seit dieser keine Aufmerksamkeit mehr erhalten hatte. Roy Norton nahm sich einen Gin Tonic aus dem Getränkeschrank in der Ecke des Zimmers und stand Evelyn, die auf dem großen Sofa saß, gegenüber. Er sah auf eine oberflächliche Art und Weise gut aus, mit den regelmäßigen, aber irgendwie unpersönlichen Zügen eines männlichen Modemodells. Er trug eine Wildlederjacke über einem Rollkragenpullover und eine Hose mit einem blassen Karomuster. Normalerweise war er der Inbegriff von Selbstsicherheit, doch wenn er unter Druck stand, wie jetzt, neigte er dazu, diese Fassade aufzuweichen.

»Es tut mir leid, Evelyn, aber wenn du nicht verstehen willst, was ich zu sagen versuche …«

»Ach, hör doch auf, Roy!«, fiel Evelyn ihm ins Wort. Ihre Augen funkelten gefährlich. »Wenn du nicht mehr hierher kommen willst, dann sag es einfach und lass es gut sein.«

»Es geht nicht darum, dass ich nicht mehr herkommen will! Meine Güte, ich habe hier in den letzten zwei Monaten praktisch gelebt. Ich habe lediglich gesagt, dass wir unter den gegenwärtigen Umständen versuchen sollten, ein wenig … nun ja, diskreter zu sein.«

Evelyn schritt wütend zum Getränkeschrank, um ihr Glas nachzufüllen. »Diskreter? Ist es nicht ein bisschen spät dafür?«

»Ich will damit nur sagen, dass wir uns nicht hier in deinem Haus treffen sollten, sondern …« Roys Stimme verstummte. Er beendete den Satz lahm: »… uns ab und zu woanders treffen.«

»Wo denn zum Beispiel?«, fragte sie über ihre Schulter.

54

»Ich weiß nicht, wo!« Roy trank seinen Drink aus und stellte das Glas auf dem Couchtisch ab. »Hör zu, Evelyn, ich habe einen schweren Tag vor mir. Lass uns nicht streiten. Nicht jetzt, Schatz.« Er stellte sich hinter sie, drehte sie herum und gab ihr einen leichten Kuss. »Ich führe dich heute Abend aus. Sei gegen halb sieben vor meinem Büro.«

»Sagen wir lieber etwas früher, so gegen Viertel vor sechs. David wird vorbeikommen und ich möchte nicht hier sein, wenn er …«

»David?« Überrascht ließ Roy seine Hände von ihren Schultern gleiten.

»Er hat angerufen«, sagte Evelyn beiläufig. »Er will ein paar Sachen von sich abholen. Ich nehme an, es wird irgendwann heute Abend sein.«

»Wo ist er jetzt? Wo wohnt er?« Roy fuhr sich unbewusst mit einer Hand über den Hinterkopf, ein sicheres Zeichen dafür, dass er nervös war.

»Er ist im ›The Crown‹ in der Mortimer Street.«

Roy schreckte auf, als ein scharfes Klopfen an der Eingangstür ertönte. Seine Augen blickten umher, als ob er nach einer Möglichkeit suchte, schnell zu verschwinden. »Das wird er doch nicht …«

»Nein, Süßer!« Evelyn lachte offen über seine Verlegenheit: »Ich glaube kaum, dass er an seine eigene Haustür klopfen würde.«

Roy griff nach seinen Zigaretten und zündete sich schnell eine an, während die völlig unbeeindruckte Evelyn in den Flur ging, um die Tür zu öffnen. Er folgte ihr bis zur Tür und lauschte, bis er sicher war, dass die Stimme des Besuchers nicht jene von David war. Roy zog sich schnell zurück und stand in der Fensterausbuchtung, als Evelyn Martin Denson in den Raum führte. Der Inspektor trug einen dünnen schwarzen Aktenkoffer.

»Verzeihen Sie, wenn ich zu einem ungünstigen Zeitpunkt komme, Mrs. Walker, aber ich war …« Er unterbrach den Satz, um eine Überraschung vorzutäuschen, als er sah, wie Roy lächelte und ihm zunickte. »Oh! Guten Morgen, Sir.«

»Mr. Norton hat mir eine Fahrstunde gegeben«, erklärte Evelyn locker. Sie wusste, dass der Inspektor Roys draußen geparktes Auto gesehen haben musste. »Er wollte gerade gehen.« Sie drehte sich zu Roy um und ermahnte ihn mit ihren Augen, den Wink zu verstehen. »Das ist Inspektor Denson.«

»Guten Morgen.« Roy ging dankbar zur Tür.

»Ich rufe Sie später wegen des Termins am Donnerstag an, Mrs. Walker. Ich bin mir nicht ganz sicher, wann ich frei bin.«

»Ja, bitte tun Sie das«, sagte Evelyn mit formeller Höflichkeit. »Ich habe am Donnerstag den ganzen Tag Zeit.«

Martin sah teilnahmslos zu, wie Roy seinen Hut und seine Handschuhe nahm. Dann wandte er sich an Evelyn. »Ich ermittle in einem Mordfall, Mrs. Walker. Ein Mädchen namens Judy Clayton wurde getötet und wir haben Grund zu der Annahme, dass …«

»Entschuldigen Sie mich.« Roy war in der Tür stehen geblieben. »Sagten Sie Judy Clayton?«

»Ja«, sagte Martin. Er drehte sich um und hatte in seinem Gesicht einen Ausdruck wie jemand, der höflich nachfragt.

»Ist das die Judy Clayton, die in der Reigate Street wohnt – wohnte?«

»Ja, das ist richtig, Sir. Kannten Sie die junge Dame?«

»Nein. Nun – ja, ich kannte sie, aber …« Roy kam ein paar Schritte zurück ins Zimmer. Er hatte einen besorgten Ausdruck auf dem Gesicht. »Wann wurde sie ermordet? Was genau ist passiert?«

»Wir wissen nicht, was passiert ist, nur dass sie ermordet wurde.« Martins Stimme war emotionslos, aber seine Augen verließen Roys Gesicht nicht. »Sie wurde erwürgt. Wir haben ihre Leiche in einem Straßengraben gefunden.«

»Großer Gott!«, rief Roy ernsthaft schockiert.

56

»Es stand in den Zeitungen, Sir«, sagte Martin leise. »Wie gut kannten Sie die junge Frau, Mr. Norton?«

»Ich kannte sie fast gar nicht. Sie kam vor ein paar Monaten in mein Büro und sagte, sie wolle sich ein Auto kaufen und dass ... sie vielleicht Fahrstunden nehmen wolle.«

»Hat sie die Fahrstunden genommen, Sir?«

»Nein. Ich ... ich habe sie nie wieder gesehen.« Roys Gesicht war rot. Er schaute auf seine Uhr und tat so, als wäre er erstaunt, als er die Uhrzeit sah. »Wenn Sie mich jetzt entschuldigen wollen, ich ... ich habe um zehn Uhr einen anderen Termin.« Evelyn machte eine Bewegung, als wolle sie ihn hinausbegleiten, aber Roy wehrte ab. »Ist schon in Ordnung, Mrs. Walker, ich finde selbst hinaus.«

Martin begab sich unterdessen zum Sofa. Er stellte seinen Koffer auf den Arm des Möbelstücks und drehte sich zu Evelyn um.

»Ich nehme an, Sie fragen sich, warum ich mit Ihnen über diese Angelegenheit sprechen möchte, Mrs. Walker?«

»Ja, das tue ich.« Evelyn ging vor den Kamin, setzte sich anmutig in einen der Sessel und schlug ihre wohlgeformten Beine übereinander. »Ich fürchte, ich habe noch nie von dieser Frau gehört, Inspektor. Judy ...?«

»Clayton. Ich nehme an, Ihr Mann hat sie nie erwähnt?«

»Mein Mann?« Evelyns Erstaunen war echt. »Nein. Warum sollte er auch?«

»Wir haben Grund zu der Annahme, dass er ein Freund von Miss Clayton war.«

»David?«

»Ja.«

»Das ist mir allerdings neu, Inspektor.«

Martin sah einen Moment lang zu ihr hinunter. Sie begegnete seinem Blick unverwandt, ihre weit aufgerissenen Augen blinzelten nicht einmal. Sie war, so überlegte er, so ziemlich die attraktivste verheiratete Frau in ganz Guildfleet.

»Mrs. Walker, ich möchte, dass Sie sich diese Kamera

und diese Fotos ansehen.«

Martin öffnete den Aktenkoffer. Er nahm die Polaroid-kamera und die sechs Schnappschüsse heraus und reichte sie ihr. Sie warf einen kurzen Blick auf die Kamera, bevor sie sie auf die Armlehne ihres Stuhls legte, und sah sich dann die Fotos an. Ihr Gesichtsausdruck hatte sich nicht verändert, als sie Martin mit einer höflich fragenden Miene anschaute.

»Und?«

»Haben Sie eine Ahnung, wo die Fotos aufgenommen wurden?«

»Ja, sie wurden in Italien gemacht.«

»Wann?«

»Im letzten Jahr.«

»Wo genau in Italien?«

»In einem Ort namens Forte dei Marmi. Das ist in der Nähe von Viareggio.«

»Wissen Sie, wer sie aufgenommen hat?«

»Wahrscheinlich Andy.«

»Andy?«

»Andy Mason, mein Bruder. Er und David waren zusammen im Urlaub. Wir wollten alle zusammen fahren, aber im letzten Moment wurde meine Mutter krank. Genauergesagt ist sie an dem Morgen, an dem wir abreisen wollten, die Treppe hinuntergefallen und hat sich das Bein gebrochen. Da musste ich absagen.«

»Verstehe. Und die Kamera?«

»Was ist damit?«

»Haben Sie sie schon einmal gesehen?«

»Ja, natürlich habe ich sie schon mal gesehen! Sie gehört Andy.«

Zum ersten Mal zögerte Martin bei seiner Frage. »Ihrem Bruder?«

»Ja. Aber warten Sie einen Augenblick!« Evelyn starrte auf den Spiegel über dem Kaminsims und runzelte die Stirn, als sie versuchte, sich zu erinnern. »Ja, natürlich! … Andy hat

58

sie verloren … er hat sie auf dem Flughafen in Mailand verloren.« Sie hob die Kamera auf und untersuchte sie mit frischem Interesse. »Aber wo haben Sie sie denn gefunden?«

»Genau das wollte ich auch gerade fragen, Evelyn.« David stand in der Tür und war von Martin verdeckt worden, der Evelyn gegenüberstand. Der Inspektor drehte sich um, als David das Zimmer betrat. Er deutete auf die Kamera. »Wo haben Sie sie gefunden, Inspektor?«

»Oh – guten Morgen, Sir«, sagte Martin mit seiner gewohnten Höflichkeit. »Schön, dass Sie da sind, ich wollte mich ohnehin noch einmal mit Ihnen unterhalten.«

»Ich schlage vor, Sie beginnen mit der Beantwortung meiner Frage«, sagte David kompromisslos.

»Wir haben die Kamera und die Schnappschüsse zusammen gefunden, Sir.«

»Ja … und wo?«

Martin antwortete nicht sofort. Er wartete, bis David sich in eine Position begeben hatte, von der aus er die Schnappschüsse sehen konnte. Auf diese Weise hatte er sowohl den Mann als auch die Frau im Blickfeld.

»Wir haben sie in einem Haus in der Reigate Street gefunden. In dem Haus, in dem Judy Clayton wohnte.«

Roy Norton parkte auf der Straße, etwa hundert Meter vom Eingang von Gameswood House entfernt, und hatte bereits drei Zigaretten geraucht, als er Martins Auto aus der Einfahrt kommen sah. Er öffnete schnell seine Tür, stieg aus und winkte dem Polizeiauto, anzuhalten. Martin bremste und parkte seinen Wagen hinter dem Allegro. Als Roy neben dem Wagen auftauchte, lehnte Martin sich hinüber, um die Tür auf der Beifahrerseite zu öffnen. Roy warf seine Zigarette weg, bevor er sich neben ihn setzte.

»Ich habe auf Sie gewartet, Inspektor. Ich wollte noch einmal mit Ihnen reden über … Judy Clayton.«

»Ach?«

Die einsilbige Antwort machte Roy nicht gerade zuversichtlicher. Er warf einen unsicheren Blick auf das Profil des Inspektors.

»Es war mir ein bisschen unangenehm, vor Mrs. Walker über sie zu sprechen. Ich meine – ich wollte nicht, dass sie einen – nun ja – falschen Eindruck bekommt.«

»Einen falschen Eindruck wovon, Sir?« Martins Ton machte deutlich, dass er sich nicht mit Anspielungen zufrieden geben wollte.

»Über meine Beziehung … ich meine, meine Verbindung zu …« Roy unterbrach den Satz und seufzte.

»Fahren Sie nur fort, Mr. Norton.«

»Hören Sie, ich will ganz offen zu Ihnen sein, Inspektor.« Roy straffte die Schultern wie Sidney Carton, der das Schafott besteigen wollte, um das Leben eines anderen zu retten. »Ich habe Sie in Bezug auf Judy Clayton angelogen. Sie hat sich nicht nur erkundigt, ob sie unseren Kurs besuchen kann, sie … Tatsächlich hatte sie mehrere Stunden bei uns.«

»Bei Ihnen persönlich?«

»Ja. Tja, Sie haben's erfasst.« Nachdem er die kurze

Erklärung von sich gegeben hatte, fühlte sich Roy erleichtert genug, um etwas von seinem alten Charme hochkommen zu lassen. »Ich dachte, Sie sollten es wissen. Es ist immer besser, in diesen Dingen ganz offen zu sein.«

»Erzählen Sie mir von Miss Clayton«, sagte Martin leise. Er hob eine Hand, um den Rückspiegel einzustellen. »Was für ein Mensch war sie?«

Roy wartete, bis ein mit Schotter beladener Lastwagen vorbeigerauscht war.

»Nun, sie war ganz in Ordnung, nehme ich an. Ehrlichgesagt habe ich sie nicht näher kennengelernt.«

»Wie viele Unterrichtsstunden hat sie von Ihnen erhalten?«

»Etwa ein halbes Dutzend, würde ich sagen. Sie hat sich für den kompletten Kurs angemeldet, das sind fünfzehn Einheiten, aber leider hat sie … nun, um ehrlich zu sein, hat sie sich geweigert, uns zu bezahlen. Wir konnten einfach keinen Penny aus ihr herausbekommen.«

»Damit überraschen sie mich, Mr. Norton. Nach allem, was man hört, war sie ziemlich wohlhabend.«

»Tja, diese Erfahrung haben wir nicht gemacht. Sie hat immer wieder Rechnungen von uns erhalten, aber nichts ist passiert.«

»Haben Sie mit ihr darüber gesprochen, persönlich, meine ich?«

Als er zögerte, lenkte Roy seinen Blick in den Rückspiegel und traf dort direkt auf Martins Augen.

»Ja, das habe ich«, sagte er und nickte nachdrücklich. »Ich habe sie eines Tages auf der High Street getroffen und war ziemlich offen zu ihr. Ich sagte: »Sie schulden uns zwölf Pfund, Schätzchen. Bezahlen Sie endlich – und keine Ausreden, oder Sie werden von unseren Anwälten hören.«

»Was ist passiert?«

»Sie hat nur gelacht.«

»Ist das alles?«

»Nun, nein. Als ich gerade gehen wollte, sagte sie, dass wir die Sache besprechen könnten, wenn ich Lust hätte, einmal bei ihr vorbeizukommen.«

»Und, sind Sie bei ihr gewesen, Mr. Norton?«

Diesmal löste Martin seinen Blick vom Spiegel und drehte seinen Kopf, um Roy direkt anzuschauen.

»Natürlich war ich das nicht!«, sagte Roy und lachte. Ich bin ja auch nicht von gestern.« Noch einmal blickte er demonstrativ auf die Uhr und legte eine Hand an den Türgriff. »Wenn Sie mich entschuldigen würden, Inspektor …«

»Bevor Sie gehen«, sagte Martin, dessen Stimme immer noch freundlich und gesprächig klang, »… kennen Sie zufällig einen Mann namens Andy Mason?«

»Andy Mason?« Roy drehte sich erstaunt über diese Frage um.

»Genau! Er ist der Bruder von Mrs. Walker.«

»Ist er nicht der Mann, der das ›The Grapevine‹ betreibt, dieses hübsche Pub am Fluss?«

»Ja, in der Tat. Aber er betreibt es nicht nur, es gehört ihm auch.«

»Mrs. Walker hat ihn erwähnt«, sagte Martin beiläufig, »und ich war mir nicht sicher, ob es derselbe Mann ist.« Er beugte sich vor und öffnete die Tür für Roy. »Danke, Mr. Norton. Sie haben mir sehr weitergeholfen.«

Eine halbe Stunde nachdem das ›The Grapevine‹ an diesem Abend geöffnet hatte, war die Bar des Pubs bereits gut gefüllt und jede Minute kamen weitere Gäste hinzu. Andy Mason hatte die alten Möbel, die freiliegenden Balken und die kunstvolle viktorianische Einrichtung beibehalten, ohne den Fehler zu begehen, die Individualität zugunsten einer modernen Atmosphäre zu opfern. Im Raum ertönten lauter gutgelaunte Gespräche und gelegentliches Gelächter. Die beiden Barkeeper, Mike und George, waren damit beschäftigt, große und kleine Biere zu zapfen oder aus den Reihen umgedrehter Flaschen unter dem großen Spiegel mit der verzierten Umrandung auszuschenken.

George sah Martin sofort, als er durch die Tür kam und auf die Bar zuging. Schnell wischte er einen Fleck verschütteten Bieres von der Theke und lächelte den Inspektor an.

»Hallo, Sir! Schön, Sie zu sehen.«

»Hallo, Richards!«, sagte Martin, der überrascht war, dass er ihn erkannt hatte. »Ich wusste gar nicht, dass Sie hier arbeiten. Wie lange sind Sie schon im ›The Grapevine‹?«

»Ungefähr sechs Monate, Sir. Was kann ich Ihnen bringen, Mr. Denson?«

»Ich nehme einen Tomatensaft.« Martin wich zur Seite, um einem stämmigen jungen Mann in einem Rollkragenpullover Platz zu machen.

»Und zwei Gin Tonics, George«, sagte der Neuankömmling.

»Okay, Mr. Houghton«, sagte George und machte deutlich, dass er Martin zuerst bedienen wollte.

Der junge Mann schien sich nicht bewusst zu sein, dass er Martin beiseitegeschoben hatte. »Sieht so aus, als wäre heute Abend die Bude voll«, bemerkte er. »Wo ist Olive?«

»Sie ist in London und macht ein paar Einkäufe.« George

warf einen Blick auf die Uhr an der Bar. »Sie wird um acht Uhr wieder hier sein.«

Er drehte sich um, um Martins Tomatensaft einzuschenken.

Der junge Mann stupste den Inspektor mit dem Ellbogen an. »Er hat zwar ein hübsches Gesicht – aber er ist leider nicht unsere Olive.«

Martin schmunzelte etwas als Antwort auf das kehlige Lachen. Er hob seinen Blick auf den Spiegel hinter der Bar. Plötzlich schlug sein Herz schneller. Er hatte Sue entdeckt, die allein an einem kleinen Tisch am Fenster saß.

»Das macht dann acht Pence, Mr. Denson«, sagte George zu ihm.

Martin riss den Blick vom Spiegel los und suchte nach Kleingeld. Es war ein brutaler Schock, sie plötzlich so an einem öffentlichen Ort zu sehen. Er legte eine Münze auf den Tresen. Während George das Wechselgeld holte, drehte er sich um und beobachtete Sue. Sie hatte ein Glas Sherry vor sich stehen und sah so attraktiv aus wie immer.

»Ihr Wechselgeld, Sir«, erinnerte George ihn.

»Oh, danke.« Martin steckte die Münze ein. »Ist Mr. Mason da?«

»Er ist im Büro, Sir.«

»Sagen Sie ihm, dass ich ihn – wenn möglich – gerne sprechen würde.« Er deutete auf Sues Tisch. »Ich warte dort drüben.«

»In Ordnung, Mr. Denson«, sagte George mit einem Grinsen.

Sue hatte den zurückgezogenen und isolierten Blick einer seriösen Frau angenommen, die allein in einem Pub sitzt. Sie achtete sehr darauf, niemandem aufzufallen. Deshalb bemerkte sie auch nicht, dass Martin hereingekommen war. Dies war erst der Fall, als sie hochblickte und ihn vor ihrem Tisch stehen sah. Der abwesende Gesichtsausdruck änderte sich schnell in einen verlegenen.

»Hallo, Sue!«, sagte Martin gut gelaunt. »Was machst du hier?«

»Ich warte auf jemanden«, antwortete sie kühl.

»Ist das hier einer von deinen Schlupfwinkeln?«

»Nein, ehrlich gesagt war ich noch nie hier.«

»Gut, dann hole ich dir einen Drink.«

Sie schüttelte den Kopf und deutete auf das Glas Sherry. »Ich habe schon einen, danke.«

»Ich habe heute Nachmittag versucht, dich anzurufen«, sagte Martin und bemühte sich, dass seine Stimme nicht vorwurfsvoll klang.

»Ja, ich weiß. Ich habe die Nachricht bekommen. Ich hatte nur keine Zeit, dich zurückzurufen.«

»Ich glaube, ich habe verstanden, was das heißt, Sue.« Er zog einen unbesetzten Stuhl heran, stellte seinen Tomatensaft auf den Tisch und setzte sich neben sie. Sie bewegte ihre Beine weg, um nicht zu riskieren, dass sein Knie ihres berührte.

»Was hast du gewollt?«

»Ich wollte nur mit dir über das Haus sprechen.«

»Was ist mit dem Cottage?«

Martin hielt die Wut unter Kontrolle, die ihr Tonfall und ihre Art hervorriefen und zwang sich, emotionslos zu sprechen.

»Ich habe von den Maklern gehört. Sie haben endlich ein Angebot für das Haus gekriegt.«

»Und?«

»Ich weiß nicht, ob ich es annehmen soll oder nicht.«

»Das musst du entscheiden«, sagte Sue und schaute weg, während sie an ihrem Sherry nippte.

»Ach, Sue, hör doch auf!«, rief Martin aus, dessen Geduld am Ende war.

Sie sah ihn zum ersten Mal an, mit zusammengepressten Lippen. »Martin, es ist dein Häuschen. Wenn du es verkaufen willst, verkaufe es …«

»Also gut«, sagte Martin und wurde plötzlich aufbrausend. Ich werde das verdammte Haus verkaufen – und damit basta!«

Er schluckte seinen Tomatensaft hinunter und knallte das Glas auf den Tisch. Sue musterte ihn einen Moment lang, dann schien sie ein wenig mitleidig zu werden.

»Ich weiß nicht, warum du es nicht schon letztes Jahr verkauft hast, als wir es aufgegeben haben.«

»Du weißt ganz genau, warum ich es nicht verkauft habe. Ich dachte, du würdest …«

»Du dachtest, ich würde zur Vernunft kommen?«

Er schaute ihr ernst in die Augen und sagte ganz leise: »Ich hatte gehofft, wir würden beide zur Vernunft kommen, Sue.«

Die Lichter eines Autos, das draußen ankam, schwenkten über das Fenster, und sie wandte den Kopf ab, um dem grellen Licht auszuweichen.

»Martin, ich bin sehr glücklich. Ich habe einen interessanten Job, ein gutes Gehalt und eine sehr gemütliche kleine Einzimmerwohnung. Würdest du mir jetzt bitte einen Gefallen tun? Lass mich in Ruhe …«

Sie hielt inne und sprach die letzten Worte langsam und leise, aber mit großem Nachdruck. Martin wusste, dass es nichts mehr zu sagen gab. Er seufzte und erhob sich vom Tisch. Als er den Stuhl zurückschob, hörte er eine Stimme hinter sich.

»Inspektor Denson?«

»Ja?«

»Ich bin Andy Mason. Ich glaube, Sie wollten mit mir sprechen?« Andy Mason entsprach bei weitem nicht der gängigen Vorstellung eines Gastwirts. Martin schätzte sein Alter auf etwa fünfunddreißig. Er war fast so groß wie der Inspektor, aber viel zierlicher gebaut. Er trug eine Brille mit dunklen Rändern, die ihm ein leicht studiertes Aussehen verlieh – ein Eindruck, der durch seinen etwas nachlässigen Kleidungsstil noch verstärkt wurde: eine abgewetzte Tweedjacke, eine an den Knien ausgebeulte Hose, eine gestreifte Krawatte mit einem kleinen, leicht schiefen Knoten. Sein Auftreten war einfach und freundlich, aber auch ein wenig vorsichtig und zurückhaltend, so als hätte ihn die Erfahrung gelehrt, Freundschaften nicht allzu schnell zu schließen.

»Ja«, sagte Martin. »Hätten Sie ein paar Minuten Zeit für mich?«

»Natürlich.« Andy nickte und lächelte dann zu Sue hinunter. »Guten Abend.«

Sue antwortete mit ihrem charmanten, freundlichen Lächeln: »Guten Abend.«

»Weshalb wollten Sie mich sprechen?«, fragte Andy Martin ohne einen Anflug von Unmut oder Besorgnis.

»Ich möchte, dass Sie sich etwas ansehen, Mr. Mason. Vielleicht könnten wir in Ihr Büro gehen?«

»Ja, natürlich.« Andy Mason drehte sich um und wies den Weg zu einer Tür neben der Bar. Martin blieb noch einen Moment sitzen, in der Hoffnung, dass er sich von Sue auf eine weniger verletzende Weise trennen konnte.

»Wiedersehen, Sue.«

Von dem Lächeln, das sie Andy Mason geschenkt hatte, war keine Spur mehr zu sehen. »Wiedersehen«, sagte sie und betonte die erste Silbe unmissverständlich.

Um das Büro von Andy Mason zu erreichen, mussten sie zwischen dem Ende der Bar und dem Haupteingang hindurchgehen. In diesem Moment öffnete sich die Tür und eine blühende, dralle Frau, die immer noch gut aussah und vor Selbstbewusstsein strotzte, kam herein. Sie musste die Schwingtür mit einer Hüfte aufhalten, während sie ihre Pakete durch den Spalt manövrierte. Ein Gast, der in einer Runde nahe der Tür saß, war ihr zu Hilfe gekommen. Olive hatte eine anzügliche Bemerkung gemacht und seine Freunde lachten über ihre Antwort. Mike, der zweite Barmann, hob die Klappe am Ende der Theke hoch und eilte zu ihr.

»Er wollte dir nur mit deinen Paketen helfen, Olive, das

ist alles.«

Olive zwinkerte dem jungen Mann, der sich wieder zu seinen Freunden gesellt hatte, breit zu. »Ich weiß schon, was er wollte.«

»Hallo, Olive!«, sagte Andy und lachte. »Hattest du einen schönen Tag?« Er betrachtete das halbe Dutzend großer Pakete, die ihr Mike gerade abnahm, und lächelte Martin an. »Was für eine dumme Frage, nicht wahr? So wie es aussieht, hat sie die halbe Oxford Street gekauft.«

Mike tat so, als sei er von der Last der Ladung geknickt. »Ja«, sagte er zu Andy. »Und wenn du mich fragst, wird sie am Donnerstag einen Vorschuss haben wollen.«

»Nein, das werde ich nicht, Mr. Clever«, protestierte Olive mit ihrer vollen, tragenden Stimme. »Ich habe meinen Lohn noch nicht angerührt.« Sie senkte ihre Stimme und rückte ihr Gesicht näher an das von Andy. »Die Pakete gehen alle auf Victors Kosten.«

Martin lächelte mit den anderen über die kleine Komödie.

Bevor er Andy in sein Büro folgte, warf er einen letzten Blick in Sues Richtung. Sie saß immer noch da, tief in Gedanken versunken, und starrte auf ihr halb geleertes Glas Sherry.

Das Büro von Andy Mason befand sich direkt hinter der Bar. Der Raum war früher das Lager gewesen, in dem die alten Bierfässer aufbewahrt wurden. Das moderne Mobiliar, das Andy aufgestellt hatte, passte nicht zu den dicken, spröden Wänden und auch nicht zu den massiven Eichenbalken an der Decke. Martin wunderte sich über die Hintergrundgeräusche aus der Kneipe. Die Gespräche von dort konnte man selbst noch hören, als Andy die Tür geschlossen hatte. Dann erkannte er, dass diese aus einem Lautsprecher hinter Andys Schreibtisch kamen. Er konnte Georges Stimme unter den anderen identifizieren. Auf Andys Schreibtisch lag ein Wust aus Papieren und Fachzeitschriften.

Martin stellte den Aktenkoffer auf einen metallenen Aktenschrank und schnappte die Verschlüsse auf. Andy beobachtete neugierig, wie er die Polaroid-SX-70-Kamera herausholte und sie ihm reichte.

»Ist Ihnen diese Kamera bekannt, Sir?«

Andy öffnete das Lederetui mit einer leichten Vertrautheit und holte die Kamera heraus. Er drehte sie um, entdeckte Kratzer auf der Unterseite und sah den Inspektor mit einem verdutzten Stirnrunzeln an.

»Ja«, sagte er. »Diese Kamera gehört mir. Daran gibt es keinen Zweifel.« Er überprüfte, ob sich ein Film in der Kamera befand und legte sie wieder in den Koffer. »Ich fasse es nicht. Ich hätte nie gedacht, dass ich sie jemals wiedersehen würde.«

»Sie sagten, Sie hätten sie am Mailänder Flughafen verloren?«

»Ja. Na ja, zumindest dachte ich, ich hätte sie verloren. Entschuldigen Sie, ich schalte das Ding hier aus. Manchmal höre ich ganz gerne, was hinter meinem Rücken vor sich geht.« Als der Schalter nach oben ging, verstummten die Hintergrundgeräusche abrupt. Er legte die Kamera auf dem Schreibtisch ab. »Das ist eindeutig meine. Aber wie sind Sie denn da rangekommen, Inspektor? Ich dachte, ich hätte sie am Mailänder Flughafen verloren.«

»Wir führen bestimmte Nachforschungen durch, Sir«, sagte Martin so vage, dass der Satz wenig hilfreich war, »und im Laufe unserer Ermittlungen haben wir zufällig diese Kamera gefunden.«

»Nachforschungen über was – gestohlenes Eigentum?« Andys Stirn war immer noch von dem verblüfften Stirnrunzeln zerfurcht.

»Nein, Sir.« Martins Augen hatten sich müde im Raum umgesehen. Jetzt richteten sie sich wieder auf Andy und sein Ton wurde sachlicher. »Mr. Mason, sagen Sie mir, was genau ist am Flughafen passiert?«

»Es ist nichts passiert, außer, dass ich in einem panischen Zustand war.« Andy lächelte selbstironisch. »Das bin ich immer, wenn es ums Fliegen geht. Das macht mir eine Höllenangst. Ich hatte etwa sechs Doppelte intus und war gerade auf dem Weg zu den Toiletten – nachdem ich David meine Kamera und diverse andere Dinge gegeben hatte –, als plötzlich die Flugnummer aufgerufen wurde. Das nächste, woran ich mich erinnerte, war, dass wir in dem verdammten Flugzeug saßen und ich mit meinem Sicherheitsgurt kämpfte.«

»Um es klar zu sagen, waren Sie also sternhagelvoll?« Andy lachte und nickte. »Ja, ich denke, das war ich.«

»Wann haben Sie das Fehlen der Kamera bemerkt?«

»Ach, erst am nächsten Tag«, antwortete Andy, der sich nun besser fühlte.

»Ich war gerade dabei, ein paar Sachen zu sortieren, als mir plötzlich auffiel, dass ich sie nicht mehr hatte. Ich rief sofort David an und er sagte, ich hätte sie ihm nie gegeben. Er sagte sogar, er habe sie nicht mehr gesehen, seit wir das Hotel verlassen hatten.«

»Verstehe.« Martin nickte und stand einen Moment lang da und betrachtete Andy.

Der Gastwirt legte die Kamera auf ein aufgeschlagenes Exemplar von ›The Vintner‹. »Ich muss sagen, ich bin sehr froh, dass Sie sie gefunden haben, Inspektor. Das hier ist ein ziemlich teures Spielzeug und es war nicht versichert. Aber Sie haben mir immer noch nicht gesagt, wo Sie die Kamera gefunden haben?«

»Kennen Sie eine Frau namens Judy Clayton?«

»Nein, ich fürchte …« Andy schüttelte den Kopf, dann schürzte er die Lippen, während er nachdenklich zu Boden blickte.

»Judy Clayton? Ich kenne den Namen … Habe ich nicht erst kürzlich etwas über sie gelesen?« Er schnippte mit den Fingern. »Großer Gott, ich erinnere mich! Das ist doch sicher das Mädchen, das ermordet wurde?«

70

»Das ist richtig, Sir«, stimmte Martin gleichmütig zu.

»Nun, was hat Judy Clayton mit meiner Kamera zu tun?«

»Wir haben sie in ihrem Schlafzimmer gefunden, Sir. In einem Schrank.«

»Aber wie um Himmels willen ist sie da rangekommen?«

»Keine Ahnung. Es sei denn, sie war eine Freundin von Mr. Walker und er hat sie ihr gegeben.«

»Das ist absurd, Inspektor!«, rief Andy mit besonderem Nachdruck aus.

»Weshalb, Sir?«, fragte Martin mit unschuldig ruhiger Stimme.

»Weil erstens David die Kamera nicht gestohlen hätte und zweitens …« Was immer er auch sagen wollte, Andy sprach nicht weiter, nahm seine Brille ab und begann sie mit einem Taschentuch zu polieren.

»Fahren Sie fort«, forderte Martin ihn auf.

»Und zweitens«, sagte Andy und überlegte die Wahl seiner Worte, »hätte er sich sicher nicht mit einem Mädchen wie Judy Clayton angefreundet.«

»Sie meinen, er ist einfach nicht der Typ dafür?«

»Das ist genau das, was ich meine. Haben Sie ihn denn nicht kennengelernt?«

»Doch, das habe ich. Und er ist doch Ihr Schwager, Sir, nicht wahr? Mich würde interessieren, was Sie über ihn denken?«

Andy setzte seine Brille wieder auf und schaute dem Inspektor direkt in die Augen. »Nun, das kann ich Ihnen in zehn Sekunden sagen. Er ist loyal, ehrlich und ein verdammt guter Ehemann. Wenn Sie mich fragen, viel besser, als meine Schwester es verdient hat.«

Martin nahm sein Abendessen in einem kleinen Restaurant am anderen Ende von Guildfleet ein und war um kurz nach halb neun zu Hause. Wie immer überkam ihn ein Gefühl der Niedergeschlagenheit, als er die Wohnung betrat, von der er wusste, dass sie leer war. Er hängte seinen Mantel im Flur auf und legte den Aktenkoffer auf den Boden neben das Sofa. Darin befanden sich genug Dokumente, um ihn bis Mitternacht zu beschäftigen. Er holte eine Dose Bier aus dem Kühlschrank, öffnete sie und goss den halben Liter vorsichtig in ein gekipptes Glas.

Er blätterte durch die auf dem Tisch verstreuten Langspielplatten und versuchte, eine auszuwählen, die ihn nicht von seiner Arbeit ablenken würde, als plötzlich die Türklingel schrill ertönte. Er kippte sein Bier hinunter und ging durch den Flur, um die Tür zu öffnen.

Seine Besucherin, die sich immerhin getraut hatte, bei ihm zu klingeln, musste es sich anders überlegt haben, denn als Martin auf den Treppenabsatz blickte, war sie bereits unten auf der Treppe. Sie drehte sich um, als sie bemerkte, dass es für sie kein Zurück mehr gab, und ging langsam wieder hoch.

»Guten Abend, Inspektor Denson«, sagte sie nervös. Martin setzte für die die leicht komische Gestalt ein beruhigendes Lächeln auf. Sie war eine korpulente Frau, weit über fünfzig, mit einem dreifachen Kinn und rosigen Pausbäckchen. Ihre kleinen, aber bemerkenswert scharfen und aufmerksamen Augen waren leicht mit Wimperntusche geschminkt. Sie hatte offensichtlich ihre besten Kleider angezogen, vermutlich aus einem alten Kleiderschrank, in dem Mottenkugeln diese seit einem Jahrzehnt konserviert hatten. Am unpassendsten von allem war, dass sie einen mit Plastikblumen verzierten Hut trug, der eher zu einem Nachmittag auf dem Rasen von Ascot gepasst hätte.

»Guten Abend«, antwortete Martin zurückhaltend, dann erkannte er sie plötzlich. »Ach, Sie sind's, Mrs. Bodley. Es tut mir leid, dass ich Sie nicht gleich erkannt habe.«

»Ich fürchte, das liegt am Hut, er …« Sie berührte ihn mit einer zitternden Hand. »Hätten Sie ein paar Minuten Zeit für mich, Inspektor?«

»Ja, natürlich. Gerne.« Martin hielt seine Tür weit auf. »Kommen Sie herein!«

Als er Judy Claytons Vermieterin in sein Wohnzimmer führte, fiel ihm plötzlich auf, wie unaufgeräumt der Raum war. Ihre scharfen kleinen Augen blickten missbilligend auf die Bücher auf dem Sofa, die verstreuten Plattenhüllen, den Staub auf den Regalen und mindestens zwei schmutzige Tee- oder Kaffeetassen.

Martin ging an ihr vorbei, hob einige Bücher auf, die auf dem Sofa herumlagen, und stellte sie auf den Boden.

»Setzen Sie sich, Mrs. Bodley. Ich habe mir gerade einen Drink geholt. Möchten Sie auch einen?«

»Nein, danke, Sir.« Mrs. Bodley schüttelte zaghaft den Kopf und die Plastikblumen zitterten. Sie ließ ihre voluminöse Persönlichkeit vorsichtig auf das niedrige Sofa sinken.

»Nun, was kann ich für Sie tun?«

»Ich … ich muss mich bei Ihnen entschuldigen, Inspektor. Neulich, als Sie im Haus waren, war ich …« Sie brach ab und sah ihn dann direkt an. »Tja, ich fürchte, ich war nicht besonders zuvorkommend und hilfreich.«

»Nein, aber das war verständlich«, sagte Martin beschwichtigend. »Der Mord muss ein großer Schock für Sie gewesen sein.«

»Ja, das war er.« Mrs. Bodley schüttelte den Kopf und seufzte tief. »Ein großer Schock. Ich … ich konnte es einfach nicht glauben. Selbst jetzt noch denke ich manchmal …«

»Was wollen Sie mir sagen, Mrs. Bodley?« Martin nahm sein Bier und setzte sich auf einen Stuhl ihr gegenüber.

»Ich habe heute Morgen einen Mr. Revelwhite getroffen, ich weiß nicht, ob Sie ihn kennen? Er ist Anwalt ...«

»Ja, ich kenne ihn. Von ›Revelwhite & Tucker‹ in der Mortimer-Street.«

»Stimmt genau. Horace Revelwhite ist ein alter Freund von mir, ich kenne ihn schon seit Jahren.«

»Das ist eine sehr gute Kanzlei.« Martin setzte das Glas an die Lippen und leerte es um ein Drittel.

»Ich habe ihn wegen einer Immobilie konsultiert, die ich gerade verkauft habe. Es gibt ein paar Probleme mit dem ...« Sie wechselte das Thema mit einem Augenzwinkern. »Jedenfalls fingen wir an, über den Mord zu reden, über Judy Clayton. Ich sagte, dass Sie mich befragt hätten und dass ich ziemlich, nun ja ...«

Martin lächelte. »Ziemlich schwierig?«

»Genau!«, sagte sie, erleichtert, dass es sich als weniger schwierig erwies, als sie erwartet hatte. »Um es kurz zu machen, er sagte mir, ich solle hierher kommen und mich entschuldigen.«

»Ich wette, er hat Ihnen auch gesagt, dass Sie in Zukunft nicht mehr so eine sture alte Henne sein sollen!«

»Genau das hat er mir gesagt!« Mrs. Bodley stieß ein tiefkehliges, keuchendes Lachen aus. »Das waren genau seine Worte.«

»Ich kenne Horace Revelwhite – und ich bin ihm sehr dankbar dafür.« Martin hatte seine ernsteste Miene aufgesetzt. »Wir brauchen jede Hilfe, die wir bekommen können, Mrs. Bodley. Wenn Sie irgendetwas über Judy Clayton wissen, irgendetwas, von dem Sie glauben, dass es die Polizei interessieren könnte, dann sagen Sie es mir bitte.«

Sie schürzte die Lippen und zögerte, als wäre sie sich nicht sicher, ob sie offen sprechen sollte oder nicht. Als sie damit begann, tat sie es in einem gesenkten, vertraulichen Ton.

»Das Einzige, was ich Ihnen sagen kann, ist, dass sie

viele Freunde hatte – Männer, meine ich – und sie war sicherlich nie knapp bei Kasse.«

»Erzählen Sie mir von diesen Freunden.«

»Gut.« Sie schaute auf ihre Schuhe hinunter, immer noch nicht ganz glücklich über das, was sie da tat. »Da war ein Kerl namens Norton – Roy Norton.«

»Er betreibt eine Fahrschule«, warf Martin ein, um ihr auf die Sprünge zu helfen. »Ja, genau. Er war sehr eng mit ihr befreundet – etwa sechs Monate lang. Dann war es plötzlich zu Ende, ich weiß aber nicht warum.«

Ihr Mund blieb offen stehen, nachdem sie gesprochen hatte, und sie starrte durch das vorhanglose Fenster hinaus.

»Fahren Sie fort, Mrs. Bodley.«

»Kurz danach war da ein anderer Mann … Wie um alles in der Welt hieß er bloß?« Sie kratzte sich an der Seite ihres Oberschenkels, um ihrem Gedächtnis auf die Sprünge zu helfen. »Er kam nie zu ihr nach Hause, aber sie war verrückt nach ihm. Sie hatte es immer ganz eilig nach London, um ihn zu treffen. Eines Abends traf ich die beiden zufällig im Theater und sie stellte mich ihm vor ... Wie zum Teufel war doch bloß sein Name ...?« Ihre Augen suchten den Raum nach Informationen ab. Seltsamerweise fand sie diese auf der Hülle von ›The Gondoliers‹. »Mason! Das war der Name! Andy Mason.«

»Andy Mason?« Martin war überrascht, aber sein Gesicht verriet nichts. »Sind Sie sicher, dass das der Name war?«

»Ja, da bin ich mir ganz sicher.«, bekräftigte Mrs. Bodley und vergaß ihr Zögern von vorhin.

»Ihm gehört ›The Grapevine‹, dieses hübsche kleine Pub gleich beim Fluss.«

»Das wusste ich nicht.« Sie schüttelte selbstgerecht den Kopf, als ob es etwas leicht Unanständiges wäre, ein Pub zu besitzen. »Ich weiß nur, dass sie miteinander sehr befreundet waren.«

»Mr. Mason hat einen Schwager, einen Mann namens David Walker.«

»Ja, der Sergeant hat ihn erwähnt.«

Martin stellte sein Glas ab, stand auf und holte seinen Aktenkoffer vom Boden neben Mrs. Bodleys pummeligen Beinen.

»Wir interessieren uns sehr für Mr. Walker. Er hat Judy Clayton an dem Tag, an dem sie ermordet wurde, in seinem Wagen mitgenommen. Aber es gibt noch andere Gründe, warum wir uns für ihn interessieren, Mrs. Bodley.« Er drückte auf die Verschlüsse des Koffers, die mit einem scharfen Knacken aufschnappten. »War David Walker ein Freund von Judy Clayton?«

Sie betrachtete den Koffer auf Martins Knie mit einem gewissen Unbehagen. »Nein, ich glaube nicht. Sie hat ihn jedenfalls nie erwähnt. Aber er könnte es natürlich trotzdem gewesen sein. Sie hat eine Menge Leute zu sich eingeladen, die irgendwann einmal da waren. Ich glaube, die Hälfte von ihnen habe ich nicht einmal gesehen. Wie sieht dieser David Walker denn aus?«

»Nun, wenn er im Urlaub ist, dann sieht er so aus.« Martin hatte den großen weißen Umschlag aus seinem Koffer genommen. Er wählte einen der Schnappschüsse aus und reichte ihn Mrs. Bodley. Sie warf nur einen kurzen Blick darauf und schaute dann auf.

»Aber das ist der Mann, von dem ich Ihnen erzählt habe! Der, den sie mir vorgestellt hat.« Sie hatte einen völlig verblüfften Gesichtsausdruck. »Der Mann, von dem sie sagte, er hieße Andy Mason!«

Es war sehr viel später an diesem Abend, als Roy Nortons Jaguar – sein persönliches Auto, nicht die Schrottkarre, die er für die Fahrstunden benutzte – in die Einfahrt von Gameswood House einbog. Die eisige Stille hatte den ganzen Weg vom ›The Bear Hotel‹ angehalten. Die Flasche Burgunder und das Chateaubriand-Steak, das sie sich im Grillrestaurant von Guildfleets teuerstem Etablissement geteilt hatten, hatten nichts dazu beigetragen, Evelyn Walkers Laune zu verbessern.

Roy hielt den Wagen vor der Tür an und stellte den Motor ab. In Anbetracht ihrer Vereinbarung, Gameswood House nicht mehr für ihre Treffen zu nutzen, wusste er, dass sie ihn nicht hereinbitten würde. Dennoch wollte er versuchen, die Dinge zu klären, bevor sie sich trennten. Ihre Haltung war so ungerecht. Sie schien zu denken, dass er nichts Anderes zu tun hatte, als ihr auf der Nase herumzutanzen. Wenn er sie nicht so verdammt begehrenswert gefunden hätte, hätte er die Sache schon längst abgebrochen, aber er wusste jetzt, dass er wirklich süchtig nach ihr war. Es war keine Liebe im eigentlichen Sinne, eher eine leidenschaftliche Abhängigkeit.

»Es tut mir wirklich leid wegen heute Abend, Evelyn. Ich wusste nicht, dass es so lange dauern würde.«

Sie warf ärgerlich den Kopf hin und her. »Ich bin mir verdammt blöd vorgekommen, als ich dort allein sitzen musste.«

»Ja, ich weiß. Es tut mir leid, Schatz.« Roy legte ihr einen Arm um die Schultern und versuchte, sie an sich zu ziehen. Sie stieß seinen Arm fort und rutschte von ihm nach hinten weg.

»Ich verstehe immer noch nicht, warum du nicht einfach vom Hotel aus anrufen konntest. Stattdessen bist du mitten beim Essen in dein Büro geeilt!«

»Ich habe dir doch gesagt, dass ich mich an ihre Nummer nicht erinnern konnte und die dumme alte Kuh nicht im Telefonbuch steht, also habe ich …« Er nahm ihre Hände und zog sie zu sich heran. »Hör zu, Evelyn, es tut mir leid – ich entschuldige mich. Lass es uns vergessen, Schatz.«

Abrupt änderte sich ihre Stimmung. Sie rückte näher und ließ zu, dass er seinen Arm streichelnd um ihre Schultern legte.

»In Ordnung, aber versprich mir, dass du es nicht wieder tust?«

»Natürlich werde ich das nicht mehr ...«

Sie drehte sich um, um ihm ins Gesicht zu sehen. Ihr Ausdruck war neckisch, fast spöttisch. »Versprochen? Hand aufs Herz und schwöre es!«

»Ja, natürlich, ich verspreche es!«

Ihre Lippen waren nun geöffnet und feucht. Er beugte den Kopf nach vorne und gab ihr einen langen Kuss. Als er spürte, wie das Verlangen in ihm wuchs, löste sie sich von ihm und legte ihre Hand an die Türklinke.

»Ich rufe dich morgen irgendwann an, wahrscheinlich am Nachmittag.«

»Okay, Schatz«, sagte Roy und versuchte, seine Enttäuschung zu verbergen. Sie schlug die Tür zu. Er winkte ihr zu und ließ den Motor an.

Evelyn sah zu, wie die Rücklichter durch das Tor verschwanden, während sie in ihrer Handtasche nach ihren Schlüsseln suchte. Es war helllichter Tag gewesen, als sie das Haus verließ, jetzt jedoch lag es in völliger Dunkelheit. Als sie die Tür öffnete und den dunklen Flur betrat, hatte sie keine Furcht. Sie wusste genau, wo sie den Lichtschalter finden würde. Mit entschlossenen Bewegungen machte sie das Licht im Flur an, streifte ihren Mantel ab und warf ihn über einen Stuhl. Sie ging weiter ins Wohnzimmer und hielt an der Tür inne, um alle Schalter umzulegen und den Raum mit Licht zu fluten. Schnell ging sie zu den Fenstern und zog an den

Schnüren, mit denen die Vorhänge zugezogen wurden.

In der kurzen Zeit, in der sie sich von Roy getrennt hatte, hatte sich ihr Verhalten völlig verändert. Ihre mädchenhafte Launenhaftigkeit und die neckische Verspieltheit waren verschwunden. Sie hatte ihren Verehrer bereits völlig aus ihrem Gedächtnis verdrängt und sah eher aus wie die Direktorin einer Wirtschaftsschule als die Geliebte eines Fahrlehrers.

Einen Moment lang stand sie still in der Mitte des Raumes mit steifem Gesichtsausdruck, während sie ihre Gedanken ordnete. Sie warf einen Blick auf ihre Uhr und ging dann zielstrebig zu dem Sofa hinüber, das im rechten Winkel zum Kamin aufgestellt war. Auf dem kleinen Tischchen daneben stand das Telefon. Sie nahm den Hörer ab, wählte drei Ziffern und wartete ungeduldig, bis sich die Telefonistin meldete.

»Ein Auslandsgespräch, bitte«, sagte sie knapp. »In die Vereinigten Staaten.«

Diesmal war die Wartezeit kürzer und die internationale Vermittlung antwortete rasch.

»Internationaler Dienst. Welches Land, bitte?«

»Ich möchte ein Telegramm nach New York senden … Meine Nummer ist Guildfleet 701 … Der Name des Teilnehmers ist Walker … Das Telegramm ist für einen Mr. Jack Stenhouse … Ja, genau, Stenhouse. Waldorf Astoria Hotel, Park Avenue, New York … Bitte ruf mich morgen Abend um zehn Uhr an. Ich muss mit dir sprechen. Alles Liebe. Evelyn … Ja, genau … *Evelyn*.«

Während sie der Telefonistin zuhörte, die ihr die Nachricht nochmals vorlas, wurde sie auf einen glänzenden Gegenstand aufmerksam, der auf dem kleinen Tisch lag. Es war Davids Zigarettenetui. Es war offen, so als wäre er beim Befüllen aus der großen silbernen Zigarettenschachtel überrascht worden.

Als die Telefonistin fertig war, bedankte sie sich knapp bei der Vermittlung, legte den Hörer auf und hob nachdenklich das Etui hoch. Plötzlich drehte sie sich um, als erwarte sie, dass David zur Tür hereinkam, so wie er es an dem Tag getan hatte, als Inspektor Denson hier gewesen war.

Im Haus war es sehr still, als sie auf den Flur hinausging. Irgendwo knarrte ein Brett, und die große Standuhr tickte so, wie sie es immer wenige Sekunden vor dem Schlagen tat. Sie ging an den Fuß der Treppe und rief leise: »David?«

Oben war kein Licht zu sehen. Ihre Kehle hatte sich zusammengeschnürt und sie wusste, dass ihre Stimme zu leise gewesen war. Sie versuchte es noch einmal, etwas lauter.

»David, bist du oben?«

Die Standuhr setzte zum Schlagen an und gab elf feierliche Töne von sich. Sie hallten unheimlich durch das Haus. Als Evelyn sich umdrehte, um wieder ins Wohnzimmer zu gehen, bemerkte sie, dass die Tür zu Davids Arbeitszimmer halb offen stand. Als sie vorhin gegangen war, war sie geschlossen gewesen. Genauergesagt war diese Tür nicht mehr geöffnet worden, seitdem David in ›The Crown‹ wohnte.

Sie ging zur Tür und schob sie weit auf. David hasste Deckenlampen. Alle Tischlampen, auch die auf seinem Schreibtisch, waren so verkabelt, dass sie an der Tür eingeschaltet werden konnten. Der Schalter, den sie zuerst fand, war der für die Schreibtischlampe.

Sie atmete so schnell ein, dass die Luft zwischen ihren Lippen zischte und sie instinktiv die Augen schloss. Sie brauchte vielleicht zehn Sekunden, um sich von dem Schock zu erholen und die Kontrolle über sich wiederzuerlangen. Dann drückte sie die restlichen Schalter herunter und ging langsam in den Raum und umrundete den Schreibtisch, bis sie dahinter stand.

Es stand außer Frage, dass er tot war. Er musste sofort tot gewesen sein, als die Kugel aus der kleinkalibrigen Automatik in seine Schläfe eindrang. Sein Kopf war nach vorne auf den Schreibtisch gekracht und das Blut war auf die Papiere gespritzt. Die Hand, die im Moment des Todes krampfhaft die Waffe festgehalten hatte, lag auf der grünen Lederunteralge.

Zum Glück sah man sein Gesicht nicht.

Ihr Blick schweifte schnell über den Schreibtisch und sie prägte sich die dort befindlichen Briefe und Dokumente, die Ablage für Stifte und Bleistifte, den Pfeifenständer, ein silbernes Zigarettenfeuerzeug und die tragbare Schreibmaschine ein. Letztere war zur Seite geschoben und ein einzelnes Blatt Papier – sauber und sorgfältig getippt – war darauf gelegt worden.

Sie betrachtete es einen Moment lang, dann nahm sie es in die Hand und hielt es unter die Lampe. Das halbe Dutzend Zeilen in der Mitte des Blattes erregte sofort ihre Aufmerksamkeit.

> *Ich habe Judy Clayton getötet. Am Ende hatte ich keine andere Wahl, als mich selbst zu töten. Seit einiger Zeit hatte ich eine Affäre mit ihr. An einem Abend vor etwa sechs Monaten begann sie, mich zu erpressen.*

Sie blickte auf den toten Körper ihres Mannes. Sie hatte einen traurigen, beinahe schon verzweifelten Gesichtsausdruck. Dann richtete sich auf und lauschte. Sie war sich fast sicher, dass sie ein Auto gehört hatte, das in die Auffahrt gebogen war und vor dem Haus gehalten hatte. Sie hielt immer noch die Nachricht in der Hand. Aus einem plötzlichen Impuls heraus nahm sie das Feuerzeug in die Hand und versuchte, die Flamme zu entzünden. Beim zweiten Mal loderte die Flamme auf. Gerade in diesem Moment klopfte jemand zweimal heftig an die Haustür.

Das Klopfen, das durch das leere Haus hallte, klang dringlich und befehlend. Der Türklopfer musste von der Hand einer Autoritätsperson betätigt worden sein. Sie erstarrte, unsicher darüber, was sie tun sollte. Sie hielt die Flamme nur wenige Zentimeter von der Ecke des Abschiedsbriefes entfernt. Dann klappte sie das Feuerzeug zu, stellte es zurück auf

den Schreibtisch und legte das Blatt wieder auf die Schreibmaschine, wo sie es vorgefunden hatte.

Vollkommen selbstbeherrscht bewegte sie sich in ge-
mächlichem Tempo auf die Tür des Arbeitszimmers zu.

# Kapitel
## 2

»Vielleicht ist sie schon zu Bett gegangen«, schlug Kennedy vor. »Soll ich mal klopfen?«

»Das Licht im Flur ist an«, sagte Martin, »und außerdem ist es erst kurz nach elf.«

Nachdem Christine Bodley gegangen war, hatte Martin Sergeant Kennedy bei sich zu Hause abgeholt und ihm gesagt, dass sie nun David Walker befragen würden.

Zu beider Überraschung hatte ihnen der Betreiber des ›The Crown‹ mitgeteilt, dass David seine Rechnung am frühen Abend beglichen hatte und ausgezogen war. Martin hatte daher beschlossen, es in Gameswood House zu versuchen. Die Möglichkeit bestand, dass er vielleicht zurück nach Hause gefahren war, um sich mit seiner Frau zu versöhnen. Es war doch tatsächlich erstaunlich, wie oft sich Ehepaare nach einer scheinbar endgültigen Trennung wieder in die Arme fielen.

Kennedys Hand lag bereits am Türklopfer, als Martin ihm eine Hand um den Arm legte. Durch die Tür hatte er das Klopfen der Absätze einer Frau auf dem Parkettboden gehört. Eine Sekunde später wurde die Tür geöffnet. Evelyn Walker stand da und ihr Gesicht lag im Schatten, weil das Licht von hinten kam. Trotzdem alarmierte Martin die Art, wie sie ihre Schultern und ihre Arme schlaff herabhängen ließ.

»Guten Abend, Mrs. Walker. Ist Ihr Mann zufällig hier?«

Sie hatte sich eine Hand an die Stirn gelegt und stützte sich mit der anderen am Türrahmen ab.

»Was ist denn los?« Martin warf Kennedy einen kurzen Blick zu, der einen Schritt nach vorne getreten war. »Was ist passiert?«

»Mein Mann ist … tot.« Sie sprach mit der leisen Stimme von jemandem, der unter Schock stand. »Er hat … er hat Selbstmord begangen …«

Plötzlich sanken ihre Arme wieder schlaff nach unten

und ihre Knie begannen nachzugeben. Kennedy, der schon bereit stand, konnte sie gerade noch rechtzeitig festhalten und verhindern, dass ihr träger Körper auf die Steinstufen stürzte.

»Bringen Sie sie ins Haus«, sagte Martin zu ihm, folgte Kennedy und schloss die Tür. »Es reicht, wenn Sie sie ins Wohnzimmer bringen.«

Der Inspektor bemerkte, dass das Licht dort voll aufgedreht war. Er betrat den Raum vor Kennedy. Seine Augen musterten schnell das Zimmer. Seine scharfe Nase nahm den Geruch einer kürzlich gerauchten Zigarette wahr. Das Zigarettenetui, das offen auf dem Tisch neben dem Telefon lag, erregte schließlich seine Aufmerksamkeit. Er ging hinüber und schaute es sich an, ohne es zu berühren.

»Bleiben Sie lieber bei ihr stehen«, rief er zu Kennedy, der Evelyn auf dem Sofa abgesetzt hatte.

Er ging in den Flur hinaus und bereitete sich mental auf das vor, was er dort vorfinden würde. Selbstmörder töteten sich selten so sauber, wie sie es sich erhofften. Die brennenden Lichter im gegenüberliegenden Arbeitszimmer verrieten ihm, dass er nicht weit zu suchen brauchte.

Drei Minuten später fand ihn Kennedy in dem Zimmer, wie er hinter der über den Schreibtisch gebeugten Leiche stand, den Abschiedsbrief in der Hand. Die Blicke der beiden Polizisten trafen sich wortlos. Selbst für einen Kriminalbeamten dauerte es immer eine Weile, bis er sich an den Anblick eines gewaltsam zu Tode Gekommenen gewöhnt hatte. Kennedy ging langsam in den Raum und achtete darauf, nichts zu bewegen oder zu berühren, ehe die Fotografen der Spurensicherung alles aufgenommen hatten.

Nach einer Minute blickte Martin mit ausdruckslosem Gesicht hoch: »Wie geht es ihr?«

»Den Umständen entsprechend. Es muss ein ziemlicher Schock für sie gewesen sein, ihn so aufzufinden.« Kennedy nickte mit Blick auf die Leiche. »Was glauben Sie, wie lange ist er schon tot?«

»Nicht lange, würde ich sagen. Aber das ist nur eine Vermutung. Warten wir ab, was der Arzt sagt.«

»Offenbar wusste sie nicht einmal, dass er im Haus war.« Kennedy bemerkte Martins skeptischen Gesichtsausdruck. Er fuhr fort: »Sie entdeckte plötzlich sein Zigarettenetui auf dem Wohnzimmertisch und ging ihn suchen.«

»Verstehe«, kommentierte Martin mit verhaltener Stimme. »Gut, Harry. Rufen Sie die Leute vom Revier an, sie sollen sich darum kümmern. Ach, und bitten Sie sie, im ›The Grapevine‹ anzurufen und Andy Mason mitzuteilen, was passiert ist. Ich nehme an, er wird bei seiner Schwester sein wollen.«

»Gut.« Kennedy ging zur Tür. »Ich werde das Telefon im Flur benutzen.«

Martin las sich den Zettel noch einmal durch. Dann nahm er einen Umschlag aus seiner Tasche, faltete den Zettel und steckte ihn hinein. Dann ging er nach einem weiteren kurzen Blick durch das Arbeitszimmer ins Wohnzimmer hinüber.

Evelyn saß nach vorne gebeugt auf dem Sofa und hatte den Kopf in ihre Hände gestützt. Sie schien Martins Anwesenheit nicht zu bemerken, denn er stand direkt vor ihr und blickte auf ihr zerzaustes blondes Haar hinunter. Er war kurz davor, etwas zu sagen, überlegte es sich dann aber anders.

Durch seinen ersten Besuch im Haus, wusste er wo der Getränkeschrank war. Er ging hinüber, fand eine Flasche Whisky, goss eine kleine Menge in ein Glas und fügte ein wenig Wasser hinzu.

Als er sich wieder umdrehte, sah er, dass sie ihn ansah. Ihre Lippen bewegten sich und Tränen trübten ihre Augen. Er reichte ihr das Glas.

»Trinken Sie das, Mrs. Walker.«

»Danke.« Sie nahm das Glas behutsam. Während sie an dem Getränk nippte, beobachtete er sie.

»Es tut mir leid, dass ich Sie zu diesem Zeitpunkt damit belästigen muss, aber ich fürchte, es gibt ein oder zwei Fragen, die gestellt werden müssen.«

Sie tupfte sich mit einem Taschentuch die Augen ab und schien sich zu bemühen, ein tapferes Gesicht aufzusetzen.

»Ich würde – ich würde es Ihnen sowieso lieber jetzt erzählen und es hinter mich bringen.«

»*Was* wollen Sie mir erzählen, Mrs. Walker?«

»Mein Mann hat Selbstmord begangen, weil er ...« Sie brach ab, schloss die Augen vor seelischem Schmerz und fuhr dann mit sichtlicher Verzweiflung und Mühe fort. »... er hat ... herausgefunden, ... dass ich eine Affäre mit Roy Norton hatte. David kam eines Nachmittags früher aus dem Büro nach Hause und wir ... Roy und ich ... waren oben und ...« Sie fuhr sich wieder mit der Hand über die Stirn und ihr Mund zitterte.

»Ich glaube nicht, dass es ganz so einfach ist, Mrs. Walker«, sagte Martin leise und mit angemessenem Ton.

Sie blickte scharf auf und hatte eine plötzliche Wachsamkeit in ihren Augen. »Wie meinen Sie das?«

»Ihr Mann hat einen Brief hinterlassen ...«

»Einen Brief?«

»Er ist an seinen Partner Arthur Eastwood adressiert. Darin steht, dass er mit Judy Clayton befreundet war – mit jener jungen Frau, von der ich Ihnen erzählt habe – und dass sie ihn erpresst hat.«

»David?« Sie schüttelte energisch den Kopf. »Das kann ich nicht glauben!«

»Ich sage Ihnen nur, was in dem Brief steht. Darin ist zu lesen, dass sie ihn erpresst hat und dass er sie deshalb umgebracht hat.«

»Er ...« Evelyn schien über diese neue Information völlig fassungslos zu sein. »Das kann ich nicht glauben! Ich – ich kann es einfach nicht glauben!«

»Warum glauben Sie es nicht?«

»Weil David nicht so war«, sagte sie entrüstet, »und wenn er mit jemandem näher befreundet gewesen wäre, dann hätte ich davon gewusst.«

»Hätten Sie das, Mrs. Walker?« Martin hielt inne, bevor er die Frage stellte: »Wann haben Sie Ihren Mann zuletzt gesehen?«

»Heute Morgen – Sie waren ja hier. Er kam, um seine Sachen abzuholen.«

»Hat er vielleicht gesagt, dass er später am Tag noch einmal vorbeikommen und etwas holen würde?«

Sie trank den Drink aus. Martin beugte sich vor, um ihr das Glas abzunehmen. Er stellte es zurück in den Getränkeschrank.

»Nein«, sagte sie und sah ihn mit einem besorgten Stirnrunzeln an. »Er hat mir nur gesagt, was ich ohnehin schon wusste. Dass er im ›The Crown‹ wohnt und dass ich im Büro anrufen kann, wenn ich mit ihm in Kontakt treten will.«

»Und haben Sie sich mit ihm in Verbindung gesetzt? Seit heute Morgen, meine ich?«

»Nein.« Sie hielt sich wieder das Taschentuch an die Augen und hatte einen Moment lang Mühe, sich zu beherrschen. »Nein, habe ich nicht.«

Martin setzte sich in den Sessel auf der gegenüberliegenden Seite des Kamins. Kennedy war so vernünftig gewesen, die Imitation eines Kohlefeuerkamins einzuschalten.

»Erzählen Sie mir von heute Abend, Mrs. Walker. Wie spät war es, als Sie das Haus verließen?«

»Es war gegen sechs Uhr. Roy – Mr. Norton – hat mich vor seinem Büro abgeholt und ist nach Chertsey gefahren, um einige Freunde zu besuchen.«

»Fahren Sie fort.«

»Wir hatten ein paar Drinks mit ihnen und fuhren dann zurück nach Guildfleet, wo wir im ›The Bear‹ zu Abend aßen.«

»Nur Sie beide?«

»Ja.«

»Um wie viel Uhr war das?«

»Es war etwa halb acht, als wir dort ankamen.« Sie hatte ihre Fassung wiedergewonnen und sprach nun mit mehr Sicherheit. »Ich weiß nicht mehr, wie spät es war, als wir losgefahren sind, wahrscheinlich so gegen zehn Uhr.«

»Ich nehme an, dass Mr. Norton Sie nach Hause gebracht hat?«

»Ja«, sagte sie und fügte dann schnell hinzu: »Aber er ist nicht mit ins Haus gekommen …« Sie hielt inne, da sie sich offensichtlich an etwas erinnerte. Sie hatte sich jetzt soweit unter Kontrolle, dass sie ihm ein schwaches Lächeln schenkte: »Inspektor, würden Sie etwas für mich tun? Würden Sie meinen Bruder anrufen und ihm sagen, was passiert ist?«

»Darum haben wir uns schon gekümmert«, beruhigte sie Martin. Mit Interesse beobachtete er ihre Haltung und bewunderte diese auch ein wenig. »Nur noch eine Frage, Mrs. Walker. War Mr. Norton den ganzen Abend bei Ihnen, von dem Moment an, als er Sie abholte, bis zu jenem, als er Sie nach Hause brachte?«

»Ja, selbstverständlich.« Ihre Augen hatten sich geweitet, der Blick war unschuldig. »Ja, selbstverständlich.«

»Danke vielmals.« Martin stand auf und reichte ihr die Hand, um ihr beim Aufstehen zu helfen. »Ich schlage vor, Sie gehen jetzt nach oben und legen sich ein wenig hin, Mrs. Walker. Ich werde Ihnen Bescheid geben, sobald Ihr Bruder hier ist.«

Während Martins Wohnung wohl das Missfallen der ordentlichen Christine Bodley erregt hatte, so hätte sein Büro auf dem Polizeirevier von Guildfleet wohl ein strahlendes Lächeln in ihr großzügig geschminktes Gesicht gezaubert. Das morgendliche Sonnenlicht, das durch die hellen Fensterscheiben fiel, spiegelte sich auf dem gut polierten Schreibtisch, den Aktenschränken und dem Schrank wider.

In dem ganzen Raum wirkte nur Martins Gast derangiert. Arthur Eastwood saß unbequem auf dem einzigen Ledersessel, der so glatt war, dass man ständig nach vorne rutschte. Arthur sah müde und niedergeschlagen aus. Sein Tweedanzug war noch zerknitterter als sonst. Er starrte auf den Zettel, der auf Davids Schreibmaschine hinterlassen wurde, und hielt ihn in Armeslänge, um seine Weitsichtigkeit zu kompensieren.

»Aber dieser Brief ist mit der Schreibmaschine geschrieben und die Unterschrift könnte von jedem sein!«, protestierte er.

Martin, der hinter seinem Schreibtisch saß, beugte sich nach vor, um nach dem Zettel zu greifen, den Arthur Eastwood auf die andere Seite des Tisches gelegt hatte.

»Das ist aber etwas anderes, als Sie vorhin gesagt haben, als ich Ihnen den Zettel zum ersten Mal gezeigt habe. Sie sagten …«

»Ich sagte, das die Unterschrift, wie seine *aussieht*. Und das tut sie auch. Aber verdammt noch mal, ein einziges Wort – ›David‹ –, das kann doch jeder nachmachen! Ich auch.«

Arthur stützte sich mit den Händen auf die Armlehnen des Stuhls, um sich in eine aufrechtere Position zu bringen.

»Sie glauben also nicht, dass er den Zettel geschrieben hat?«

»Nein, das glaube ich nicht! Ich glaube nicht, dass er ihn getippt hat, ich glaube nicht, dass er ihn unterschrieben hat, und ich glaube nicht, dass er Selbstmord begangen hat! Und ich glaube auch nicht, dass Sie das glauben!«

»Nun, eines wissen wir, sein Tod war sicher kein Unfall. Wenn er also keinen Selbstmord begangen hat, gibt es nur eine Alternative: Mord.« Martin faltete den Zettel wieder zusammen, steckte ihn in seinen Umschlag und verstaute ihn in einer seiner Schreibtischschubladen.

»Wir haben ein Motiv für Selbstmord, aber ich bezweifle sehr, dass wir ein Motiv für Mord haben. Haben Sie eine Ahnung, warum jemand ihn ermorden wollte?«

»Nein.« Die Erwähnung von Mord hatte Arthur schockiert. Der Inspektor hatte das Wort jetzt schon dreimal benutzt  und jedes Mal hatte Arthur mit einem Zucken um die Augen reagiert. »Nein, ich habe keine Ahnung. Ich kann mir nur nicht vorstellen, weshalb …«

Er brach ab, als Martin seinen Stuhl zurückschob, hinter seinem Schreibtisch hervortrat und sich mit einem Ellbogen auf den Aktenschrank stützte.

»Mr. Eastwood, wie ist das in Ihrem Geschäft, wenn Sie eine Vermutung haben, aber alle Fakten dagegen sprechen?«

»Dann raubt mir das den Schlaf.«

Martin musste über Eastwoods düstere Bemerkung lächeln. »Tja, wenn es Sie tröstet: Im Moment raubt auch mir etwas den Schlaf.«

»Was soll das heißen, Inspektor?«

»Das soll heißen, dass ich Ihre Gedanken zwar verstehe, dass ich aber Zweifel habe, ob …«

»Ob er Selbstmord begangen hat?«

»Ja. Die Tatsachen sprechen für sich. Und die Fakten sagen uns ganz klar, dass David Walker Judy Clayton kannte – dass er sie schon lange kannte, bevor er sie am Dienstagmorgen in seinem Wagen mitnahm.«

Arthur schüttelte den Kopf. »Tut mir leid, aber dem kann ich nicht zustimmen. Was meine Annahme betrifft, so kann ich nur vermuten.«

»Wenn wir Ihre Annahme für wahr nehmen, wie erklären Sie sich dann, dass sie den Schlüsselanhänger hatte? Glauben Sie wirklich, dass sie ihn gestohlen hat? Wie erklären Sie sich die Tatsache, dass sie Fotos von ihm in einem Schrank neben ihrem Bett hatte? Und wie erklären Sie sich die Tatsache, dass sie an diesem Morgen eine Verabredung mit jemandem hatte – um 10 Uhr 30, genau an der Stelle, an der sie zu David Walker in den Wagen gestiegen ist?«

Die Anzahl von Fragen hatte Arthur in völliges Schweigen versetzt. Er senkte den Blick auf den Boden und stützte die Hände auf die Knie.

»Ich glaube einfach nicht, dass er sie kannte«, beharrte er hartnäckig und richtete sich auf, »und ich glaube immer noch nicht, dass er Selbstmord begangen hat.«

Martin drehte sich um, als jemand heftig an die Tür klopfte. Ein Polizeibeamter in Uniform kam mit einer Handvoll Dokumente herein. Martin sah resigniert zu, wie Constable Reeves den Stapel auf seinem Schreibtisch ablegte. Darin steckten mindestens zwei Stunden Arbeit, dachte er.

»Sagen Sie Sergeant Kennedy, dass ich gerne mit ihm sprechen würde«, sagte er zu Reeves, als der Beamte gehen wollte.

»Ich fürchte, er ist nicht da, Sir.« Reeves blickte zu Arthur und dann wieder zu Martin. »Mrs. Bodley, Judy Claytons Vermieterin, hat angerufen und gesagt, sie wolle ihn sprechen.«

»Wann war das?«

»Vor etwa einer Stunde, Sir.«

Martin nickte und sagte damit, dass der Constable gehen konnte. Die Tür schloss sich hinter Reeves.

Er setzte sich wieder an seinen Schreibtisch und nahm das oberste Dokument auf dem Stapel in die Hand. Es war der Obduktionsbericht über David Walker.

Arthur, der gehofft hatte, eine Gelegenheit zum Gehen zu finden, spitzte die Ohren, als Martin die wichtigsten Sätze aus dem Bericht vorlas.

»»*Der Tod muss sofort eingetreten sein, denn es besteht kaum ein Zweifel daran, dass die Kugel ihr Ziel verfehlt hat*« ... Ja, die Todesursache kennen wir schon ... »*Soweit festzustellen, starb Mr. Walker zwischen acht und neun Uhr*« ...« Er sah zu Arthur auf. »Sagen wir acht – das sind etwa zwei Stunden, nachdem Sie ihn im ›The Crown‹ angerufen haben.«

»Ja.« Arthur nickte zustimmend. Dann fiel ihm die Kinnlade herunter. »Aber ... von diesem Telefonat habe ich doch nichts erzählt …«

Martin stimmte lächelnd zu. »Ich weiß, dass Sie das nicht getan haben. Aber ich weiß davon. Erzählen Sie mir von dem Anruf, Sir. Hörte sich Mr. Walker ganz normal an?«

»Ja.« Arthurs Stimme klang leicht verärgert, als ob er befürchtete, dass man ihm nachspionierte. »Soweit ich das beurteilen kann, war er so wie immer. Wir hatten eine ziemlich lange Diskussion.«

»Worüber, Sir?«

Arthur zögerte, dann beschloss er, sich wieder auf den glatten Stuhl zu setzen. »Weil – ganz im Vertrauen, Inspektor – die Stenhouse-Gesellschaft uns aufzukaufen versucht. Ich habe gestern Nachmittag ein paar Stunden in London verbracht, um dieses Geschäft zu besprechen und … tja, darüber habe ich dann mit David gesprochen.«

»Ich verstehe. Hat Mr. Walker denn seine Frau erwähnt?«

»Nein. Es gab ja keinen Grund, warum er das hätte tun sollen.«

»Hat denn Mrs. Walker nichts mit dem Geschäft zu tun? Ist sie in keiner Weise an der Übernahme beteiligt?«

»Nein, ganz und gar nicht. Obwohl ...« Arthur hielt inne, erschrocken über den Gedanken, auf den er durch Martins Frage gekommen war. »Ich weiß natürlich nicht, was jetzt passieren wird. Ich nehme an, sie wird seine Anteile erben, und in diesem Fall ...« Er stieß einen tiefen Seufzer aus. »Wie

94

auch immer, darüber kann man sich Gedanken machen, wenn es soweit ist.«

Martin nickte. Er drehte seinen Stuhl zur Seite und schlug die Beine übereinander. Es war irgendwie eine freundlichere und ungezwungenere Haltung.

»Es geht mich wirklich nichts an, Sir, verzeihen Sie mir die Frage. Würden Sie sagen, dass Mr. Walker ein wohlhabender Mann war?«

»Es kommt natürlich darauf an, was Sie unter wohlhabend verstehen.« Arthur warf ihm einen festen Blick zu und nickte. »Aber ja, ich würde sagen, er war wohlhabend.«

»Ich danke Ihnen, Mr. Eastwood.« Arthur wartete, aber zu seiner Überraschung schien der Inspektor keine weiteren Fragen zu haben. Er stand auf und Martin tat es ihm gleich. Sie waren schon auf halbem Weg zur Tür, als Martin sich an etwas zu erinnern schien. »Oh, da ist nur noch ein Punkt, Sir. Hat Mr. Walker Ihnen gesagt, dass er aus dem Hotel ausziehen wollte?«

»Nein, das hat er nicht.«

»Und doch hat er kurz nach Ihrem Anruf seine Rechnung bezahlt und ausgecheckt.«

»Ja … und das finde ich sehr merkwürdig ...« Arthur hielt inne. Er ärgerte sich über die Art und Weise, wie Martin ihn mit Fragen überhäufte, die ihn unvorbereitet trafen.

»Fahren Sie fort, Sir.«

»Nun, kurz bevor ich mit dem Gespräch loslegte, sagte ich zu ihm: »Wie geht es dir, David? Fühlst du dich dort wohl?««

»Und was hat er geantwortet?«

»Er sagte: »Ja, es geht mir gut, Arthur. Man kümmert sich hier sehr gut um mich.««

»Verstehe.«

Martin sah ihn mit seinen nachdenklichen blauen Augen an, als die Tür geöffnet wurde und Sergeant Kennedy hereinkam. Er trug seinen Mantel und sein Gesicht war gerötet, entweder vom Wind oder von irgendeiner unterdrückten Aufregung.

»Es tut mir leid, Sir, ich dachte ...«

»Ist schon gut. Kommen Sie herein. Sie kennen doch Mr. Eastwood.«

»Guten Morgen, Sergeant.«

»Ich bin gleich wieder bei Ihnen«, sagte Martin zu seinem Assistenten und begleitete Arthur Eastwood auf den Korridor hinaus.

Kennedy holte rasch ein dickes Bündel Geldscheine aus seiner Manteltasche, das von einem breiten Gummiband zusammengehalten wurde. Er legte es auf die Ecke des Schreibtisches und hatte gerade noch Zeit, seinen Mantel auszuziehen und aufzuhängen, bevor der Inspektor zurückkkam.

»Nun, was wollte Mrs. Bodley?«

Mit dem Gesichtsausdruck eines Amateurzauberers, der gerade sein erstes Kaninchen aus dem Zylinder holt, begnügte sich Kennedy damit, auf das Bündel Geldscheine zu zeigen.

»Großer Gott!« Martin starrte die Scheine ungläubig an. »Was haben Sie getan? Eine Bank ausgeraubt? Wie viel ist das?«

Kennedy, der das Gesicht seines Chefs aufmerksam beobachtete, grinste vor Vergnügen über dessen Reaktion.

»Dreihundert Pfund. Mrs. Bodley hat das Geld unter der Matratze von Judy Clayton gefunden. Die Scheine waren offenbar für einen Freund von ihr bestimmt. Für jemanden namens Victor.«

Der Sergeant ging hinüber und hob das Bündel hoch. Er hielt es so, dass Martin das kleine Stück Papier sehen konnte, das unter dem Gummiband steckte. Darauf war der Name ›Victor‹ gekritzelt.

»Victor«, wiederholte Martin und kratzte sich am Kinn. »Den Namen habe ich schon mal gehört. Vor kurzem erst.«

»Als Mrs. Bodley mir von dem Geld erzählte, kam mir ein Gedanke.«

In Kennedys jungem Gesicht zeichnete sich sein »Der große Detektiv«-Ausdruck ab.

»Genauer gesagt ist es eine Theorie. Wissen Sie, was ich denke?«

»Nein«, antwortete Martin automatisch. Er versuchte immer noch, darauf zu kommen, wo er den Namen schon gehört hatte und hörte dem Sergeant nicht richtig zu.

»David Walker hat die Wahrheit gesagt. Judy Clayton *hat* ihn erpresst, aber nicht auf eigenes Konto. Ich wette, sie hat für jemanden gearbeitet, für jemanden namens Victor. Ich wette, sie hat von diesem Mann Anweisungen erhalten und ab und zu ...« Er hielt inne und blickte den Inspektor vorwurfsvoll an. »Sie hören mir ja gar nicht zu! Sie haben kein Wort von dem gehört, was ich gesagt habe!«

»Ich hab's!«, rief Martin aus. »Olive – die Kellnerin im ›The Grapevine‹! Von ihr habe ich den Namen Victor gehört! Ich wusste doch, dass ich ...« Er legte eine Hand auf Kennedys Arm und hielt ihn fest. »Harry, holen Sie Ihren Mantel!«

»Was soll das heißen, holen Sie ihn?« Kennedy fühlte sich immer noch verletzt über die geringe Aufmerksamkeit, die seiner Theorie zuteil geworden war. »Da ist er doch, auf der Stange.«

»Ich gebe Ihnen einen aus«, sagte Martin und führte ihn zum Kleiderständer. »Vielleicht spendiere ich sogar ein Sandwich.«

»Abgemacht!«, erwiderte Kennedy schnell. »Aber eines mit geräuchertem Lachs!«

Wie viele andere Gastwirte, deren Geschäft durch die Einführung des Alkoholtests in Mitleidenschaft gezogen worden war, hatte Andy Mason versucht, die Einnahmeverluste durch das Servieren von Snacks zu kompensieren. Das hatte sich als so gut erwiesen, dass er es beibehielt, selbst als sich die Autofahrer mit dem neuen Gesetz abgefunden hatten. Viele Leute aus Guildfleet aßen regelmäßig im ›The Grapevine‹ zu Mittag und zur Mittagszeit war ein Teil der Bar für diejenigen reserviert, die ihr Essen im Sitzen zu sich nehmen wollten. Martin und Kennedy saßen an einem Tisch in der Ecke und beglückwünschten sich dazu, dass sie früh genug da waren, um sich einen Platz zu sichern. Das Lokal füllte sich rasch.

Kennedys Gesicht wurde heller, als er die üppige Gestalt von Olive sah, die mit einem Tablett auf sie zukam.

»Tut mir leid, Räucherlachs ist aus«, sagte sie, als sie vor ihrem Tisch stand. »Ich habe euch Schinken und Zunge gebracht. Ich hoffe, das ist in Ordnung?«

Der Sergeant verzog das Gesicht, aber Martin nickte grinsend. »Ja, das ist in Ordnung.«

»Ein Krug Bier sagten Sie?«

»Ja, genau«, sagte Kennedy. »Danke.«

Sie stellte den Krug vor ihm und die Sandwiches zwischen den beiden Männern ab.

»Und was war Ihres? Sie sagten, ein Tonic oder war es ein Gin Tonic?«

»Nein«, sagte Martin. »Nur ein einfaches Tonic, Olive.«

»Sind Sie sich sicher, dass es Ihnen nicht zu Kopf steigt?«

Martin lachte. »Solche Sprüche machen Sie doch sonst nur für Ihren reichen Freund!«

Olive, die zurück zur Bar gegangen war, um Martin einen Drink zu holen, drehte sich um und sah ihn verächtlich an.

»Machen Sie Witze? Wenn ich einen reichen Freund hätte, würde ich mich hier nicht abrackern.«

»Hören Sie doch auf, Olive! Ich war neulich hier, als Sie aus der Stadt zurückkamen. Sie waren beladen mit Paketen!« Martin zwinkerte Kennedy zu. »Dieser Freund von ihr hat sie mit nach London genommen, ihr die halbe Oxford Street gekauft, und dann ...«

»Was soll das heißen, er hat mich nach London mitgenommen!«, protestierte Olive.

»Ich bin selbst hingefahren! Und die Geschenke, von denen Sie sprechen, waren für den guten alten Victor.«

»Ich weiß. Wir sprechen ja hier über Victor, Olive.«

Olive starrte ihn einen Moment lang völlig entgeistert an. Dann legte sie den Kopf zurück und stieß ein sattes, kehliges Lachen aus, das die Hälfte der Männer in der Bar aufhorchen ließ.

»Was ist so komisch?«, fragte Kennedy, als sie innehielt, um sich die Tränen aus den Augen zu wischen.

Olive sprach laut genug, um die Pointe mit allen in Hörweite zu teilen, und verkündete: »Zu Ihrer Information, Mr. Neunmalklug, Victor hat lange Ohren und vier Beine und er hat mit einer Quote von acht zu eins beim Rennen gewonnen! Gott sei Dank hat er das!«

Sie lachte immer noch, als sie ihm ihren Rücken zudrehte und sich zur Bar schob. Kennedy, der Martins verlegenen Gesichtsausdruck sah, brach selbst in Gelächter aus.

»Ein Pferd!«

»Ja.« Martins Gesicht war plötzlich ernst. Er senkte die Stimme und rutschte näher an Kennedy heran. »Überprüfen Sie heute Nachmittag jedes Wettbüro in Guildfleet   und wenn nötig, jedes in der ganzen Grafschaft.«

»Warum?« Die Heiterkeit des Sergeants verschwand, als ihm klar wurde, was für ein Nachmittag vor ihm lag. »Warum soll ich das tun, um Himmels willen?

»Ich möchte wissen, ob Judy Clayton auf Pferde gewettet hat.«

Es war halb sechs und für die Zivilbeamten brach gerade der Feierabend an, als Kennedy endlich in Martins Büro erschien. Er wirkte müde, aber zufrieden.

»Glück gehabt?«, fragte Martin und stand von seinem Schreibtisch auf.

»Ja. Ihre Vermutung war richtig.« Der Sergeant zog seinen Mantel aus und hängte ihn auf. Dann setzte er sich in den Ledersessel, legte sein Notizbuch auf die Armlehne und legte eine Zeitung, die auf der Sportseite aufgeschlagen war, auf seine Knie.

»Ich habe mich in den Wettbüros in Guildfleet und dann in jeder Stadt im Umkreis von zehn Meilen erkundigt. Fast alle erkannten sie auf dem Foto. Sie muss in den letzten zwölf Monaten einen Haufen Geld verdient haben. Und wenn sie die dreihundert auf Victor gesetzt hätte ...«

»Was offensichtlich ihre Absicht war«, warf Martin ein.

»... dann hätte sie wirklich abgeräumt.«

Martin setzte sich auf das Ende seines Schreibtisches und schaute seinen Assistenten mit einem anerkennenden Blick an. »Sie wusste wirklich, wie man auf die Gewinner setzt.«

»Jemand hat auch abgeräumt«, sagte Kennedy mit Nachdruck.

»Was soll das heißen?«

»Ich habe etwas herausgefunden.« Der Sergeant klappte sein Notizbuch auf. »Etwas, das Sie wirklich interessieren wird. Es kann natürlich auch nur ein Zufall sein.«

»Schießen Sie los.«

»Vor sechs Monaten setzte Judy Clayton auf ein Pferd namens Fairmount. Es gewann die Arlington Stakes. Die Quoten waren sechs zu eins. Damals gehörte Fairmount einem Mann namens Reams – Colonel Reams – und wurde auch von ihm trainiert.«

»Fahren Sie fort.«

Kennedy blätterte in seinem Notizbuch und fuhr mit dem Zeigefinger über die fein säuberlich geschriebenen Einträge, während er fortfuhr.

»Zwei Wochen nach dem Gewinn von fünfhundert Pfund mit Fairmount, setzte sie sechzig Pfund auf ein Pferd namens Jester's Cap, einen Außenseiter. Es wurde von Fred Clarke geritten und von Colonel Reams trainiert. Es rannte bei den Winstanely Stakes in Newmarket. Wobei »rannte« die Untertreibung des Jahres ist. Es zog einfach davon und siegte mit dreißig zu eins.«

»Großer Gott!«, murmelte Martin.

Kennedy klappte sein Notizbuch zu und freute sich, dass er den Inspektor nun wirklich verblüfft hatte.

»Meinen Nachforschungen zufolge gewann sie in den letzten acht Monaten sechs Mal – und mit einer Ausnahme wurden alle Pferde von ein- und demselben Mann trainiert.«

»Colonel Reams?«

»Ja.«

»Wer ist dieser Colonel Reams?«

»Er wohnt in der Nähe von Guildfleet, aber seine Rennställe befinden sich in Kingswood Downs.«

»Kingswood Downs? Aber das ist ganz in der Nähe der Stelle, an der …«

»… an der David Walker Judy Clayton aufgegabelt hat«, beendete Kennedy den Satz für ihn. »Ja, ich weiß. Ich sagte ja, dass es Sie interessieren würde.«

Sergeant Kennedy, der am Steuer des zivilen Einsatzwagens saß, verlangsamte das Auto brav, als er sich dem Vorfahrtsschild an der Kreuzung zum ›The Golden Swan‹ näherte. Der Inspektor, der neben ihm auf dem Beifahrersitz saß, war ein Verfechter dafür, sich strikt an die Verkehrsregeln zu halten. Kennedy wartete, bis die Hauptstraße frei war, und beschleunigte dann. Die Straße verlief bald in sanften Kurven und leicht bergauf durch die überwiegend landwirtschaftlich geprägte Umgebung. Vor ihnen und auf der rechten Seite erhob sich über die bewirtschafteten Felder die Silhouette von Kingswood Downs.

Die Einfahrt zu den Trainingsställen von Colonel Reams war durch die weiß gestrichenen Zäune im Ranch-Stil auf beiden Seiten der Tore leicht zu erkennen. Eine gepflegte Auffahrt führte zu den Gebäuden, die eine halbe Meile von der Straße entfernt lagen. Auf den Feldern zu beiden Seiten weideten aristokratisch aussehende Rennpferde, deren Fell in der Morgensonne glänzte. Kennedy hielt den Wagen gegenüber eines quadratischen Hofs an, der auf drei Seiten von Ställen gesäumt und auf der vierten Seite offen war. Gegenüber, ebenfalls von einem glänzenden weißen Zaun umgeben, befand sich die Koppel.

Die Köpfe von einem Dutzend Pferden blickten neugierig über die Oberseiten ihrer Stalltüren auf den Wagen. Vor einer offenen Tür war eine junge Frau gerade dabei, einem Pferd den Sattel überzuwerfen. Sie trug einen schwarzen Pullover und eine gut geschnittene Reithose. Als sie sich umdrehte, um zu sehen, wer die Ankömmlinge waren, formten sich Kennedys Lippen zu einem leisen Pfiff, der zum Ausdruck brachte, dass ihm dieser Anblick gefiel.

»Gütiger Himmel!«, rief Martin aus. »Ich glaube, das ist Ruth Jensen!«

103

»Kennen Sie sie?«, fragte Kennedy mit einem Anflug von Neid.

»Ja, ich bin mit ihrem Mann zur Schule gegangen. Er ist vor etwa zwei Jahren gestorben.«

Die Augen des Sergeants wandten sich nicht von der jungen Frau ab, als diese sich bückte, um die Riemen anzulegen.

»Was für ein hübsches Mädchen.«

»Ja, sie ist eine gute Freundin von Sue«, sagte Martin und legte eine Hand auf den Türgriff. »Sie warten hier.«

Martin stieg aus dem Auto und sah sich um. So verschaffte er sich einen Überblick über die Lage des Ortes. Hundert Meter hinter den Ställen befanden sich einige niedrige Gebäude, in denen wahrscheinlich die Büros untergebracht waren. Während er auf die junge Frau zuging, legte diese die Riemen fertig an. Sie gab dem Pferd einen Klaps auf den Hals und drehte sich zu Martin um. Sofort zeichnete sich auf ihrem windgebräunten Gesicht ein begrüßendes Lächeln ab. Martin nahm seinen Hut ab und erwiderte ihr Lächeln.

»Wer sagt's denn ... Ruth Jensen! Was machst du denn hier?«

Ruth lachte. »Das wollte ich dich gerade fragen.« Martin ging auf sie zu und gab ihr einen freundschaftlichen Kuss auf die Wange. »Ich bin auf der Suche nach dem Mann, dem dieser Laden hier gehört – Colonel Reams.«

»Er ist mein Chef.« Ruth nickte mit dem Kopf in Richtung der niedrigen Gebäude, die ihm vorhin aufgefallen waren. »Du findest ihn im Büro.«

»Wie lange bist du schon hier, Ruth? Ich dachte, Sue hätte mir gesagt, du würdest in London arbeiten.«

»Das habe ich auch eine Zeitlang, aber dann hatte ich die Nase voll davon. Ich konnte das tägliche Fahren nicht mehr ertragen. Ich bin jetzt seit etwa achtzehn Monaten hier.«

»So lange schon?«

Ruth sah ihm in die Augen und ihr Mundwinkel sank ein

wenig nach unten. »Ja, es ist jetzt schon über drei Jahre her, dass Phil gestorben ist.«

»Wirklich? Meine Güte, ich dachte nicht, dass es schon so lange her ist.«

Einen Moment lang starrte sie mit leerem Blick über die Koppel, dann lächelte sie wieder und wechselte das Thema.

»Wie geht es Sue? Hast du sie in letzter Zeit gesehen?«

»Ja, ich habe sie neulich gesehen«, sagte Martin beiläufig, »nur für ein paar Minuten. Es scheint ihr gut zu gehen.«

»Es tat mir sehr leid, Martin, als ich hörte …«, sie zögerte und versuchte, Worte zu finden, die nicht zu brutal klangen, »… was passiert war.«

Er zuckte mit den Schultern. »Es war wohl unvermeidlich, fürchte ich. Ich mache Sue keine Vorwürfe. Und ich gebe auch mir keine Schuld … es hat einfach nicht geklappt, Ruth.«

Schnell hielt sie das Pferd am Zaumzeug, als ein offener MGB vom Haupteingang her heranbrauste. Er bremste neben dem Polizeiwagen, dann schwenkte der Fahrer, als er Martin mit Ruth sprechen sah, in den Stallhof ein und hielt neben den beiden.

»Was wollen Sie hier? Wir dulden hier keine Besucher.«

Martin reagierte nicht auf den beleidigenden Ton in der Stimme des jungen Mannes. Er war Anfang zwanzig und hatte offensichtlich ein starkes Selbstbewusstsein. Er trug einen Rollkragenpullover und eine karierte Mütze. Sein Blick war arrogant und sein Mund deutete ein permanentes Grinsen an.

»Ich bin hier, um mit Colonel Reams zu sprechen«, sagte Martin.

Mit seinem Blick prüfte der junge Mann den Inspektor von oben bis unten. Dabei gab er ihm das Gefühl, dass dessen adretter Hut, dessen Mantel und dessen gut polierten Schuhe auf die Zugehörigkeit zu einer unteren gesellschaftlichen Schicht hindeuteten.

»Wenn Sie irgendetwas verkaufen wollen, verschwenden Sie Ihre Zeit.«

»Ich verkaufe nichts.« Martins Haltung war immer noch unaufgeregt. »Und ich bezweifle, dass ich meine Zeit verschwende.«

Ein leichtes Zweifeln zeichnete sich auf dem Gesicht des anderen Mannes ab. Er lenkte seine Aufmerksamkeit auf Ruth. Seine Stimme änderte sich in einen vertrauten Tonfall.

»Ich habe den Schlüssel für den Land Rover gefunden.«

Er fuhr mit seiner Hand auf den Beifahrersitz, hob einen Schlüsselbund hoch und warf ihn ihr zu. Er fiel jedoch zu Boden, aber er war schon dabei, den ersten Gang einzulegen. Das Pferd bäumte sich auf und Ruth hatte die Hände an den Zügeln, als der MGB mit durchdrehenden Rädern davonraste. Martin hob den Schlüsselbund auf. Als er in seiner Handfläche lag, sah er, dass er das bekannte Emblem von ›Cavalier Toys‹ trug.

»Charmanter junger Mann. Lord Kingsdown persönlich, nehme ich an?« Er reichte ihr den Schlüsselbund. Ruth nahm ihn entgegen und starrte immer noch auf den verschwindenden Sportwagen.

»Das ist Tom Reams. Der einzige, der mich hier stört.«

»Tom Reams ... Der Sohn von Colonel Reams?«

»Sein Neffe«, sagte sie kurz. »Zweimal wäre ich seinetwegen schon fast gegangen. Aber der Colonel hat mich überredet, zu bleiben.«

»Ich verstehe. Und was genau macht Mr. Tom Reams?«

Sie führte jetzt das Pferd zur Koppel. Martin ging neben ihr im Schritt.

»Das ist eine gute Frage. Eigentlich ist er der Assistent von Colonel Reams, aber er verbringt die meiste Zeit damit, Gebrauchtwagen zu verkaufen. Er versucht sogar, mir einen anzudrehen.« Sie lachte und drehte sich dann zu ihm um und sah ihn fragend an. »Weshalb willst du den Colonel sprechen, Martin?«

»Ich stelle Nachforschungen über ein Mädchen namens Judy Clayton an. Sie wurde ermordet.«

Ruth hielt inne. Das Pferd kaute auf seinem Gebiss, weil es ungeduldig war und weitergehen wollte. »Judy Clayton? Ach ja! Ja, ich habe davon gelesen.«

»Ich habe mich gefragt, ob sie zufällig einmal hier in den Ställen war?«

Sie zögerte einen Moment, bevor sie schnell antwortete. »Nein, ich glaube nicht. Nicht, dass ich wüsste.«

Es war das Pferd, das ihr die Ausrede lieferte, weiteren Fragen aus dem Weg zu gehen. Es schlug mit den Hinterbeinen und warf den Kopf hin und her, was sie zwang, die Zügel fest in die Hand zu nehmen.

»Wenn du mich jetzt bitte entschuldigst, Martin. Ich muss ein halbes Dutzend Pferde zum Ausritt fertig machen.«

»Ja, natürlich. War schön, dich wiederzusehen, Ruth.«

Er sah ihr zu, wie sie mit einem Fuß in den Steigbügel trat und dann das andere Bein mit einer geschmeidigen, fließenden Bewegung über den Sattel schwang.

»Grüß Sue von mir, wenn du sie siehst«, sagte sie und sah zu ihm hinunter.

»Ja. Ja, das werde ich«, sagte Martin, ohne viel Hoffnung, dass er die Nachricht jemals überbringen würde. »Hör mal, der Sergeant und ich werden wahrscheinlich im ›The Golden Swan‹ etwas essen gehen. Warum schließt du dich uns nicht an?«

»Das würde ich gerne, aber heute kann ich leider nicht.«

»Dann vielleicht ein anderes Mal?«

»Sehr gerne. Auf Wiedersehen, Martin.« Sie zog an einem Zügel, um das Pferd herumzudrehen und die Reiterin und ihr Pferd zeigten ihm ihre Rückenansicht.

»Wiedersehen, Ruth«, sagte Martin und sah ihrer schlanken Figur mit einem Hauch von Wehmut nach.

Er war dankbar, dass von dem MGB vor dem Gebäude, auf das Ruth gezeigt hatte, keine Spur zu sehen war. Ein Volvo Kombi, der vor der Tür stand, ließ ihn hoffen, dass der Colonel in seinem Büro war. Er ließ Kennedy sich an der schnell verschwindenden Gestalt von Ruth Jensen erfreuen und ging durch ein leeres Vorzimmer. Dann klopfte er an die einzige Tür.

»Herein!«, rief eine kräftige Stimme von drinnen.

Martin trat in einen erstaunlich effizient eigerichteten Raum ein, in dem Möbel und Büroausstattung sehr modern waren. An einer ganzen Wand stand eine Reihe von Aktenschränken, in denen sich vermutlich Aufzeichnungen über die vom Colonel trainierten Pferde befanden. Jeder verfügbare Quadratmeter Wandfläche war mit gerahmten Fotos vergangener Rennsieger bedeckt, von denen viele von begeisterten Besitzern in grauen Zylindern und Fracks in die Siegerboxen geführt wurden.

Der Colonel war etwa fünfundvierzig Jahre alt und hatte ein waches, fast unbarmherziges Gesicht. Er trug einen sorgfältig gestutzten Schnurrbart und gepflegtes Haar sowie eine ziemlich neue Jacke mit kräftigen Karos. Der Blick, mit dem er seinen Besucher musterte, war der eines Armeeoffiziers.

»Colonel Reams?«

»Ja«, bestätigte der Colonel, wobei sein Auftreten nicht gerade dazu beitrug, die Situation für den Besucher zu erleichtern.

»Mein Name ist Denson, Sir. Kriminalinspektor Denson. Hätten Sie einen Moment Zeit für mich, Sir?«

Bei der Erwähnung seines Dienstrangs schob Reams seinen Stuhl zurück und stand auf.

»Aber ja, natürlich. Nehmen Sie Platz, Inspektor.« Er deutete auf einen der Sessel und setzte sich selbst auf den anderen. »Was kann ich für Sie tun?«

»Ich ermittle in einem Mordfall, Sir. Ein Mädchen namens Judy Clayton wurde ermordet und wir ...«

»Ja, ich weiß«, unterbrach Reams und nickte. »Ich habe darüber gelesen. Der Kerl, der es getan hat, hat Selbstmord begangen, nicht wahr?«

Er sprach so, als ob er davon ausging, dass der Fall jetzt abgeschlossen war. Martin holte ein Foto aus seiner Tasche.

»Es gibt noch ein oder zwei offene Fragen, die geklärt werden müssen, Sir.« Er reichte Reams eine Aufnahme. »Das ist ein Foto von Miss Clayton.«

Der Colonel betrachtete das Foto kurz und schaute dann auf.

»Und?«

»Haben Sie sie jemals getroffen, Sir?«

»Ich?« Reams lächelte über eine solche alberne Andeutung. »Gütiger Himmel, nein! Wie kommen Sie darauf, dass ich sie gekannt haben könnte?«

»Vielleicht war sie mit jemandem hier in den Ställen befreundet?«

»Nicht, dass ich wüsste.« Reams schüttelte den Kopf und reichte das Foto an Martin zurück.

»Wüssten Sie es, wenn das der Fall wäre?«

»Ja, ich denke schon«, sagte Reams selbstbewusst. »Hier kommen die Leute nicht einfach so her, wenn ihnen danach ist. Und das lassen wir auch nicht zu.«

»Das kann ich mir gut vorstellen, Sir.«

Wie so oft provozierten Martins leise und höfliche Bemerkungen in Verbindung mit dem ruhigen, aber irgendwie skeptischen Ausdruck der blauen Augen eine Reaktion des Gegenübers.

»Hören Sie, Inspektor, worum geht es hier eigentlich? Warum stellen Sie mir diese Fragen?«

»In den letzten sechs Monaten hat Miss Clayton eine Menge Geld mit Pferderennen verdient. Sie hatte sogar fünf Mal ohne Unterbrechung auf den Sieger getippt und gewonnen.«

»Kluges Mädchen«, kommentierte Reams trocken.

»Zufälligerweise wurden die betreffenden Pferde alle von Ihnen trainiert, Colonel.«

»Das macht sie noch klüger.« Reams schlug seine Beine wieder übereinander. »Mein lieber Inspektor, wenn alle Leute, die auf meine Pferde setzen, mit dem einen oder anderen in meinen Ställen befreundet wären, dann – glauben Sie mir – hätten wir eine Menge Freunde.« Er schenkte Martin ein mildes Lächeln.

»Ja, das kann ich mir gut vorstellen, Sir. Aber es ist nicht nur der Umstand, dass sie auf die Pferde setzte, der mich hierher bringt.«

»Ach nein?«, sagte Reams. Gleichzeitig gelang es ihm, so zu schauen, als wäre er an der Antwort nicht sonderlich interessiert.

»An dem Tag, an dem sie ermordet wurde, fuhr sie als Anhalterin mit. Als Anhalterin in David Walkers Wagen.«

»Dem Kerl, der Selbstmord begangen hat?«

»Ja. Sie stieg zu ihm in der Nähe eines Pubs namens ›The Golden Swan‹ ein.«

»›The Golden Swan‹? Das ist gleich die Straße runter.«

»Ja, ich weiß, Sir.«

Reams runzelte konzentriert die Stirn. Er war jetzt ganz der Mann, der nichts mehr will, als die Polizei bei ihren Ermittlungen zu unterstützen. »Ich beginne zu verstehen, worauf Sie hinauswollen. Sie glauben, dass sie am Tag ihrer Ermordung hier gewesen sein könnte, um jemanden zu treffen?«

»Ja.«

»Nun, ich muss gestehen, dass ich sie nicht gesehen habe.« Reams' Augen wanderten über die Reihe von Fotos an der Wand hinter Martin. »Ich kann mich nicht erinnern, sie jemals gesehen zu haben.«

»Es war nur ein Gedanke, Sir. Eine vage Idee von mir.« Martin stand auf und reichte ihm die Hand. »Ich will Ihre Zeit nicht länger in Anspruch nehmen.«

Reams öffnete ihm die Bürotür und wartete höflich, bis er durch den Vorraum hinausgegangen war.

Als er den Inspektor kommen sah, startete Kennedy den

Motor.

»Wie ist er so?«, fragte er, als Martin auf den Beifahrersitz rutschte.

Martin griff nach oben, um den Sicherheitsgurt über seine Brust zu ziehen. »Ich glaube nicht, dass er oft auf Verlierer setzt.«

Das ›The Golden Swan‹ war ein gehobeneres Lokal als das ›The Grapevine‹. Seine Lage an einer Kreuzung und an einer Hauptverkehrsstraße brachte ständige Kundschaft, die aus Autofahrern bestand. Es gab zwei Bars und einen separaten Speisesaal mit ausländischen Kellnern. Es war gerade Mittag, als die Polizisten auf den Parkplatz fuhren. Martin hoffte immer noch, dass Ruth Jensen ihre Meinung ändern und mit ihnen zu Mittag essen würde.

»Heute geht es auf mich«, sagte Kennedy, als sie die Bar betraten. »Was möchten Sie?«

»Einen Tomatensaft, Harry. Mit einem Schuss Worcestersauce.«

»Gut. Sie kümmern sich um den Tisch, während ich die Getränke hole.«

Martin vertrieb sich die Zeit, indem er die anderen Kunden beobachtete, bis Kennedy mit einem kleinen Glas Tomatensaft in der einen und einem Krug Bier in der anderen Hand zurückkam.

»Ich nehme an, heute Nachmittag fahre ich.« Martin zeigte auf den Bierkrug, während er Platz für die große Gestalt des Sergeants machte.

»In der Tat. Der Fahrerplatz ist für Sie reserviert.« Kennedy nahm einen langen Zug von seinem Bier. »Der Speisesaal ist übrigens ziemlich voll. Besser, wir reservieren einen Tisch.«

»Da ich weiß, wie gereizt Sie sind, wenn Sie kein Mittagessen bekommen, habe ich das bereits getan.«

Die beiden Männer waren bei ihren Gesprächen nicht bei den Ermittlungen. Dies war eine Form der Entspannung, die bei schwierigen Fällen, die sich über Wochen hinziehen konnten, notwendig war. Sie sprachen über ihre jeweiligen Urlaubspläne und waren gerade dabei, sich darüber zu unterhalten, was der Erhalt eines Autos kostete, als eine junge Frau in einer Servierschürze an ihren Tisch kam.

»Entschuldigen Sie, sind Sie Inspektor Denson, Sir?«

»Ja, das bin ich«, antwortete Martin und fragte sich, wie sie ihn unter all den anderen Gästen hatte ausmachen können.

»Sie werden am Telefon verlangt.«

»Oh, danke.« Martin trank seinen Tomatensaft aus. »Wo ist der Apparat?«

»In der Halle, Sir.«

In der Halle neben der Rezeption des Hotels befand sich eine Telefonkabine. Die Rezeptionistin zeigte ihm mit der Hand, dass sie den Anruf dorthin durchgestellt hatte. Martin schloss die Tür und nahm den Hörer ab.

»Denson am Apparat.«

»Martin? Hier ist Ruth Jensen.«

»Oh, hallo, Ruth!«

»Martin, es gibt etwas, das ich dir heute Vormittag hätte sagen sollen«, sagte sie schnell. »Ich wollte es dir sagen, aber ich wollte Colonel Reams nicht in Schwierigkeiten bringen.«

»Geht es um Judy Clayton?«

»Ja.« Sie hielt inne. Als sie fortfuhr, kamen die Sätze ruckartig heraus. »Ich habe sie an dem Tag gesehen, als sie ermordet wurde. Sie kam zu den Ställen ... Sie war mit Tom Reams zusammen ...«

Ruths Stimme war leiser geworden, als hätte sie ihr Gesicht vom Telefon abgewandt, um sich umzusehen.

»Erzähl weiter, Ruth.«

»Ich war im Bürogebäude und suchte nach etwas, als Toms Auto auf die Koppel fuhr. Es hielt vor dem Fenster und ich konnte hören, was sie sagten. Sie sprachen über ...«

»Worüber? Kannst du lauter sprechen? Die Verbindung ist so schlecht.«

»Über den Mann, der Selbstmord begangen hat.«

»David Walker?« Martin, der immer aufpasste, weil Telefongespräche am leichtesten zu belauschen waren, sprach trotz seiner Überraschung leise.

»Ja. Tom sagte, er habe gehört, dass David Walkers Frau ... Hör zu, Martin, es ist schwierig, in einer Telefonzelle darüber zu sprechen. Ich denke, wir sollten uns lieber irgendwo treffen.«

Martin runzelte verärgert die Stirn, als das Geräusch der Münzen anzeigte, dass Ruth ihre Zeit aufgebraucht hatte. Sie musste neue Münzen bereitgehalten haben, denn nach ein paar Sekunden hörte er ihre Stimme wieder.

»Wann hast du Feierabend?«, fragte er.

»Gegen sechs. Ich kann dich heute Abend in Guildfleet treffen, wenn du willst.«

»Ich kann auch einfach wieder hierher fahren, wenn du das möchtest.«

»Nein, nein«, sagte sie schnell. »Ich würde lieber nach Guildfleet fahren, wenn es dir nichts ausmacht.«

»Na gut, treffen wir uns bei mir. Leonard Close 4. Ich wohne im zweiten Stock, neben dem Schreibwarengeschäft ›Marshalls‹.«

»Ich werde gegen acht Uhr dort sein.«

»Gut. Bis dann.«

Martin hörte das Klicken am anderen Ende, bevor er seinen Hörer auflegte. Er stand einen Moment lang da und fragte sich, warum ihn das Gespräch so unruhig gemacht hatte. Dann bemerkte er den Geruch von abgestandenem Zigarettenrauch vermischt mit einer Art Desinfektionsspray und er stieß die Tür der Kabine auf.

Das dreigängige Menü war so günstig, dass die beiden Männer ihr Mittagessen ausgiebig genossen. Sie waren schon anderthalb Stunden im Speisesaal, als Martin die Rechnung bezahlte.

Kennedy schaute auf seine Uhr, als sie den Parkplatz überquerten. »Zwanzig vor drei. Wir sollten um halb in Guildflect sein ...« Martin nickte und ging zur Tür auf der Fahrerseite.

Kennedy schob den Beifahrersitz zurück, streckte die Beine aus und verschränkte die Arme, während Martin den Wagen auf die Straße nach Guildfleet lenkte. Er dachte, sein Sergeant würde sich einen schönes Schläfchen gönnen. Umso überraschter war er, als Kennedy sprach. Offensichtlich hatte er über das Gespräch des Inspektors mit Ruth Jensen nachgedacht.

»Sie sagten, sie klang besorgt?«

»Nicht nur besorgt – angespannt. Beinahe verängstigt, um genau zu sein.«

»Wie lange kennen Sie sie schon?«

»Ungefähr vier oder fünf Jahre. Sie ist eine gute Freundin von Sue. Gemeinsam mit ihrem Mann kam sie oft zu uns ins Cottage.«

Er scherte aus, um einen langen Wagen zu überholen, der mit gut vierzig Meilen pro Stunde unterwegs war. Der Fahrer blinkte und gab damit das Signal, dass er überholt werden konnte. Martin hob anerkennend die Hand.

»Wie auch immer man es betrachtet, an diesem Fall ist etwas verdammt komisch, Harry. Jedes Mal, wenn wir Nachforschungen anstellen, jedes Mal, wenn etwas passiert, stehen wir wieder ganz am Anfang.«

»Und das heißt?«

»Dass David Walker Judy Clayton kannte, sie auf eine Verabredung hin abholte, sie getötet hat und dann Selbstmord beging.«

»Und Sie glauben nicht, dass es so war?«

Martin wandte seinen Blick kurz von der Straße ab und sah Kennedy an. »Nein, das glaube ich nicht.«

Kennedy grunzte und ging nicht weiter auf die Frage ein. Ein oder zwei Minuten später sank sein Kopf nach vorne, ruckte hoch und sank wieder nach unten. Martin lächelte in sich hinein. Er missgönnte Kennedy sein Nickerchen nicht. Wenn er sich nicht sehr täuschte, würde der junge Mann noch eine Menge Überstunden machen, bevor dieser Fall gelöst war.

Ein paar Meilen weiter bemerkte er, dass die Bremslichter des Wagens, der vor ihm fuhr, kurz vor einer Kurve aufleuchteten. Er verlangsamte sein Tempo und fuhr vorsichtig in die Kurve, aber trotz der reduzierten Geschwindigkeit musste er stark bremsen, um nicht auf das Heck des vorausfahrenden Autos aufzufahren. Kennedy wurde gegen seinen Sicherheitsgurt nach vorne geschleudert. Er schüttelte den Kopf und öffnete die Augen.

Hundert Meter vor ihm war ein Sattelschlepper zur Seite gekippt und blockierte die Straße fast vollständig. Dahinter war der weiße Umriss eines Krankenwagens zu sehen, der offensichtlich gerade eingetroffen war. Die Besatzung stieg aus und lief auf die kleine Gruppe zu, die sich um etwas noch Unsichtbares gebildet hatte. Zwei Polizeiautos waren bereits vor Ort, ihre Blaulichter blinkten.

Martin stellte seinen Motor ab und stieg aus. Als er an der Reihe der stehenden Fahrzeuge vorbeiging, ging Kennedy zurück, um den um die Kurve kommenden Verkehr anzuhalten. Martin sah nun, dass einer der Polizeibeamten mit dem Fahrer des Lastwagens sprach, der neben seinem Fahrzeug stand und trostlos eine Zigarette rauchte. Als er an den Lastwagen herankam, sah er die umgedrehten Räder eines auf dem Dach liegenden Sportwagens. Die schwarzen Gummispuren und das niedergefahrene Gras am Straßenrand verrieten nur allzu deutlich, was geschehen war. In der Nähe des Wagens war eine menschliche Gestalt vollständig von einer Decke bedeckt worden. Die Sanitäter versuchten, eine Person aus dem Wrack zu befreien.

Der Polizist, der neben dem Fahrer stand, wollte Martin gerade auffordern, zurückzubleiben, als er den Inspektor erkannte.

»Guten Tag, Sir.« Er salutierte und Martin nickte anerkennend. »Es dürfte nicht mehr lange dauern, sie holen nur noch die Person auf dem Beifahrersitz heraus, dann können wir den Lastwagen wegfahren und Sie durchlassen.«

»Sieht ziemlich ernst aus«, sagte Martin.

»Der Fahrer – ein junger Mann namens Tom Reams – wurde getötet.« Er deutete auf die reglose Gestalt unter der Decke. »Er ist hinüber! Fuhr aber auch wie ein Wahnsinniger. Über die Person, die mit ihm mitfuhr, wissen wir noch nichts.«

Bei der Erwähnung von Tom Reams war Martins Interesse geweckt worden.

Er ging auf die Gruppe um das Autowrack zu und drängte sich zwischen dem halben Dutzend Schaulustiger hindurch, die die Sanitäter beobachteten. Sie hatten das zweite Opfer aus dem Auto auf eine Trage gelegt. Es handelte sich dabei um eine Frau. Martin hatte gerade noch Zeit, sich die Gesichtszüge von Ruth Jensen zu vergegenwärtigen, bevor einer der Sanitäter ihre Augen schloss und das Laken über ihr Gesicht zog.

Martin sah schockiert und ungläubig zu, wie die Bahre angehoben und zum Krankenwagen getragen wurde. Er konnte einfach nicht glauben, dass es sich bei der verstümmelten und entstellten Gestalt um die junge Frau handelte, die er noch vor wenigen Stunden gesehen hatte, als sie sich auf den Rücken eines Pferdes schwang.

Er stand immer noch an der gleichen Stelle, als Harry Kennedy aufgeregt auf ihn zukam und sich einen Weg durch die schweigende und eingeschüchterte kleine Menschenmenge bahnte.

»Das ist der Wagen von Tom Reams! Ist er …?«

Er blieb stehen und folgte Martins Blick. Die Sanitäter waren zurückgekehrt, um die zweite Leiche zu holen. Kennedy wartete, bis sie den abgedeckten Körper auf eine Bahre gelegt hatten und ging zurück zum Krankenwagen.

»Ist er tot?«

»Beide sind tot.«

»Beide?«, wiederholte Kennedy, der die erste Bahre

nicht gesehen hatte.

»Ruth Jensen war bei ihm«, sagte Martin sehr leise.

Der LKW-Fahrer zündete sich gerade eine weitere Zigarette an, als Martin zu ihm herüberkam, um mit ihm zu sprechen. Seine Hände zitterten und er sah aus, als bräuchte er selbst ärztliche Hilfe.

»Was ist passiert?«, fragte Martin.

»Wer sind Sie?«, fragte der Fahrer, der seinen Schock mit Angriffslust zu überwinden versuchte.

»Kriminalinspektor Denson.« Als er sah, dass der Mann einen alarmierten Blick aufsetzte, fügte er schnell hinzu: »Die Dame im Auto war eine Freundin von mir.«

»Eine Freundin von Ihnen! Oh, mein Gott! Tut mir leid, Kumpel.« Der Fahrer schüttelte den Kopf und sog die Luft durch die Zähne ein. »Ich hatte einfach keine Chance! Er ist gefahren wie ein Verrückter, hat nicht einmal auf die Straße geschaut oder wohin er fährt. Er hat die ganze Zeit auf die Puppe neben ihm geschaut. Ich konnte nichts tun! Ehrlich, Chef! Ich konnte gar nichts machen.«

Martin hörte auf, sich die Beteuerungen des Mannes anzuhören. Der Krankenwagen startete. Die kleine Gruppe musste zurücktreten, um ihm Platz zum Wenden zu machen. Er fuhr langsam die Straße hinauf, das Blaulicht blieb ausgeschaltet. Die Polizeibeamten hatten ihre Messbänder herausgeholt und machten sich Notizen von der Unfallstelle. Martin jedoch stand immer noch mit gezogenem Hut da und beobachtete das weiße Fahrzeug, bis es um die Kurve verschwunden war.

»Ich wusste, dass es ihn früher oder später erwischen würde«, sagte Colonel Reams. »Er fuhr wie ein Wahnsinniger. Weiß Gott, ich habe ihn oft genug gewarnt! Aber es hat alles nichts genützt, er wollte einfach nicht hören.«

Der Colonel hatte die Nachricht nur mit einer leichten Versteifung seiner Gesichtszüge aufgenommen. Die Rückkehr der Polizisten und etwas an ihrem Auftreten hatten ihn gewarnt, sich vorzubereiten. Nachdem Martin die Nachricht nüchtern überbracht hatte, wandte Reams sich ab und schaute aus dem Fenster seines Büros auf die Koppel, wo ein halbes Dutzend Pferde grasten.

Jetzt drehte er sich um und kam zurück in die Mitte des Raumes. »Was Ruth betrifft ... das ist wirklich tragisch! Es hat kein netteres Mädchen gegeben!«

»Ich weiß«, warf Martin ein. »Sie war eine Freundin meiner Frau.«

»Das war mir nicht bewusst.« Colonel Reams betrachtete Martin mit leichtem Erstaunen.

»Wir haben uns früher ziemlich oft mit ihr getroffen.« Reams gestikulierte in Richtung der Stühle, und sie setzten sich alle. »War Mrs. Jensen eine enge Freundin Ihres Neffen, Sir?«, fragte Kennedy.

Reams war leicht verblüfft über diese Frage, die von einer anderen Person gestellt wurde.

»Nein, sie waren überhaupt nicht miteinander befreundet. Das ist ja, was ich nicht verstehe. Ich kann mir einfach nicht vorstellen, dass sie sich von Tom mitnehmen ließ.« Er schüttelte fassungslos den Kopf, während er eine Zigarette aus einem goldenen Etui nahm und sie sich in den Mund steckte.

»Hat Tom gesagt, wo er hin wollte, als er hier wegfuhr?«, fragte Martin.

»Nein. Ich nahm an, dass er zum Mittagessen ins Dorf

fahren wollte. Aber Ruth ist nicht mit ihm mitgefahren, da bin ich mir sicher.«

»Wann haben Sie Ruth zum letzten Mal gesehen?«

Reams griff nach seinem Feuerzeug und zündete sich eine Zigarette an.

»Ich habe sie kurz vor dem Mittagessen gesehen, so um viertel vor eins. Sie schien einen Spaziergang zu machen.«

»Hat sie denn gesagt, dass sie spazieren gehen wollte?«

»Nein«, sagte Reams, leicht verärgert darüber, dass Martin seine Aussage in Frage stellte. »Aber zur Mittagszeit tat sie das oft. Mein Gott, Ruth!« Er fuhr sich in einer leicht theatralischen Geste mit der Hand durch die Haare. »Ich kann es immer noch nicht glauben! Ich kann es einfach nicht glauben, Inspektor!«

Martin ließ ihm einige Augenblicke Zeit, bevor er seine nächste Frage stellte.

»Wie weit ist die nächste Telefonzelle von hier entfernt?«

»Die nächste Telefonzelle?« Wiederholte Reams, verwundert über die Frage. »Etwa anderthalb Meilen die Straße hinunter.«

»Ging sie in diese Richtung?«

»Ja, aber ...« Der Colonel deutete auf das Telefon auf seinem Schreibtisch. »Wenn sie jemanden hätte anrufen wollen, hätte sie doch dieses Telefon benutzt. Sie hat das immer so gemacht..«

»Aber nicht heute, Colonel«, sagte Martin leise zu ihm.

»Was soll das heißen?« In Reams Stimme lag eine leichte Schärfe. Warum sagte der Inspektor nicht, worum es ging, anstatt mysteriöse Andeutungen zu machen?

»Der Sergeant und ich haben im Dorf zu Mittag gegessen. Während wir etwas tranken, rief Ruth mich von einer Telefonzelle aus an. Es war etwa zehn nach eins, also passt das zu dem, was Sie uns gerade erzählt haben.«

»Aber warum sollte sie in eine Tele...« Reams hielt inne

und warf Martin einen langen, nachdenklichen Blick zu. »Es geht mich ja nichts an, – aber weshalb hat Sie sie angerufen, Inspektor?«

»Wegen Judy Clayton«, antwortete Martin ohne zu zögern. »Sie sagte, sie hätte die Frau gesehen – hier, bei den Ställen, im Gespräch mit Ihrem Neffen.«

»Oh. Oh, ich verstehe.« Reams drückte nachdenklich seine Zigarette im Aschenbecher aus. »Ich nehme an, Sie haben sie zuvor über Miss Clayton befragt?«

»Ja, und aus irgendeinem Grund hat sie mich angelogen.«

Reams beugte sich vor, um den Aschenbecher auf den Schreibtisch zu stellen. Er dachte ein paar Sekunden nach und sah Martin dann direkt an. »Ich glaube, ich kann das vielleicht erklären, Inspektor.«

»Dann bitte ich Sie, dass Sie das tun, Sir.«

Colonel Reams, der ein Mann der Tat war, fühlte sich unwohl dabei, so ein Gespräch zu führen, vor allem, weil der andere den Ton angab.

»Macht es Ihnen etwas aus, wenn wir zu den Ställen hinuntergehen?«, fragte er Martin und stand auf. »Da Ruth nicht mehr da ist, muss ich einen meiner Jungs damit beauftragen, ihre Pferde zu trainieren.«

Martin, der die frische Luft ebenso liebte wie jeder andere, stimmte sofort zu. Sein Verdacht, dass Reams weitere Enthüllungen vermeiden wollte, wurde zerstreut, sobald sie draußen waren. Der Colonel nahm den Faden des Gesprächs dort wieder auf, wo sie es unterbrochen hatten.

»Um Ihre Frage zu beantworten, Inspektor, ich glaube, Ruth hat nicht die Wahrheit gesagt, um jemanden nicht in die Bredouille zu bringen.«

»In die Bredouille? Wen?«

»Ja. – Mich.«

»Sie meinen, Sie wussten, dass Ihr Neffe Miss Clayton kannte und dass er mit ihr eng befreundet war?«

»Ja ...« Reams blickte in Richtung der Weide, wo ein Stallbursche gerade einem der grasenden Pferde das Zaumzeug anlegte.

»Warum haben Sie mir das heute Vormittag nicht gesagt?«

»Was hätte das für einen Sinn gehabt? Ich sah einfach keinen Sinn darin, meinen Neffen in einen Mordfall zu verwickeln, wenn Sie schon wussten, wer den Mord begangen hat.«

»Das zu beurteilen hätten Sie mir überlassen sollen, Sir.«

»Ja, es tut mir leid, Inspektor.« Der sanfte Vorwurf in Martins Stimme hatte Reams ungerührt gelassen. Er fügte mit Förmlichkeit hinzu: »Es tut mir leid.«

»Werden Sie mir jetzt vielleicht die Wahrheit sagen?«

»Da gibt es nicht viel zu erzählen. Tom brachte Judy Clayton bei zwei Gelegenheiten hierher in den Stall. Ich hatte sofort eine Abneigung gegen das Mädchen und sagte Tom, er solle die Finger von ihr lassen. Sie können sich seine Reaktion vorstellen.«

Das Geräusch von Hufen hinter ihm veranlasste Reams sich umzudrehen. Sie wichen alle zurück, als eine Reihe von Rennpferden herantrabte, die von drei jungen Männern und einer jungen Frau in Jeans geritten wurden. Reams beobachtete die Bewegung der Tiere kritisch, als sie in Richtung Stallhof vorbeizogen.

»Fahren Sie fort, Sir«, forderte Martin ihn auf, als sie wieder weitergingen.

»Ich wusste natürlich, dass er sie immer noch traf ... obwohl er nicht den Mut hatte, sie nochmals hierher zu bringen, Gott sei Dank! Eines Morgens – es war der Tag, an dem sie ermordet wurde – sah ich die beiden im Dorf.«

Neben Reams drehte sich Kennedy überrascht zum Colonel. »Um wie viel Uhr war das?«, fragte der Sergeant.

»Es war ziemlich früh, etwa halb neun, würde ich meinen.«

»Haben Sie ihn darauf angesprochen?«, fragte Martin.

»Später am Tag erzählte ich Tom, dass ich sie gesehen hatte, und er sagte, dass ich mir deshalb keine Sorgen machen solle. Er sagte, es sei vorbei.«

»Sie meinen, er hat Schluss gemacht?«

»Ja. Das ist genau das, was ich meine.«

»Hat er Ihnen gesagt, warum er die Sache beendet hat?«

Martin ließ nicht locker und ignorierte die Gereiztheit des Colonels.

»Ja. Er sagte, sie hätte eine Affäre mit jemand anderem. Jemandem in Guildfleet. Ich nehme an, er bezog sich auf den Kerl, der Selbstmord begangen hat – David ... wie hieß er?«

»David Walker. Ja, das kann ich mir vorstellen, Sir.« Sie näherten sich dem Stallgelände. Die Burschen stiegen ab und nahmen die Sättel von den Pferden. »Gibt es irgendetwas, das Sie mir noch sagen möchten, bevor ich gehe, Sir? Irgendetwas, das Sie vielleicht versehentlich vergessen haben?«

»Nein, außer, dass ...« Reams hielt inne und sah Martin an, »... es mir wegen heute Morgen sehr leid tut. Ich war ein verdammter Narr. Ich hätte Ihnen die Wahrheit sagen sollen.«

»Ja, ich denke, das hätten Sie tun sollen«, stimmte Martin mit ernstem Gesichtsausdruck zu.

Martin schwieg, als die beiden Polizisten zu ihrem Wagen zurückgingen. Kennedy dachte über diese neue und unerwartete Wendung nach. Keiner der beiden sprach, bis sie die Türen geöffnet hatten und sich auf ihre Sitze setzten.

»Nun«, bemerkte Kennedy, »wir sind wieder da, wo wir angefangen haben – bei David Walker.«

»Ja. Es sieht so aus. Jemand ist entschlossen, uns ständig auf dem Ausgangspunkt zu halten, Harry.«

Der Arbeitstag war zu Ende und die Angestellten strömten aus der ›Cavalier Toys‹-Spielzeugfabrik, als Martin durch das Tor fuhr. Er hatte den Dienstwagen samt Sergeant Kennedy zur Polizeistation zurückgebracht und fuhr jetzt mit seinem eigenen Fahrzeug.

Es war nicht schwer, einen freien Platz zu finden, da sich der Parkplatz schnell leerte. Er positionierte sich so, dass er die Tore und den Eingang zum Bürogebäude im Auge behalten konnte. Eine Zeitlang beobachtete er die Szene amüsiert. Die Belegschaft verließ das Gebäude so eilig, als ob es in Flammen stünde. In Autos, auf Motorrädern, Fahrrädern und zu Fuß strömten die Leute auf die Hauptstraße und zwangen den vorbeifahrenden Verkehr, anzuhalten und ihnen Vorfahrt zu gewähren. Martin fragte sich, wie einige von ihnen wohl auf die Arbeitszeiten eines Polizisten reagieren würden.

Ein Mann und eine Frau, die aus dem Bürogebäude kamen, zogen seine Aufmerksamkeit auf sich. Der Mann hielt den Arm der Frau und sie waren so sehr in ihr Gespräch vertieft, dass sie den Gruß des uniformierten Portiers am Eingang nicht einmal zur Kenntnis nahmen. Sie stiegen in einen Jaguar und reihten sich in die Schlange der Fahrzeuge ein, die darauf warteten, durch die Tore fahren zu können.

Martin nahm eine Abendzeitung in die Hand und begann, die Schlagzeilen zu überfliegen. Gleichzeitig behielt er den Eingang des Bürogebäudes im Auge. Etwa zehn Minuten später kam Arthur Eastwood aus der Tür. Er sah nervös und unglücklich aus, als er den kurzen Weg zu dem eigens reservierten Parkplatz zurücklegte, auf dem sein Auto stand. Er reagierte nicht einmal auf den Gruß einiger Angestellter, die an ihm vorbeigingen. Eastwood startete den Rover. Martin wusste, dass er auf seinem Weg zu den Toren zwangsläufig an ihm vorbeikommen würde.

Er versuchte nicht, sich zu verstecken, machte aber gleichzeitig auch keine Anstalten, Eastwoods Aufmerksamkeit zu erregen. Der Rover war fast an Martins Wagen vorbeigefahren, als Eastwood einen Blick auf das Auto warf, den Inspektor sah und scharf abbremste, um anzuhalten. Er ließ sein Fenster herunter.

»Hallo, Inspektor! Kann ich Ihnen helfen?«

»Nein, danke, Sir. Ich warte auf meine Frau.«

»Ach.« Arthur versuchte, sich seine Überraschung nicht anmerken zu lassen. »Tja, sie wird nicht mehr lange brauchen.«

»War das Mrs. Walker, die ich vorhin mit Mr. Norton gesehen habe?«

»Ja, das war sie«, sagte Arthur. Sofort wurde der Grund für sein Unbehagen deutlich. »Wussten Sie eigentlich, Inspektor, dass Mr. Norton nicht nur eine Fahrschule betreibt, sondern auch ein Finanzier ist?«

»Nein, leider, das wusste ich nicht.«

»Tja, anscheinend ist er sehr erfolgreich«, sagte Arthur irritiert. »Laut Eve – Mrs. Walker – ist er der Charlie Clore von Guildfleet.«

Martin lächelte. »Das kann ich nur schwer glauben, Sir.«

»Ja, ich auch.« Arthur nickte zustimmend und kurbelte sein Fenster hoch. »Gute Nacht, Inspektor.«

»Gute Nacht, Sir.«

Martin musste noch fünf Minuten warten, bis er Sue herauskommen sah. Sie lächelte dem Portier zu und stieg nachdenklich die Treppe hinunter. Sie sah besonders attraktiv aus in ihrem zitronenfarbenen Anzug und dem fröhlichen Schal, den sie sich kunstvoll um den Hals gewickelt hatte. Als sie auf den Eingang zuging, an dem mittlerweile fast keine Autos mehr standen, stieg Martin aus seinem Wagen aus und bewegte sich schnurstracks auf sie zu. Er war nur noch wenige Schritte von ihr entfernt, als sie aufblickte und ihn sah. Martin blieb stehen.

»Hallo, Sue«, sagte er leise.

»Martin!« Sie blieb stehen. »Was machst du denn hier?«

»Ich warte auf dich.«

Wie sonst auch, sah er nun, wie sich ihr Gesicht verhärtete und ihr Blick unnahbar wurde. »Martin, es tut mir leid«, sagte sie mit fester Stimme. »Ich habe heute Abend eine Verabredung ...«

»Sue, steig ins Auto. Ich muss dir etwas sagen.«

»Martin, ich habe es dir doch schon so oft gesagt!«, sagte sie mit müder Verzweiflung. »Ich sage es dir noch einmal: Es hat keinen Sinn, dass du versuchst, mich zu überreden ...«

»Sue, hör mir zu!«, sagte Martin mit plötzlicher Autorität. »Ich möchte mit dir über Ruth Jensen sprechen.« Er hielt inne. Er wollte es ihr schonend beibringen, aber sie gab ihm keine Chance. »Sie ist tot. Sie ist heute Nachmittag bei einem Verkehrsunfall ums Leben gekommen.«

»Oh, nein! Nicht Ruth!«

Sues Hand fuhr zu ihrem Mund und ihre Augen weiteten sich vor Schreck. Martin trat einen Schritt vor, legte seine Finger um ihren Arm und führte sie zu seinem Wagen.

»Bitte steig ein, Sue«, sagte er sanft und öffnete ihr die Beifahrertür. »Ich muss mit dir reden.«

Ausnahmsweise ließ sie sich überreden. Sie tastete nach einem Taschentuch, als er sich über sie beugte, um den Sicherheitsgurt für den Beifahrer anzulegen.

Eine halbe Stunde später saß Sue an einem Ende des Sofas in Martins Wohnung und hatte ein Glas fast puren Whisky in der Hand. Sie hatte ihre Schuhe ausgezogen und die Beine verschränkt. Die Bücher und Unterlagen, die normalerweise auf dem Sofa lagen, hatte sie auf den Boden gelegt.

In ihrem Kummer hatte sie Martins Vorschlag, sie in seine Wohnung zu bringen und ihr einen guten, starken Drink zu geben, nicht in Frage gestellt. Jetzt begann sie sich von dem Schock zu erholen – dank des Whiskys, aber auch dank der Empathie, die Martin für sie und ihre Trauer gezeigt hatte. Letzteres konnte sie sich nur schwer eingestehen.

Martin hatte keine Anstalten gemacht, sich selbst zu setzen. Im Moment stand er jedoch hinter ihr an dem Tisch, an dem er seinen kleinen Vorrat an Getränken aufbewahrte. Da es schon nach sechs Uhr war, gönnte er sich einen kleinen Gin Tonic.

»Nein, an dem Unfall gibt es keinen Zweifel«, sagte er und schenkte sich den Drink ein. »Er war echt. Aber die Sache, die mir wirklich Kopfzerbrechen macht, ist – was hat Ruth in dem Auto gemacht? … Es sei denn, Tom hat versucht, ihr den Wagen zu verkaufen.«

Sues Finger spielten mit der Brosche, die sie an einer Kette um den Hals trug. »Ist das wahrscheinlich?«

»Es ist eine Möglichkeit. Sie sagte etwas davon, dass er mit Gebrauchtwagen handelt.« Er trat vor das Sofa und holte einen ›Cavalier‹-Schlüsselanhänger aus seiner Tasche. »Sue, wie viele deiner Freunde haben solche Schlüsselanhänger?«

Sue warf kaum einen Blick darauf. »Ach, praktisch jeder in der Fabrik hat einen.«

»Ist es nicht schwer, einen zu bekommen?«

»Um Himmels willen, nein! Zu Weihnachten haben wir bestimmt Dutzende davon verschenkt.«

»Wer ist »wir«?«

»Ich meine Mr. Eastwood. Er verteilt sie normalerweise.«

»Mr. Eastwood persönlich?«

»Ja. Er macht so etwas sehr gerne. Am Jahresende bekommen wir stets eine Prämie und er überreicht den Scheck immer selbst.«

»Aha.«

Martin hob ihre Jacke auf, die sie auf die Armlehne des Sofas geworfen hatte, und legte sie vorsichtig über die Rückenlehne eines Stuhls.

»Aber warum interessierst du dich für diese Schlüsselanhänger?«

»Judy Clayton hatte einen davon – und Colonel Reams auch.« Er hielt den Schlüsselanhänger zwischen Finger und Daumen und sah ihn so an, als könnte er ihm etwas verraten. »Sag, hattest du schon von Colonel Reams etwas gehört, ehe ich ihn erwähnte?«

Sie zögerte und schüttelte langsam den Kopf. »Nein, ich glaube nicht.«

»Niemand im Büro hat jemals seinen Namen erwähnt?«

»Nicht, dass ich …« Sue stellte ihre Füße auf den Boden und setzte sich aufrecht hin. »Augenblick mal! Ich glaube, dass Mr. Eastwood einen Brief von jemandem namens Reams bekommen hat.«

»Wann?«

»Vor etwa sechs Monaten, würde ich sagen.«

»Worum ging es in dem Brief? Kannst du dich erinnern?«

Sie blickte mit den Augen nach unten und tippte sich an die Stirn, um ihrem Gedächtnis auf die Sprünge zu helfen.

»Nein, ich fürchte, das kann ich nicht. Ich weiß nur noch, dass er den alten Knaben verärgert hat.«

»Könntest du den Brief beschaffen?«

»Möglich. Ich glaube schon. Er ist wahrscheinlich in dem Aktenordner.«

»Ich wäre dir sehr dankbar dafür.«

»Abgemacht«, sagte sie und lächelte ihn zum ersten Mal an. »Ich werde sehen, was ich tun kann.«

»Soll ich dein Glas auffüllen?«

Sie schüttelte den Kopf und reichte ihm das leere Glas. Als er es zum Getränketisch trug, sah sie sich den Raum zum ersten Mal wirklich an. Die Wohnung musste gründlich aufgeräumt werden. Er sollte sich ein Regal für all die Bücher und einen Schrank für die Akten besorgen. Die Kommode sah furchtbar deplatziert aus, wie sie da in der Ecke stand, und dann auch noch all der Staub …!

»Sue, was David Walker betrifft …«, unterbrach Martin ihre Gedanken. »Was für ein Typ war er? Hast du ihn gemocht?«

»Ja, das habe ich. Er war tüchtig und fleißig, manchmal ein strenger Vorgesetzter, aber ich mochte ihn.«

»Warst du überrascht, als du hörtest, dass er eine Affäre mit Judy Clayton hatte?«

»Sehr überrascht. Ich kann es jetzt noch kaum glauben.« Sie schlüpfte mit den Füßen in ihre Schuhe und stand auf. Sie hatte ihren schwachen Moment hinter sich gebracht und begann zu bereuen, dass sie mit in die Wohnung gekommen war.

»Warum nicht?«

»Ich glaube nicht, dass er mit ihr eng befreundet war. Ich glaube nicht einmal, dass er das Mädchen kannte.«

»Warum hat er sie dann umgebracht?«

»Ich glaube nicht, dass er sie getötet hat. Da bin ich mit Mr. Eastwood einer Meinung. Ich glaube nicht, dass er den Mord begangen hat – und ich glaube ganz sicher nicht, dass er Selbstmord begangen hat.«

»Was ist dann passiert?«

»Ich habe keine Ahnung.« Sue zuckte mit den Schultern und wandte sich dem Fenster zu. Es war das erste Mal, dass sie Martin bei einer kriminalistischen Untersuchung in Aktion erlebte. Sie sah gerade eine völlig neue Seite von ihm. Es war eine seltsame, leicht aufregende Erfahrung, von einem Mann, mit dem man jahrelang zusammengelebt hatte, auf diese Weise verhört zu werden. Sie war sich durchaus bewusst, dass sie für ihn im Moment nicht mehr als eine Zeugin war, die nützliche Informationen liefern konnte. »Ich nehme an … jemand hat sie beide ermordet.«

»Erzähl mir mehr über ihn, Sue.«

»Was willst du denn wissen?« Auf ihrem Gesicht zeichnete sich der Hauch eines bösen Blicks ab. »Ob er sich an mich rangemacht hat?«

»Hat er das?«

»Nein, hat er nicht.«

»Hat er dich wahrgenommen?«

»Kommt darauf an, was du unter »wahrgenommen« verstehst?«

»Du weißt genau, was ich damit meine.«

Sie starrte ihn trotzig an, ihre Finger spielten wieder mit der Brosche an ihrer Brust.

»Ja, er hat mich wahrgenommen.«

»Hast du jemals mit ihm gegessen oder vielleicht etwas getrunken?«

Sie hatte einen Rundgang durch den kleinen Raum begonnen und berührte kurz Gegenstände, die sie aus ihrem alten Zuhause kannte.

»Er hat mich kurz vor Weihnachten ins ›The Crown‹ mitgenommen. Wir haben etwas miteinander getrunken.«

»Worüber habt ihr gesprochen?«

»Über seine Frau.«

Die Antwort hatte Martin sichtlich überrascht. Er drehte sich um, damit er ihr Gesicht besser sehen konnte.

»Seine Frau?«

»Ja, er war verrückt nach ihr.« Die Art und Weise, wie sie diese Worte sagte, verriet Martin, dass Sues Meinung über Evelyn Walker nicht sehr hoch war.

»Sue, ich akzeptiere das, was du mir über Walker erzählt hast und dass du ihn mochtest. Aber ist es nicht möglich, dass du dich geirrt hast und dass er außerhalb des Büros ein ganz anderer Mensch war?«

»Ja, das ist möglich, aber – ich glaube nicht, dass er das war.«

»Und was ist mit Mrs. Walker?«

»Was soll mit ihr sein?«

»Kennst du sie?«

»Ja.«

»Magst du sie?«

130

»Nein.«

»Warum nicht?«

»Das weiß ich nicht – aber ich habe immer das Gefühl, dass sie nicht ganz das ist, was sie vorgibt, zu sein.«

»Was soll das genau heißen?«

»Viele Leute, die ich kenne, denken, dass sie dumm ist, dass sie nur daran interessiert ist, sich zu amüsieren. Ich glaube, dass mehr in ihr steckt.«

»Ja, ich weiß, was du meinst.«

Sue nahm ihren Mantel von der Lehne des Stuhls und zog ihn an.

»Tut mir leid, ich muss mich beeilen. Ich habe heute Abend eine Verabredung.«

Martin verkniff sich die Frage gerade noch rechtzeitig. Er war kurz davor gewesen, sie zu fragen, mit wem sie sich eigentlich treffen wollte.

»Du vergisst doch nicht auf den Brief, oder?«

»Nein.« Auf halbem Weg zur Tür hielt sie inne und fingerte an der Brosche herum.

»Reams ... Ich frage mich, ob ich mit dem Namen richtig liege?«

»Ich wäre dir sehr dankbar, wenn du das überprüfen würdest.«

Er begleitete sie durch den Flur, als sich die Brosche plötzlich von der Kette löste. Sue versuchte, sie zu aufzufangen, als sie ihrem Körper entlang hinunterrutschte. Martin bückte sich reflexartig und fing sie auf, bevor sie auf dem Boden landete.

»Wie ich sehe, hast du immer noch die gleichen alten Probleme.« Er lächelte, als er ihr die Brosche zurückreichte.

»Ja.« Sie drehte die Brosche um, um den Schließmechanismus zu betrachten. »Ich will sie immer zur Reparatur bringen, aber irgendwie komme ich nie dazu.«

Der triviale Vorfall hatte eine seltsame Spannung zwischen ihnen ausgelöst. Sie standen einen Moment lang unbeholfen da, keiner von ihnen konnte die richtigen Worte finden, um sich zu verabschieden.

Sue schreckte auf, als es plötzlich an der Tür läutete.

»Das ist wahrscheinlich Harry Kennedy«, sagte Martin und drehte an dem Türknauf. »Ich bin zum Essen eingeladen und er holt mich ab.«

Martin schaffte es, seine Überraschung zu verbergen, als er die Tür öffnete und sah, wer sein Besucher war. Andy Masons Finger lag noch immer auf dem Klingelknopf. Die Schnelligkeit, mit der die Tür geöffnet worden war, hatte ihn erschreckt, und als er Sue Denson im Flur stehen sah, wurde seine Miene noch verlegener.

»Hallo, Mr. Mason!«, rief Martin.

»Es tut mir leid, Sie zu stören, Inspektor, aber ...« Er tat so, als würde er Sue zum ersten Mal sehen. »Oh, guten Abend, Miss – äh – Mrs. ...«

»Guten Abend«, erwiderte Sue mit einem leicht amüsierten Lächeln.

»Kommen Sie herein, Mr. Mason.« Martin trat zurück, hielt die Tür weit auf und wandte sich an Sue. »Ich rufe dich an. Wahrscheinlich morgen Nachmittag.«

»Gut.« Sie zögerte erst, dann fügte sie hinzu: »Aber erst später am Nachmittag, nicht vor fünf Uhr dreißig.«

»In Ordnung, ich denke daran.«

Martin schloss die Tür hinter ihr und wandte sich dann Andy Mason zu. »Was kann ich für Sie tun, Mr. Mason?«

»Es tut mir leid, dass ich so bei Ihnen hereinplatze. Ich hätte in Ihrem Büro anrufen und einen Termin vereinbaren sollen.«

»Das ist schon in Ordnung, machen Sie sich darüber keine Gedanken. Kommen Sie rein.«

Eine leichter Hauch von Sues Parfüm lag noch in der Luft, als Martin seinen Gast hereinließ.

»Möchten Sie etwas trinken?«, schlug Martin vor, bestrebt, es dem anderen behaglich zu machen.

»Äh – nein, ich möchte nichts trinken, nicht im Augenblick. Danke vielmals.«

Martin zeigte mit einer Hand in Richtung des Sofas. »Setzen Sie sich.«

Andy setzte sich zögernd auf das Sofa und schob sich unbeholfen in eine Ecke.

»Hören Sie, Inspektor, ich komme gleich zur Sache. Ich möchte mit Ihnen über meine Schwester sprechen – Mrs. Walker. Ich mache mir Sorgen um sie und weiß nicht recht, was ich tun soll. Ich wäre Ihnen sehr dankbar, wenn Sie mir einen Rat geben könnten.«

»Wenn ich Ihnen helfen kann, Mr. Mason, werde ich das tun – ganz bestimmt.«

Martin zog einen Stuhl heran, nahm ein paar Bücher herunter und setzte sich leicht schräg vor das Sofa.

»Meine Schwester hat eine Affäre mit einem Mann namens Roy Norton, das wissen Sie wahrscheinlich. Wenn nicht, sind Sie so ziemlich der Einzige in Guildfleet, der das nicht weiß.«

Martin nickte bestätigend und wartete darauf, dass er fortfuhr.

»Nun, heute Nachmittag erhielt ich einen Anruf von Arthur Eastwood. Wenn ich sagte, er sei wütend gewesen, wäre das die Untertreibung des Jahres! Er war fuchsteufelswild! Anscheinend hatte Evelyn – meine Schwester – heute Nachmittag einen Termin bei ihm und – na ja, sie hat Roy Norton mitgenommen.«

Andy nahm seine Brille ab und begann sie mit seinem Taschentuch zu polieren, wobei sich die Muskeln um seine Augen durch die Anstrengung, sich zu konzentrieren, zusammenzogen.

»Fahren Sie fort«, forderte Martin ihn auf.

»Arthur zufolge fing Norton an, eine Menge verdammt dummer Fragen über das Geschäft zu stellen. Er redete sich den Mund fusselig und tat so, als sei er das größte Finanzgenie aller Zeiten. Schließlich verlor Arthur die Beherrschung und drohte, ihn aus dem Büro zu werfen.«

Er setzte seine Brille wieder auf und schaute Martin an, um zu sehen, wie er auf diese Schilderung reagierte.

»Ja, das kann ich mir gut vorstellen.« Martin konnte sich des Eindrucks nicht erwehren, dass Andys Erzählung einstudiert worden war. »Aber sagen Sie mir, was soll ich tun, Mr. Mason?«

»Ich weiß nicht, ob Sie etwas tun können, Inspektor.«

Andy schüttelte hoffnungslos den Kopf. »Es ist nur so, dass ich dachte ... Nun ja, meine Schwester ist eine extrem reiche Frau, zumindest wird sie das sein, wenn das Testament anerkannt wird. Roy Norton weiß das, und er nutzt sie aus.«

»Tja, tut mir leid, Mr. Mason, da kann ich Ihnen leider nicht weiterhelfen. Das ist eine reine Familienangelegenheit.«

»Ich dachte, wenn Sie vielleicht mit ihr reden würden ...«

»Dann wird sie mir wahrscheinlich sagen, dass mich die Sache einen feuchten Kehricht angeht.« Martin lächelte. »Und ehrlich gesagt würde ich ihr das nicht verübeln.«

»Und was soll ich tun? Einfach dastehen und Norton gewähren lassen?«

Martin hatte nicht die Absicht, Andys rhetorische Frage zu beantworten. Er hoffte, dass Mason bald auf den eigentlichen Zweck seines Besuchs zu sprechen kommen würde.

»Haben Sie mit Ihrer Schwester darüber gesprochen?«

»Ja, ich komme gerade von ihr.«

»Und was hat sie gesagt?«

»Was ich geahnt hatte. Sie sagte mir, ich solle mich um meine eigenen Angelegenheiten kümmern.« Andy unterdrückte ein kurzes Lachen. »Was ein bisschen absurd ist, wenn man bedenkt, dass es noch gar nicht so lange her ist, dass sie und David mich überredet haben, etwas Geld in ›Cavalier Toys‹ zu stecken. Guter Gott, stellen Sie sich das bloß mal vor – Geld in eine Firma zu stecken, die von Roy Norton geleitet wird!«

Andys Empörung klang in Martins Ohren ein wenig un-echt.

»Ich glaube kaum, dass Mr. Norton diese Firma leiten darf, Mr. Mason. Aber sagen Sie mir: Ist das der einzige Grund, warum Sie mich sprechen wollten?«

»Nein, ich ...« Andy lehnte sich auf die Kissen zurück, schlug die Beine übereinander und schnippte einen kleinen Staubfleck von seinem Hosenbein. »Da war noch etwas anderes, Inspektor.«

»Das dachte ich mir schon.«

»Ich weiß nicht, ob Sie sich dessen bewusst sind oder nicht, aber bestimmte Leute – und ich muss gestehen, dass ich auch dazu gehöre – zweifeln an der Nachricht, die David für Arthur Eastwood hinterlassen haben soll.«

»Sie glauben nicht, dass Mr. Walker die Nachricht getippt hat?«

»Nein, das glaube ich nicht.« Andy sprach jetzt glaubwürdiger und mit mehr Leichtigkeit. »Und Arthur tut das auch nicht. Erstens hätte David so eine Nachricht nie geschrieben, und zweitens ...«

»Was?«

»Nun, zweitens glaube ich einfach nicht, dass David Selbstmord begangen hat.«

»Was glauben Sie denn, was passiert ist?«

»Ich glaube, er wurde ermordet.« Andy schaffte es, Martin direkt anzusehen, als er dies sagte. Martin sah ihm eine Sekunde lang in die Augen.

»Für Mord gibt es normalerweise ein Motiv.«

»Für Selbstmord gibt es normalerweise auch ein Motiv.«

»Sicherlich – und dieses fand sich auch in dem Brief. Erpressung.«

»Das kann ich nicht glauben.« Andy schüttelte den Kopf, lehnte sich vor und verschränkte die Finger. »David war ein sehr willensstarker und entschlossener Mensch. Selbst wenn er mit jemandem eine Affäre gehabt hätte – was ich nicht glaube –, hätte er sich niemals erpressen lassen.«

»Also gut, nehmen wir für einen Moment lang an, es war Mord. Wer hat ihn dann getötet? Und was war das Motiv?«

Andy antwortete lange Zeit nicht. Er starrte auf den Teppich und schien in seinen Gedanken etwas abzuwägen. Endlich blickte er auf.

»Ich möchte niemanden in Verdacht bringen, das ist das Letzte, was ich tun möchte, aber ... Es gibt da eine Frau namens Doreen Summers – sie ist Kellnerin und arbeitet im ›The Bear‹ in Guildfleet. Ihr Bruder Norman ist bei mir im ›The Grapevine‹ angestellt.«

»Und?«

»Nun, in der Nacht, in der David erschossen wurde, waren meine Schwester und Roy Norton im ›The Bear‹ essen. Anscheinend gehen sie oft dorthin. Laut Norman hatte Doreen an diesem Abend Dienst und hat sie bedient.«

Andy fütterte Martin häppchenweise mit Informationen und wartete darauf, dass er jeden Happen verdaute, bevor er den nächsten servierte.

»Fahren Sie fort, Mr. Mason«, sagte Martin mit einer gewissen Ungeduld.

»Gegen acht Uhr, als Doreen gerade den Kaffee servieren wollte, erhob sich Roy Norton plötzlich vom Tisch und verließ das Hotel. Er kam etwa eine halbe Stunde später zurück.«

»Haben Sie eine Ahnung, wohin er gegangen ist?«

»Nun, ich habe mit Evelyn darüber gesprochen und sie sagte, dass er ein wichtiges Telefonat führen musste und deshalb zurück in sein Büro gelaufen ist.«

»Warum hat er nicht vom Hotel aus telefoniert?«

»Genau das habe ich auch gefragt. Anscheinend hatte er im Büro einige Unterlagen, auf die er sich im Telefonat beziehen wollte.«

»Ich verstehe. Das war um acht Uhr?«

»Ja, soviel ich weiß«, bestätigte Andy. Er fügte nachdenklich hinzu: »Ich brauche etwa zwölf Minuten, um vom Bären zum Haus meiner Schwester zu laufen.«

»Sie sind ein langsamer Geher, Mr. Mason. Ich habe es in acht geschafft.«

Die Türglocke hatte auf dem Flur geläutet. Martin stand auf, um seinem Besucher damit zu signalisieren, dass das Gespräch beendet war. »Wenn Sie mich jetzt entschuldigen würden, Sir ...«

Andy hob seine große Gestalt aus dem Sofa.

»Ja, natürlich. Es tut mir leid, dass ich Sie belästigt habe, Inspektor. Aber jetzt können Sie verstehen, warum ich mir Sorgen mache. Um meine Schwester, meine ich.«

»Das kann ich in der Tat, Sir.« Martin streckte eine Hand aus, um Andy in die Halle zu geleiten. Er ging an ihm vorbei, um die Tür zu öffnen. »Hallo, Harry! Kommen Sie rein!«

Kennedy blieb stehen, als er Andy Mason sah. »Sind Sie fertig?«

»In einer Minute.« Martin drehte sich wieder zu Andy um. »Auf Wiedersehen, Mr. Mason. Zögern Sie nicht, wieder vorbeizukommen, wenn Sie etwas erfahren, das mich interessieren könnte.«

»Danke, Inspektor.« Andy, der nun erleichtert war, dass er losgeworden war, was er zu sagen hatte, schlüpfte zwischen den beiden anderen vorbei. Martin schloss die Tür und machte sich auf den Weg zurück ins Wohnzimmer.

»Ich bin gleich soweit, Harry.«

»Was hat er gewollt?« Kennedy nickte mit dem Kopf in Richtung der geschlossenen Haustür.

»Er wollte mir etwas erzählen.« Martin schenkte ihm sein schwaches Lächeln. »Etwas, das ich schon wusste.«

Martin drückte wiederholt auf die Telefongabel, versuchte aber vergeblich, die Telefonistin zu erreichen. Sein Gesichtsausdruck zeigte große Verärgerung. Er hatte genau das getan, worum Sue ihn gebeten hatte, und bis halb sechs gewartet, bevor er sie anrief. Jetzt waren bereits fünf Minuten vergangen, seit er darum gebeten hatte, den Anruf durchzustellen. Er knallte gerade den Hörer auf den Apparat, als die Tür aufging und ein uniformierter Beamter hereinkam.

»Tomkins, was zum Teufel ist los?«

»Niemand antwortet, Sir.«

»Was soll das heißen – niemand antwortet?«, fragte Martin wütend. »Bis sechs Uhr ist immer jemand im Büro.«

»Ich meinte, Mrs. Denson antwortet nicht, Sir.«

»Wer hat Ihnen das gesagt?«

»Die Frau in der Vermittlung, Sir.«

Martin bemerkte, dass er seine Wut an dem bedauernswerten Beamten ausließ. Er zwang sich dazu, lockerer zu werden. »In Ordnung, Tomkins. Ich danke Ihnen.«

Er versuchte, sich auf den maschinengeschriebenen Bericht zu konzentrieren, den er gerade las, und machte ein paar Notizen am Rand. Doch nach ein oder zwei Minuten warf er den Stift weg. Es hatte keinen Zweck. Er konnte sich nicht konzentrieren. Er fühlte sich furchtbar enttäuscht. Er hatte sich den ganzen Tag darauf gefreut, wieder mit Sue in Kontakt zu treten. Einen Moment lang hatte er sogar das Gefühl gehabt, sie wollte etwas sagen, wenn nicht plötzlich Andy gekommen wäre. Er hatte sie in diesem Moment in seiner Nähe gespürt – und das nicht nur im physischen Sinne. Dieses Bild von ihr war so lebendig in seinem Kopf, dass das plötzliche Klingeln des Telefons ihn aufschrecken ließ.

Er nahm den Hörer ab. »Hallo? Inspektor Denson am Apparat ...«

»Martin, hier ist Sue.«

»Hallo Sue!« Irgendwie verschwand seine ganze Wut, als er ihre Stimme hörte. »Ich habe versucht, dich zu erreichen!«

»Ich bin früher gegangen, um einzukaufen. Jetzt bin ich in einer Telefonzelle.«

»Was ist passiert? Hast du etwas über den Brief herausfinden können?«

»Ja, aber ich habe mich geirrt, fürchte ich. Er war von einem Mann namens Breen. Er betreibt eine Arbeitsvermittlung in St. Albans.«

»Oh«, sagte Martin ernüchtert. »Oh, ich verstehe.«

»Es tut mir leid, Martin, aber ich sagte doch, dass ich mir nicht sicher bin.«

»Ja, ich weiß. Tja – trotzdem danke, Sue.«

»Wiederhören, Martin.«

»Sue, einen Moment noch!«

»Was denn?«

»Bitte häng nicht ein! Ich will mit dir reden.« Er hielt einen Moment lang inne und überlegte, wie er es am besten sagen sollte. »Ich glaube, ich habe das Cottage verkauft. Ich habe heute Morgen einen Brief vom Immobilienmakler bekommen, und nun ja – es sieht aus, als ob es zu einem Geschäftsabschluss kommt.«

»Aha.«

Er fand, dass eine gewisse Traurigkeit in ihrer Stimme lag.

»Sue, ich fahre heute Abend hin. Ich muss noch ein oder zwei Dinge holen. Wahrscheinlich hast du keine Lust, mich dort zu treffen und ...«

»Nein, Martin, das habe ich nicht«, fiel sie ihm ins Wort. »Es hat keinen Sinn. Du weißt so gut wie ich, dass es nicht funktionieren würde. Wiederhören.«

Sie hatte schnell aufgelegt. Er legte seinen Hörer langsamer auf. Es wäre leichter gewesen, ihre Ablehnung zu ertragen, wäre da nicht dieser Moment gestern Abend in der Wohnung gewesen und der Hoffnungsschimmer, den er ausgelöst hatte.

Jetzt war es unmöglich, sich auf diesen verdammten Bericht zu konzentrieren. Die einzige Flucht davor, grübelnd dazusitzen und in eine drohende Depression zu verfallen, lag seiner Meinung nach in der Tat. Er nahm die Akten in die Hand, schob seinen Stuhl zurück und verstaute sie im Aktenschrank. Er öffnete gerade den Schrank, in dem sein Mantel hing, als Kennedy mit seiner gewohnten welterschütternden Miene hereinkam. In der Hand hielt er einen getippten Zettel.

»Wir haben den Bericht über den Selbstmordbrief erhalten. Er wurde auf Walkers Maschine geschrieben und es waren drei verschiedene Paar Fingerabdrücke darauf. Seltsamerweise ...«

»Erzählen Sie mir das später, Harry«, unterbrach Martin knapp und schlug die Schranktür zu.

»Ja, in Ordnung.«

»Ich fahre zum Makler und dann zum Cottage. Ich werde gegen sieben zurück sein.«

»Das hier ist aber wichtig«, sagte Kennedy vorwurfsvoll. »Ich denke, Sie sollten ...«

Martin drehte sich zu ihm um und was Kennedy im Gesicht des Inspektors sah, ließ ihn seine Meinung ändern.

»Okay, ich erzähle es Ihnen später.«

Irgendetwas an Kennedys Art warnte Martin noch rechtzeitig. Er kam von der Tür zurück. »Nein, sagen Sie es mir jetzt. Was ist los?«

»Ich stand unter dem Eindruck«, sagte Kennedy vorsichtig, »dass Mrs. Walker nichts von dem Brief wusste – nicht bevor Sie es ihr gesagt haben.«

»Das ist richtig. Sie wusste nichts davon.«

Kennedy schüttelte widersprechend den Kopf und reichte Martin den Fingerabdruckbericht. »Ihre Abdrücke sind aber darauf.«

Martin schaffte es gerade noch, das Maklerbüro zu erreichen, kurz bevor es um sechs Uhr schloss. Er nahm von dort die Schlüssel seines eigenen Cottages mit dem Versprechen mit, dass er sie am nächsten Morgen zurückbringen würde, damit der potenzielle Käufer das Haus besichtigen konnte.

Sein Plan, noch vor dem Abendessen in das Cottage zu fahren, wurde durchkreuzt, als ihn der Organisator des Sommerfestes in ein Gespräch verwickelte. Der Oberst, der Martin auch ins Organisationskomitee geholt hatte, bestand darauf, dass der Inspektor mit ihm im ›The George and Dragon‹ einen Drink zu sich nahm. Dabei erläuterte er seine neuesten Ideen für das jährliche Fest in Guildfleet. Danach beschloss Martin, besser noch etwas zu essen, ehe er zum Cottage fuhr.

Schließlich war es kurz vor neun Uhr, als er mit seinem Wagen über eine Nebenstraße den Stadtrand erreichte. Das Häuschen, in dem er und Sue die glücklichsten Jahre seines Lebens verbracht hatten, lag auf einer ruhigen Straße, etwa fünf Meilen von Guildfleet entfernt. Während der zehn Minuten, die er für die Fahrt brauchte, war der bedeckte Himmel immer dunkler geworden. Als er vor dem abgelegenen Gebäude anhielt, schaltete er die Seitenlichter ein.

Er kletterte aus dem Wagen und schloss die Autotür sanft. Es war alles so friedlich, dass er die Stille nicht durch irgendein Geräusch brechen wollte. Während er einfach nur so da stand, setzten sich einige Krähen in die Buchengruppe vor seinem Grundstück. Die Vögel unterhielten sich freundschaftlich untereinander und hüpften auf den Ästen vor dem dunkler werdenden Himmel umher. Das große Schild, auf dem »zu verkaufen« stand, war an zwei Pfählen neben dem Tor befestigt. Jemand hatte vergessen, es mit dem Riegel wieder zu verschließen. Er schob sich hindurch und ging den kurzen Weg zur Eingangstür hinauf. Durch die Risse in der

Pflasterung sprießte bereits Unkraut und das Gras auf dem Rasen war kniehoch. Es war unheimlich, wie schnell die Natur begriff, dass Menschen einen Ort verlassen hatten.

Er zog den Schlüsselbund aus seiner Tasche, fand denjenigen Schlüssel, der die Haustür öffnete und steckte ihn in das Schloss. Wie immer kratzte die Tür beim Öffnen am Boden. Im Laufe der Jahre hatten sich die Scharniere leicht gesenkt. Als er die Tür schloss, war der Flur fast dunkel. Er betätigte den Lichtschalter und die nackte Glühbirne, die in der Mitte der Decke hing, beleuchtete den Flur grell und warf scharfe Schatten.

Wegen dieser Schatten sah er den Gegenstand, der auf dem Boden lag, erst, als er mit dem Fuß dagegen stieß. Er bückte sich, um ihn aufzuheben. Die Diamanten auf Sues Brosche, die in seiner Wohnung auf den Boden gefallen war, glitzerten im elektrischen Licht. Er starrte skeptisch darauf.

Die Wohnzimmertür war angelehnt und es war kein Licht zu sehen. Sie würde doch sicherlich nicht in der Dunkelheit eines der Schlafzimmer im Obergeschoss auf ihn warten? Er ging an den Treppenabsatz.

»Sue? Ich bin's, Martin. Bist du da oben?«

Der kurze Widerhall seiner eigenen Stimme klang verhöhnend. Er hatte keine Lust, noch einmal zu rufen. Er ging auf das Wohnzimmer zu, stieß die Tür auf und schaltete auch dort das Licht ein. Das Zimmer sah ohne die Sachen, die er für seine Wohnung mitgenommen hatte, spärlich eingerichtet aus. Das meiste von dem, was noch da war, war in alte Laken und Plastik gehüllt. Die Vorhänge vor den Balkontüren zugezogen worden. Es roch muffig. Der Geruch hatte einen schwachen Beigeschmack, den Martin nicht identifizieren konnte.

Aus irgendeinem Grund war das noch dastehende Sofa umgedreht worden. Er ging darauf zu und wollte es aufrichten, doch dann blieb er stehen. Ein Fuß mit einem Schuh ragte dahinter hervor.

»Sue!« Martin schrie unwillkürlich auf und eilte zum Sofa. Sie lag würdelos ausgestreckt hinter dem Sofa, ihre Kleidung war verrutscht. Ihr Gesicht war von einem Kissen verdeckt, aber er brauchte nur die dicken Beine und die übergewichtige Gestalt zu sehen, um zu wissen, dass dies nicht Sue war.

Er ging um den Körper herum und hob das Kissen vorsichtig hoch. Obwohl die Gesichtszüge farblos und verzerrt waren, hatte er keine Schwierigkeiten, Judy Claytons Vermieterin zu erkennen. Der Grund des Todes war offensichtlich. Christine Bodley war erwürgt worden und um ihren Hals war noch immer das Mordwerkzeug geknotet. Es war der grün-rot-weiße Seidenschal, den er zuletzt an Sue gesehen hatte.

Kapitel
3

Als Martin das tote Gesicht von Christine Bodley zudeckte, hörte er hinter sich ein leises Rascheln. Er richtete sich schnell auf. Die Vorhänge an den Fenstertüren bewegten sich. Da sie bis zum Boden hingen, war es unmöglich, die Füße von jemandem zu sehen, der dort stand.

»Wer immer Sie auch sind, Sie kommen da besser heraus!«

Als Antwort bewegten sich die Vorhänge auf und ein Luftzug strömte durch den Raum. Er ging langsam hinüber und zog mit einer schnellen Bewegung einen Vorhang beiseite. Glas lag auf dem Boden unter der Scheibe. Sie war eingeschlagen worden, so dass der Eindringling an den Schlüssel gelangen konnte, der an der Innenseite der Tür steckte. Er hatte sein Taschentuch hervorgeholt und wollte gerade die Tür öffnen, als er den Kopf hob und lauschte. Ein Auto kam die Straße entlang auf das Cottage zu.

Martin zog die Vorhänge zu und ging schnell in den Flur. Er stand etwas zurück von dem Fenster, das auf den Vorgarten hinausging. Das Auto bremste vor dem Tor ab und kam zu einem Stillstand. Als der Wagen in sein Blickfeld geriet, sah er das blaue Licht, das auf dem Dach blinkte. Er ging zur Eingangstür und hatte sie bereits geöffnet, als Kennedy – gefolgt von zwei uniformierten Beamten – zügig durch das Tor kam.

Kennedy blieb kurz stehen, als er den Inspektor sah und blinzelte überrascht.

»Martin! Was zum Teufel ist hier los?«

»Mrs. Bodley. Sie wurde ermordet. Sie ist da drinnen.«

Die beiden Constables bewegten sich auf ein Nicken von Martin hin, gingen an beiden vorbei und verschwanden im Haus.

»Mrs. Bodley?«, wiederholte Kennedy. »Sie war vorhin

auf dem Revier und wollte Sie sprechen.«

»Wann war das?«

»Hm, vor ein paar Stunden.«

»Haben Sie ihr gesagt, dass ich hier bin?«

»Ja, tut mir leid. Sie sagte, dass es sehr wichtig sei und sie lehnte es ab, mit …«

Martin starrte die ganze Zeit auf den Streifenwagen. Er hatte die Frau gesehen, die auf dem Rücksitz saß, konnte sich jedoch nicht sicher sein, bis sie ihren Kopf drehte.

»Was macht Sue hier?«

»Deshalb sind wir hier. Sie hat uns angerufen.« Seine Stimme wurde leiser, so wie bei jemandem, der eine schlechte Nachricht überbringt. »Jemand hat versucht, sie umzubringen.«

»Wann?«

»Etwa vor einer Stunde. Sie hat es sich damit, Sie nicht zu treffen, anders überlegt und … Moment mal!«, Kennedy streckte eine Hand aus, um Martins Arm zu ergreifen, als dieser zum Auto gehen wollte. »Sie hat einen höllischen Schock. Beruhigen Sie sich, Martin.«

Martin nickte und richtete sich auf. Als er durch das Tor ging, hatte Sue die Autotür geöffnet und war ausgestiegen. Sie war blass und aufgewühlt, offensichtlich immer noch im Schockzustand. Sie schien nicht einmal darüber überrascht zu sein, Martin dort zu sehen.

»Martin, was ist passiert?«

»Sue, bist du in Ordnung?« Martin bewegte sich schnell und streckte eine Hand aus, um ihr zu helfen.

»Ja. Ich habe es mir anders überlegt, dich nicht zu treffen. Ich dachte, wir könnten doch nur …« Ihre Lippen zitterten und ihre Augen weiteten sich, als die Angst zurückkehrte.

»Jemand hat versucht, mich zu töten.«

»Wer war es, Sue?«, fragte er sehr sanft.

»Ich weiß es nicht. Er war im Cottage und hat auf mich gewartet. In dem Moment als ich durch die Tür kam, hat er

148

mein Halstuch gepackt und ...« Sie brach ab und legte eine Hand über ihre Augen. Sie hatte begonnen, unkontrolliert zu zittern. Er legte seinen Arm um ihre Schulter und zog sie schützend an sich.

»Du musst jetzt nicht reden. Du kannst mir später alles erzählen.«

Er lenkte sie zu seinem eigenen Wagen und öffnete die Beifahrertür. »Bleib hier, Sue. Ich bin in ein paar Minuten zurück.«

Sie wollte gerade in den Wagen einsteigen, als sie sich aufrichtete und  fassungslos zur offenen Tür des Hauses blickte.

»Martin, was ist passiert?«

»Die Vermieterin von Judy Clayton wollte mich sprechen. Sie hat auf dem Revier angerufen und Kennedy sagte ihr, dass ich hier sei. Leider wurde ich aufgehalten und kam erst gegen neun Uhr hierher ...«

Er hielt inne und fragte sich, ob sie ihm wirklich zuhörte, aber sie sagte ungeduldig: »Und weiter?«

»Jemand muss ihr gefolgt sein. Wer auch immer es war, er bemerkte plötzlich, wohin sie wollte, und brach dann in das Cottage ein. Er hat nicht auf dich gewartet, Sue, sondern auf Mrs. Bodley.«

Martin war froh, dass er Kennedy die Leitung über all das, was jetzt im Cottage passierte, überlassen konnte. Es dauerte einige Zeit, bis die Fotografen, der Polizeiarzt und die Rechtsmediziner eintrafen, und er machte sich Sorgen um Sue, die draußen in seinem Wagen saß und offensichtlich immer noch unter Schock stand und die schreckliche Begegnung mit dem Mörder verarbeiten musste.

»Ich bringe dich nach Hause«, sagte er zu ihr, während er auf den Fahrersitz rutschte.

»Was meinst du mit »nach Hause«?«

»Nun – möchtest du lieber zu mir nach Hause fahren oder soll ich dich zu dir bringen?«

»Ich glaube, ich möchte lieber zurück in die Wohnung – meine eigene, meine ich. Ich fühle mich wirklich ein bisschen schwach auf den Knien.«

»Okay«, sagte Martin und wendete den Wagen auf dem engen Weg. »Du musst mir dann genau sagen, wie man hinkommt.«

Er wusste nicht, wo Sue jetzt wohnte, und hatte es absichtlich vermieden, sich diesbezüglich genauer zu informieren. Ihm war nur bekannt, dass sie eine kleine Wohnung auf der Rückseite eines viktorianischen Hauses unweit von ›Cavalier Toys‹ gefunden hatte.

»Magst du mir erzählen, was passiert ist?«, fragte er sie, als der kleine Wagen die Straße hinunterfuhr.

»Es tut mir leid. Es ist alles so verworren in meinem Kopf.«

Er hörte zu, ohne sie zu unterbrechen, bis sie wieder in Guildfleet waren. Dann unterbrach sie ihre Erzählung, um ihm den Weg zur Somerville Avenue zu erklären, wo ihre Wohnung lag. Auf ihre Anweisung hin hielt er vor einem dreistöckigen Backsteinhaus, das sich durch die von den späten Viktorianern bevorzugten Holzverzierungen abhob.

»Sue, ich fürchte, ich muss dir ein paar Fragen stellen.«

»Du meinst – jetzt?«

»Nun, ich könnte dich in deine Wohnung bringen«, erklärte er leise. »Dein Vermieter wird kaum etwas gegen einen Besuch deines Mannes haben.«

Sie dachte einen Moment darüber nach, dann warf sie ihm einen misstrauischen Blick zu. »Na gut. Aber ich warne dich, es ist nicht gerade ein Palast und ich bin nicht einmal sicher, dass ich etwas zu trinken habe.«

Er folgte ihr, als sie ihn um die Seite des Hauses zu einem Teil herumführte, der später angebaut worden war.

»Das war früher eine so genannte Einliegerwohnung«, erklärte sie, während sie den Schlüssel in das Schloss steckte. »Der Mann, dem das Haus gehört, hat sie für seine Mutter gebaut. Als sie starb, beschlossen sie, es zu vermieten.«

Es war ein seltsames Gefühl, an den Ort geführt zu werden, an dem seine eigene Frau lebte. Martin schwieg und sah sich um, während sie das Licht einschaltete. »Wohnung« war eine schmeichelhafte Bezeichnung für das Quartier, in dem Sue jetzt hauste. Es bestand in Wirklichkeit aus einem winzigen Flur, von dem aus die Küche, das Bad und ein nicht sehr großes Schlafzimmer abgingen.

Er spürte, dass sie verunsichert und verlegen war, als er eintrat. Sie eilte an ihm vorbei, um ein paar seltsame Kleidungsstücke wegzuräumen, die sie herumliegen gelassen hatte. Obwohl die Möbel vom Vermieter stammten, hatte Sue dem Zimmer ihren eigenen Stempel aufgedrückt und ihm ein paar weibliche Akzente verliehen, die es recht charmant machten. Er konnte nicht umhin, die Ordnung mit dem Chaos in seiner eigenen Wohnung zu vergleichen. Die Blumen auf dem Tisch in der Mitte waren ganz offensichtlich frisch. Sie kramte in einem Schrank und förderte schließlich eine Flasche und zwei Gläser zu Tage.

»Ich habe hier einen Brandy. Reicht das?«

»Das ist gut. Aber du bist diejenige, die ihn braucht.«

Er blieb stehen, während sie ihm die Getränke ein-schenkte. Der Flaschenhals klapperte an den Gläsern. Entwe-der war es ihr zu unangenehm, oder der Schock hatte sich noch nicht gelegt. Sie reichte ihm das Glas, forderte ihn aber nicht auf, sich zu setzen.

Er sah zu, wie sie die Hälfte ihres Drinks trank, dann sagte er: »Tut mir leid, Sue, aber ich möchte, dass du mir die Geschichte noch einmal erzählst ...«

»Aber Martin, ich habe dir doch schon alles erzählt. Es ist jetzt fast ein Uhr und ich bin unglaublich müde.«

»Ich kann es leider nicht ändern. Es hat einen Mord ge-geben, den dritten in ein paar Wochen. Du weißt, was das für mich bedeutet. Du weißt, wie ich arbeite. Ich gehe gern jedes Detail durch. Nicht nur einmal, sondern ein halbes Dutzend Mal.«

»Aber ich habe dir doch alles erzählt, was passiert ist«, sagte sie verzweifelt.

»Erzähl es mir noch einmal, Sue.«

Sie stieß einen Seufzer aus. »Von Anfang an?«

»Bitte«, beharrte er leise. »Ganz von Anfang an.«

»Also gut.« Sue schien sich damit abzufinden, jetzt einen kohärenteren Bericht über die Geschehnisse geben zu müssen. Während sie sprach, bewegte sie sich unruhig im Raum, als ob sie sich nur ungern den prüfenden Blicken Martins ausset-zen wollte. »Nachdem ich dich angerufen hatte, änderte ich meine Meinung darüber, dich nicht im Haus zu treffen. Ich weiß nicht warum, Martin. Ich glaube, ich hatte ein schlechtes Gewissen, weil ich zu dir am Telefon unhöflich war.«

»Du warst nicht unhöflich, Sue.«

»Jedenfalls bin ich mit dem Bus nach Stansfield gefahren und dann zum Cottage gelaufen. Ich war etwa auf halbem Weg zum Eingang, als ich plötzlich bemerkte, dass die Haus-tür offen stand ...«

»Weit offen?«

»Nein, aber gerade weit genug, dass ich in den Flur sehen konnte. Natürlich folgerte ich, dass du im Haus bist.«

Sie trank noch einen Schluck aus ihrem Glas und stellte es auf einen der kleinen Tische.

»Fahre bitte fort, Sue.«

»Als ich durch die Vordertür ging, hatte ich plötzlich das seltsame Gefühl, dass du gar nicht im Cottage bist. Ich wollte gerade rufen: »Wo bist du, Martin?«, als ein Mann hinter der Tür hervorsprang und mich an der Kehle packte. Ich wehrte mich und war tatsächlich kurz davor, ohnmächtig zu werden, als der Mann mich plötzlich zur Seite schob und ins Wohnzimmer stürmte.«

Martin nickte. »Da hatte er gemerkt, dass du nicht Mrs. Brodley bist.«

»Das nehme ich auch an, ja. Jedenfalls stürzte ich aus dem Haus und rannte den ganzen Weg zur Telefonzelle. Etwa zwanzig Minuten später holte mich Sergeant Kennedy ab.«

»Danke, Sue.« Die kurze Schilderung war verständlicher gewesen, als die unzusammenhängenden Informationsfetzen, die sie ihm im Auto von sich gegeben hatte. »Jetzt erzähl mir bitte noch einmal genau, was passiert ist, als der Mann plötzlich ...«

»Martin, es hat keinen Sinn!« Sie blickte ihn wütend über das Sofa an. »Ich habe es dir doch gesagt. Ich habe ihn nicht gesehen. Ich habe nicht einmal einen Blick auf ihn werfen können.«

»Aber er hat dich gepackt«, beharrte er. »Du musst seine Hände gespürt haben, seinen Mantel, sein Gesicht. Es muss doch irgendetwas geben, an das du dich erinnerst.«

»Martin, es tut mir leid. Ich weiß, es ist wichtig und ich würde dir gerne helfen. Aber es nützt nichts, wenn ich mir einfach irgendwelche Dinge ausdenke ...«

»Das ist das Letzte, was ich von dir will.« Er bemühte sich, seine Ungeduld zu zügeln. »Aber es muss doch etwas geben, woran du dich erinnerst. Es spielt keine Rolle, wie trivial, wie unbedeutend es auch ist. Zum Beispiel: Wie groß war er?«

»Das weiß ich nicht.« Sie schüttelte den Kopf und er bemerkte ihren verbissenen Gesichtsausdruck. Wahrscheinlich versuchte sie, eine schreckliche Erinnerung aus ihrem Gedächtnis zu verdrängen.

»So groß wie ich?«

»Ich weiß es einfach nicht.«

»Was für Kleidung hatte er an?«, fragte er und versuchte einen anderen Ansatz.

»Martin, ich habe dir doch gesagt, dass ich mich an nichts über diesen Mann erinnern kann.«

Sie starrte mit leerem Blick auf die Vase mit den frischen Blumen, deren Duft schwach wahrnehmbar war. Die beiden Runzeln zwischen ihren Augenbrauen hatten sich vertieft, ein sicheres Zeichen dafür, dass sie sich bemühte, sich an etwas zu erinnern.

»Was ist?«

»Nichts. Er hatte nur …«

Er war sich sicher, dass sie kurz davor war, sich an ein wichtiges Detail zu erinnern. Er ging um das Sofa herum und griff mit seinen Händen unter ihren Ellbogen nach ihren Armen.

»Sue.«

»Ich glaube …« Sie musterte sein Gesicht mit außergewöhnlicher Intensität.

»Weiter!«

»Ich glaube, er benutzt vielleicht das gleiche Rasierwasser …«

»Rasierwasser? Meinst du – das gleiche wie ich?«

»Ja. Aber ich bin mir nicht sicher, ich bin mir überhaupt nicht sicher. Es ist lange her, seitdem …«

Ihr Gesicht war ganz nah an seinem, so nah wie noch nie, seitdem sie sich getrennt hatten. Die Feindseligkeit und die Distanziertheit waren verschwunden. Ihre Augen waren verletzt und verängstigt, ihr Mund hatte seine natürliche Form angenommen, wie wenn sie schlief. Plötzlich hatte er seine Arme um sie gelegt und seine Lippen auf die ihren gepresst. Sie entspannte sich, ihr Mund war weich und nachgiebig. Dann schien sie zu begreifen, was geschah, hob ihre Arme und stieß ihn weg. Er ließ sie los und trat zurück.

»Und?« Seine Stimme war angespannt. »Ist es das gleiche?«

»Du hättest das nicht tun dürfen!«, sagte sie wütend.

»Antworte mir!« Er ergriff wieder ihre Arme und schüttelte sie leicht.

»Ist es das gleiche Rasierwasser?«

Sues Wut war nur von kurzer Dauer gewesen. Sie wandte den Kopf ab und wich seinem herausfordernden Blick aus. Sie schien die Frage sorgfältig zu überdenken, bevor sie direkt in sein Gesicht blickte.

»Ja«, sagte sie langsam. »Ja, ich glaube, das ist es.«

Er ließ sie los, da er die Dinge in diesem Stadium nicht weiter vorantreiben wollte. »Danke, Sue«, sagte er und nahm seinen Hut vom Stuhl.

Sie sah ihm nachdenklich hinterher, als er zur Tür ging und mit einem letzten Nicken zum Abschied im Flur verschwand. Einen Moment später verriet ihr das Zuschlagen der Haustür, dass sie wieder alleine war.

Um elf Uhr vormittags herrschte auf der High Street in Guildfleet reger Betrieb. Vor dem zentralsten Parkplatz war ein Schild mit der Aufschrift »voll« aufgestellt worden und die Verkehrspolizisten hatten alle Hände voll mit den Autos ungeduldiger Besitzer zu tun, die auf der gelben Linie geparkt hatten. Ein riesiger Sattelschlepper stand vor dem Supermarkt. Vier Männer in weißen Kitteln luden Kartons aus und schleppten sie durch den Wareneingang hinein. Gegenüber der Bank war ein Geldtransporter vorgefahren, dessen offene Hecktür von einem grobschlächtigen Mann mit Schutzhelm bewacht wurde. Auf den Plakaten, die am Stand des Zeitungsverkäufers angebracht waren, stand »*Neuer Mord in Guildfleet – Ortsansässige erdrosselt aufgefunden*«.

Ein paar Fotografen, die ihr Geld damit machten, Leute spontan zu fotografieren, arbeiteten sich die Straße hinauf, knipsten mögliche Kunden und drückten ihnen ihre Kärtchen in die Hand. Die meisten Leute ignorierten das Angebot, aber ein paar blieben unvorsichtigerweise stehen und ließen sich überreden, Abzüge der Fotos zu bestellen. Die Fotografen bekamen nicht viel Geld von dem Paar, das aus dem Supermarkt kam. Sie waren mit Paketen beladen und amüsierten sich über einen Witz, den nur sie selbst verstanden. Die Frau war jung und vollbusig, der Mann an ihrer Seite war groß und trug eine Brille. Er hatte eine abgewetzte Tweedjacke und eine weite Hose an, die in starkem Kontrast zu dem auffälligen Erscheinungsbild seiner Begleiterin stand. Er schüttelte nachdrücklich den Kopf, als der Fotograf mit seiner Kamera klickte und ihm eine Karte hinhielt. Das Lachen gefror ihm auf dem Gesicht, als er sah, wie der Verkehrspolizist auf das Nummernschild eines glänzenden Ford Capri starrte, der gegenüber geparkt war. Dem Verkehr zum Trotz rannte er über die Straße, um ihn zu überreden, den Strafzettel nicht zu schreiben.

Martin Denson war vom nächstgelegenen Parkplatz, auf dem es freie Stellflächen gab, zu Fuß ins Zentrum gegangen. Als er aus der Gasse kam, die den Parkplatz mit der High Street verband, zückte einer der Fotografen seine Kamera und machte ein Foto von ihm. Martin winkte die angebotene Karte mit einem verärgerten Stirnrunzeln ab. Er bog nach links ab und kam gerade an der örtlichen Filiale von ›W. H. Smith & Sons‹ vorbei, als ein Mann auftauchte. Er hatte die Zeitung, die er gerade gekauft hatte, aufgefaltet und war so sehr auf die Schlagzeilen konzentriert, dass er fast mit dem Inspektor zusammenstieß.

»Oh, ich bitte vielmals um Verzeih…« Er hatte mit der Entschuldigung begonnen, ehe er gesehen hatte, wer es war. Als er erkannte, dass es sich um Martin handelte, setzte er ein freundliches Lächeln auf. »Oh, hallo, Inspektor.«

»Guten Morgen, Mr. Norton. Das ist aber eine Überraschung! Ich habe versucht, Sie vor etwa zwanzig Minuten ans Telefon zu bekommen.«

»Ab und zu nehme ich mir frei, Inspektor.«

»Das kann ich mir gut vorstellen, Sir. Und ich kann es Ihnen nicht verübeln. Ich kann mir nichts Schlimmeres vorstellen, als Leuten das Autofahren beizubringen.«

»Ihr Job ist aber auch kein Honiglecken, wie es aussieht.« Roy tippte mit dem Handrücken auf die Zeitung.

»Sie meinen Mrs. Bodley?«

»Ja. Was ist passiert, Inspektor?«

»Es steht alles in der Zeitung, Sir.«

Als Martin weiter ging, gesellte sich Roy im Gleichschritt neben ihn.

»Ja, ich weiß, aber … hier steht, dass sie erdrosselt wurde.«

»Das ist richtig.«

»In Ihrem Cottage?«

»Stimmt.«

»Nun, es geht mich natürlich nichts an, aber glauben Sie, das die Sache mit dem Mord an Judy Clayton zusammenhängt?«

»Ja. Ja, das glaube ich, Sir.«

Martins neutraler Tonfall hatte den wissbegierigen Roy wohl dazu gebracht, nicht mit seinen Fragen fortzufahren. Er wechselte nun absichtlich das Thema.

»Mr. Norton, ich sage Ihnen, warum ich versucht habe, Sie zu erreichen. Ich bin etwas ratlos über das, was neulich Abend passiert ist, als Sie mit Mrs. Walker zu Abend gegessen haben.«

»Worüber sind Sie ratlos?«, fragte Roy in glaubhaftem und hilfsbereitem Ton.

»Ich habe gehört, dass Sie plötzlich beschlossen haben, einen Anruf zu tätigen.«

Martin hatte an einem Zebrastreifen angehalten und wartete darauf, dass der Verkehr ihm den Vortritt ließ. »Aus Ihrem Büro.«

»Das ist richtig.«

»Warum aus Ihrem Büro, Sir? Warum nicht aus dem Hotel?«

Ein herannahendes Auto hielt an und die beiden Männer überquerten die Straße. Roy lächelte verschmitzt, als sie den Fußweg auf der anderen Seite erreichten. Sein Verhalten verriet, dass er wirklich froh über die Gelegenheit war, sich zu erklären.

»Ich dachte mir schon, dass Sie früher oder später auf dieses Telefonat kommen würden, Inspektor. Tatsache ist, dass eine Freundin von mir – Lady Talbot – am nächsten Morgen ihre Prüfung ablegte und mir plötzlich ein Rat einfiel, den ich ihr diesbezüglich geben wollte. Ich konnte mich nicht mehr an ihre Nummer erinnern. Sie steht nicht mehr im Telefonbuch, also hatte ich keine andere Wahl. Ich musste zurück ins Büro gehen.«

»Ich verstehe«, sagte Martin unverbindlich. »Ich nehme

an, Lady Talbot war eine wichtige Kundin?«

»Ja. Eine ganz wichtige. Und das ist sie immer noch.« Roy lachte. »Sie ist durchgefallen – zum vierten Mal.«

Martin hatte vor dem Tabakladen angehalten, in dem er gewöhnlich einkaufte. Er bedachte Roy mit seinem teilnahmslosesten Blick.

»Es ist verdammt schade, dass Sie sie angerufen haben, Sir.«

Roys Stirn legte sich in Falten, als er zu entscheiden versuchte, ob dies ein freundlicher Scherz oder eine Warnung mit unheilvollem Unterton war. Martin drehte ihm den Rücken zu und ging in den Laden.

Als er die Treppe hinunterging, hörte Arthur Eastwood, wie die Eingangstür von Gameswood House hinter ihm zufiel. Er baute seine aufgestaute Frustration und Wut ein wenig ab, indem er einen Fluch murmelte, der alle Frauen an einen sehr unangenehmen Ort verdammte. Die Aktentasche fest umklammert, stapfte er zu seinem Wagen, der etwa zwanzig Meter entfernt in der Einfahrt geparkt war. Er hatte die Tür geöffnet und die Aktentasche auf den Beifahrersitz geworfen, als er ein anderes Auto vor dem Tor einbiegen hörte. In der Gewissheit, dass es Roy Norton sein musste, stieg er nicht ein, sondern blieb stehen und wartete. Er hatte Lust, es hier und jetzt mit dem Kerl auszufechten.

Es war jedoch der Wagen von Inspektor Denson, der auftauchte und vor der Treppe anhielt.

»Guten Morgen, Inspektor«, rief er, als Martin aus dem Auto stieg.

»Guten Morgen, Sir.« Martin neigte den Kopf in Richtung des Hauses. »Ist Mrs. Walker zu Hause?«

»Ja, aber ich fürchte, Sie ist in keiner sehr empfänglichen Stimmung.«

»Dieser Tage treffe ich nur selten auf jemanden, der in einer empfänglichen Stimmung ist, Sir. Ist sie allein?«

»Das ist eine gute Frage.« Arthur sprach verbittert. »Es ist niemand bei ihr, wenn Sie das meinen. Aber ich muss leider sagen, dass Mr. Norton im Geiste da ist, wenn auch nicht als Person.«

»Das klingt, als hätten Sie Probleme«, sagte Martin und ärgerte sich über Arthurs scharfen Tonfall.

»Das können Sie laut sagen! Und noch dazu verdammt dumme Probleme!«

Er schüttelte den Kopf und blickte zum Himmel, um wenigstens von dort Mitleid zu erhalten. »Sie hat einen sehr guten Anwalt und einen sehr guten Buchhalter, und dennoch zieht sie es aus unerfindlichen Gründen vor, beide zu ignorieren.«

»Sie sind offensichtlich nicht so charmant wie Mr. Norton.«

»Oder so überzeugend.« Arthur zog die Tür seines Wagens auf und machte sich bereit, seine üppige Gestalt hinter das Lenkrad zu schieben. »Nun, ich nehme an, manche Frauen sind einfach von Natur aus dumm!«

»Das ist richtig. Und manche werden unterschätzt.«

Arthur drehte sich um, aber Martin war bereits auf dem Weg zur Haustür. Er starrte die Rückseite des Inspektors an und öffnete den Mund, um eine Bemerkung zu machen. Dann änderte er abrupt seine Meinung, schlug die Tür zu und schob den Zündschlüssel in den Schlitz.

Evelyn Walker war völlig gefasst, als sie die Tür öffnete und Inspektor Denson draußen stehen sah. Er vermutete, dass sie ihn bereits vom Fenster des Esszimmers aus gesehen hatte. Ihr Haar war frisch frisiert und sie war frisch geschminkt. Abgesehen von dem schlichten grauen Kostüm, das sie trug, entsprach sie nicht gerade dem Bild einer trauernden Witwe.

»Guten Morgen, Mrs. Walker. Hätten Sie vielleicht ein paar Minuten Zeit?«

»Ja, natürlich, Inspektor«, antwortete sie sofort, trat zurück und hielt die Tür auf. »Mr. Eastwood ist gerade gegangen. Vielleicht sind Sie ihm in der Einfahrt begegnet.«

»Ja. Wir haben ein paar Worte miteinander gewechselt.«

Er folgte ihr, als sie ihn ins Wohnzimmer führte. Er bemerkte, dass die Zeitung auf dem Couchtisch vor dem Sofa aufgeschlagen lag und die gleichen Schlagzeilen zeigte, die Roy Norton so fasziniert hatten.

»Kann ich Ihnen einen Drink anbieten? Einen Sherry vielleicht, oder einen Gin Tonic?«

»Nein, danke, Mrs. Walker. Aber ich würde mich gern setzen, wenn ich darf. Ich bin schon den ganzen Vormittag auf den Beinen.«

»Ja, natürlich.«

Er legte seinen Mantel und seinen Hut auf einen Stuhl neben der Tür und setzte sich auf das Sofa. Evelyn nahm einen hochlehnigen Ohrensessel im rechten Winkel zu ihm und schlug ihre wohlgeformten Beine übereinander.

Sie wartete höflich, bis er zur Sache kam.

»In der Nacht, in der Ihr Mann starb«, sagte Martin und wählte seine Worte mit Bedacht, »waren Sie sehr verzweifelt, was ja normal ist. Natürlich habe ich das, was Sie mir erzählt haben, als die reine Wahrheit akzeptiert.«

Ihre Augen hatten sich auf sein Gesicht gerichtet, aber

sie wandte ihren Kopf nicht um.

»Unter den damaligen Umständen wollte ich keine genauere Befragung durchführen, zumal ich mir auch Sorgen um Ihren Gesundheitszustand machte. Aber jetzt, wo Sie viel Zeit hatten, darüber nachzudenken, frage ich mich, ob Sie Ihre damalige Aussage ändern oder ergänzen möchten.«

»Es tut mir leid, Inspektor«, sagte sie mit unschuldiger Bestürzung, »aber ich verstehe einfach nicht, worauf Sie hinauswollen.«

»Dann lassen Sie es mich anders formulieren, Mrs. Walker. Als ich Ihnen von dem Zettel erzählte, den Ihr Mann angeblich hinterlassen haben soll ...«

»Hinterlassen haben *soll*?«

Martin ignorierte die Unterbrechung. »... schienen Sie überrascht zu sein, was den Schluss zulässt, dass Sie nichts von dem Brief wussten.«

»Das ist richtig.« Sie war immer noch vollkommen gefasst, ihre Augen zuckten nicht. »Ich habe nichts davon gewusst.«

»Tja, denn genau darauf will ich hinaus. Sie wussten nichts von dem Zettel – und doch waren seltsamerweise Ihre Fingerabdrücke darauf.«

Das einzige Anzeichen von Anspannung, das er bemerkte, war eine leichte Aufhellung ihrer Wangen, obwohl die Finger ihrer rechten Hand wütend auf die Stuhllehne klopften.

»Sie müssen sich irren, Inspektor. Ich kann mir einfach nicht vorstellen, wie sie da drauf sein könnten. Es sei denn, natürlich ...« Sie zog die Wangen leicht ein und starrte nachdenklich auf das Bild an der Wand hinter seinem Kopf.

»Es sei denn?«

»Ich war in einem solchen Zustand, so verängstigt und durcheinander ... Ich glaube, ich hätte den Zettel anfassen können, ohne zu bemerken, was ich da tat.«

Wieder einmal hatte sie die Pose der zerbrechlichen Frau eingenommen, die genauso viele Fehler machte, wie jeder andere Mensch auch.

»Wenn ich darüber nachdenke, dann ist wohl genau das passiert, Mrs. Walker«, versicherte Martin ihr und nickte mehrmals.

Sie schenkte ihm ihr schönstes Lächeln. »Es tut mir leid, wenn ich die Dinge für sie verkompliziert habe, Inspektor.«

»Da kann man nichts machen. Aber machen Sie sich keine Sorgen deswegen. Um Ihnen die Wahrheit zu sagen, der Brief hat mich sowieso nicht überzeugt.«

»Weil er getippt war?«

»Nicht nur, weil er getippt war, sondern weil …« Martin beugte sich vor, schlug die Hände zusammen und stützte sie auf seine Knie. »Mrs. Walker, darf ich mit Ihnen offen und vertraulich über Ihren Mann sprechen?«

»Ja, natürlich.«

»Meiner Meinung nach hat Mr. Walker keinen Selbstmord begangen, sondern wurde ermordet.«

Er tippte auf die Zeitung, die vor ihm auf dem niedrigen Tisch lag. »Ermordet von demselben Mann, der Mrs. Bodley getötet hat.«

Sie starrte ihn an, ihre Augen weiteten sich vor Erstaunen. »Sind Sie sich da sicher?«

»Ja, ich bin ziemlich sicher.«

»Und wer ist dieser Mann?«, fragte sie. »Warum haben Sie ihn noch nicht verhaftet?«

»Wir haben keine ausreichenden Beweise, Mrs. Walker – noch nicht, jedenfalls.«

Er blickte auf die Zeitung und dann in ihr Gesicht. Er wechselte abrupt das Thema. »In der Nacht, in der Ihr Mann ermordet wurde, aßen Sie mit Roy Norton im ›The Bear Hotel‹.«

»Das ist richtig. Das habe ich.«

»Als ich Sie dazu befragte, fragte ich Sie, ob Mr. Norton …«

»Ich weiß – ich sagte, Roy sei den ganzen Abend bei mir

164

gewesen.«

Sie zuckte mit den Schultern und wieder begannen ihre Finger auf der Stuhllehne zu trommeln. »Das tut mir leid. Erst im Nachhinein ist mir eingefallen, dass er mich für etwa eine halbe Stunde verlassen hat.«

»Um in sein Büro zu gehen und zu telefonieren?«

»Ja.«

»Haben Sie eine Veränderung an ihm bemerkt, nachdem er den Anruf gemacht hatte?«

»Eine Veränderung? Inwiefern?«

»War er aufgeregt, besorgt oder vielleicht außer Atem?«

»Nein, nicht dass ich wüsste. Ich glaube eher, dass ich diejenige war, die sich aufgeregt hat.«

»Weil er so lange weg war?«

»Ja. Als er ging, sagte er nur, dass er telefonieren wollte. Ich nahm natürlich an, dass er das vom Hotel aus machen würde.«

»Haben Sie ihm die Geschichte geglaubt, dass er zurück in sein Büro ging?«

»Aber ja! Natürlich habe ich das.«

»Ist es Ihnen nie in den Sinn gekommen, dass er vielleicht woanders hingegangen sein könnte?«

»Nein, das kam mir nicht in den Sinn. Wo hätte er denn sonst …« Sie brach ab, weil sie ein neuer Gedanke erschrak. »Sie wollen doch nicht etwa andeuten, dass er hierher kam, um David zu treffen?«

»Ich will damit gar nichts andeuten, Mrs. Walker.«

Damit ließ Martin das Thema fallen. Er stand auf und ging zum Fenster. Sie beobachtete ihn, wie er dort stand und auf den Garten hinausschaute. Sie spürte, dass er versuchte, sich über etwas klar zu werden. Als er sich umdrehte, hatte sich sein Verhalten völlig verändert. Es war fast entschuldigend.

»Mrs. Walker, ich sollte das eigentlich nicht sagen, es ist sehr unprofessionell, aber … ich brauche Ihre Hilfe.«

»Nun – wenn ich Ihnen helfen kann, werde ich das natür-lich gerne tun, Inspektor.«

Evelyns Vertrauen war zurückgekehrt.

»Ich wäre Ihnen dankbar, wenn Sie mir einige Informati-onen über jemanden geben könnten. Über jemanden, den Sie kennen.«

»Über Mr. Norton?«

»Nein, nicht über Mr. Norton. Über jemand anderen …«

Zehn Minuten später führte Evelyn den Inspektor aus dem Haus. Ihre Selbstbeherrschung brach erst, als sie die Tür hinter ihm geschlossen hatte. Einen Moment lang lehnte sie sich mit dem Rücken dagegen, bevor sie ins Esszimmer eilte, um sich zu vergewissern, dass er wirklich in sein Auto stieg. Als der Motor ansprang, ging sie vom Fenster weg und eilte durch den Flur zurück ins Wohnzimmer. Ohne sich zu setzen, griff sie nach dem Telefon und wählte eine Nummer.

Das Freizeichen ertönte sechsmal, bevor eine Männerstimme antwortete.

»Ich bin's«, sagte sie augenblicklich. »Hör mal! Du steckst in Schwierigkeiten. Denson ist hier gewesen. Er ist gerade gegangen. Er ist an etwas dran …«

»Ich habe dir gesagt, du sollst mich hier nicht anrufen, bis die Sache vorbei ist. Er hat doch meinen Namen nicht erwähnt, oder?«

»Doch, das hat er. Er hat mir eine Menge Fragen über dich gestellt …«

»Gut«, unterbrach er sie. »Sprich nicht weiter. Es gibt hier noch einen Telefonnebenanschluss. Er stellt wahrscheinlich jedem Fragen. Kein Grund, sich Sorgen zu machen.«

»Aber selbstverständlich mache ich mir Sorgen!«

»Möchtest du, dass wir uns treffen und darüber reden?«

»Ganz wie *du* willst.«

»Ich komme heute Nachmittag bei dir vorbei, ist das in Ordnung?«

»Warte einen Moment.« Sie unterbrach sich, um auf die Uhr zu schauen. »Ich habe um halb zwei einen Termin, aber um vier bin ich wieder hier …«

»Also um vier Uhr fünfzehn?«

»Ja. In Ordnung. Ich werde hier sein.«

Sie legte den Hörer auf, öffnete die silberne Schachtel

auf dem Tisch und griff nach einer Zigarette. Sie zündete sie mit dem Feuerzeug auf dem Kaminsims an, dann ging sie zum Getränkeschrank und schenkte sich einen Whisky ein. Sie stand da. Abwechselnd nippte sie an dem Getränk und zog tief an der Zigarette.

Harry Kennedy saß auf der Kante des Schreibtisches in Martins Büro und studierte einen Bericht der Rechtsmedizin. Es fiel ihm schwer, sich zu konzentrieren. Gleichzeitig wünschte er sich, er hätte sich nicht dazu überreden lassen, das zusätzliche Bier zu seinem Mittagessen zu trinken.

Er richtete sich auf und blinzelte ein paar Mal scharf mit den Augen, als er die unverwechselbaren schnellen Schritte des Inspektors auf dem Korridor draußen hörte. Martin war bereits dabei, seinen Mantel abzulegen, als er zur Tür hereinkam.

»Hallo, Harry. Irgendetwas Neues?«, fragte er.

»Ja, ein Mann namens Mailer hat angerufen.« Kennedy legte den Bericht auf den Aktenstapel auf dem Schreibtisch.

»Wann war das?«

»Vor etwa einer Stunde. Er ruft wieder an.«

»Gut.« Martin ging zu seinem Schreibtisch und betrachtete ohne Begeisterung den Aktenstapel.

»Sind Bellinger und Turner schon da?«

»Ja, sie sind in meinem Büro.«

»Ich möchte sie sehen. Sofort.«

»Gut.« Kennedy war schon an der Tür, als ihn ein beunruhigender Gedanke ereilte. »Mailer ... aber nicht zufällig Chefsuperintendent Mailer, oder?«

»Doch, das ist richtig«, antwortete Martin, der sich auf den Bericht vor ihm konzentrierte.

»Oh, verdammt!«

»Was ist los?« Martin sah auf und lächelte über Kennedys kleinlauten Gesichtsausdruck.

»Er hat mich in einem schlechten Moment erwischt. Ich war furchtbar abweisend zu ihm.«

»Keine Sorge, wahrscheinlich glaubt er nur, dass Sie tief in der Arbeit steckten.«

»Ist er ein Freund von Ihnen?«

»Ja, ich kenne ihn seit vielen Jahren. Er hat mich in diesen Job hier eingeführt. Wenn der gute alte Rupert nicht gewesen wäre, wäre ich jetzt wahrscheinlich bei der Marine.« Martin schob seinen Stuhl zurück und kam hinter dem Schreibtisch hervor. Zu Kennedys Erleichterung war er entspannt und freundlich. »Haben Sie heute Abend schon etwas vor, Harry?«

»Nichts Besonderes.« Der Sergeant war etwas über die Frage verblüfft. »Warum?«

»Ich möchte mit Ihnen reden. Kommen Sie gegen halb acht auf einen Drink vorbei.«

»Ja – in Ordnung«, stimmte Kennedy zu und fragte sich, ob er es wagen sollte zu fragen, was der Grund für diesen plötzlichen Wunsch nach Geselligkeit war.

In diesem Moment klingelte das Telefon. Martin nahm den Hörer ab und Kennedy ging hinaus, wobei er die Tür halb offen ließ. Immer noch beunruhigt über seinen Umgang mit einem Chefsuperintendent, blieb er kurz vor der Tür stehen, wo er deutlich hören konnte, was Martin sagte.

»Hallo? Ja, am Apparat. … Ach, hallo, Rupert! Ich wollte dich gerade anrufen. Gibt's was Neues? Ja, ich höre … Das ist interessant … Nein, ich muss zugeben, das bin ich nicht – nicht ganz. Ich verstehe … Rupert, sag mir: Wie lange, glaubst du, kennt sie Stenhouse schon? … Sechs Monate? Das ist nicht sehr lange … Wer hat sie ihm vorgestellt, weißt du das? … Ich verstehe … Was ist denn das? … Ja, ich denke, dass ist wahrscheinlich … und nicht nur mit Stenhouse … Das werde ich auf jeden Fall … Danke, Rupert, du warst mir eine große Hilfe – wie immer … Grüße Joan von mir …«

Kennedys Befürchtungen wurden zerstreut und so ging er, als er hörte, wie der Hörer aufgelegt wurde. Er wusste, wo er Bellinger und Turner finden würde: im Aufenthaltsraum, wo sie Darts spielten.

Martin war bereits ungeduldig, als die drei Ermittler sein

Büro betraten.

»Und, wie ist es gelaufen?«, fragte er Bellinger ohne Vorrede.

»Nicht schlecht. Überhaupt nicht schlecht.« Bellinger legte eine braune Mappe auf den Schreibtisch. »Was hat Cecil Beaton, was wir noch nicht haben?«

»Das sage ich Ihnen, wenn ich die Fotos gesehen habe.«

Martin holte ein halbes Dutzend Fotos in Postkartengröße aus der Mappe und legte sie auf den Schreibtisch. Kennedy trat hinter ihn, um sie über seine Schulter zu betrachten. Die meisten von ihnen waren am gleichen Vormittag in Guildfleet aufgenommen worden. Von den Porträtierten hatte keiner geahnt, dass es sich bei den forschen Straßenfotografen um zwei Experten von der Kriminalpolizei handelte. Das erste Bild zeigte Andy Mason und Olive, wobei sich im Gesicht des Ersteren dessen Reaktion auf den Verkehrspolizisten abgezeichnete, der ihn gerade abstrafen wollte. Roy Norton eilte in das Geschäft von W. H. Smith, Arthur Eastwood ging den Bürgersteig entlang, den Kopf in Gedanken versunken. Evelyn Walker war gerade dabei, einen Brief auf dem Postamt aufzugeben. Sie war sehr fotogen und sah trotz ihrer ernsten Miene äußerst attraktiv aus. Das einzige Bild, das nicht die High Street als Hintergrund hatte, zeigte Colonel Reams. Er ritt irgendwo in Kingswood Downs auf einem Pferd und hatte den Fotografen gerade gesehen. Seinem wütenden Gesicht nach zu urteilen, war er in der Stimmung, dem Eindringling eine Tracht Prügel zu verpassen.

»Die sind gut«, kommentierte Martin anerkennend. Er nahm sie in die Hand wie ein Pokerspieler und änderte die Reihenfolge der Fotos. »Sehr gut. Danke, Bellinger – Turner!«

»Leider hat uns Reams entdeckt.«

»Ja. Das ist offensichtlich. Tja, das lässt sich nicht ändern.«

Er reichte die Schnappschüsse Bellinger zurück, der gemerkt hatte, dass der Inspektor sie absichtlich in eine bestimmte Reihenfolge gebracht hatte.

»Sie wissen, was jetzt zu tun ist?«

»Ja, wir waren in Kingswood, direkt im Dorf, Sir. Wir haben eine Liste jeder Drogerie im Umkreis von zwanzig Meilen erstellt.« Bellinger holte ein gefaltetes Papier aus seiner Tasche. »Es gibt leider verdammt viele davon.«

»Das spielt keine Rolle. Überprüfen Sie jeden einzelne.« Martin wandte sich an Kennedy. »Haben Sie ihnen den Lippenstift gegeben?«

»Ja, das habe ich, Sir.« Turner holte einen Lippenstift aus seiner Tasche und hielt ihn Martin vor die Nase.

»Sollen wir ihnen alle Fotos zeigen, Inspektor?«, fragte Bellinger, der die Aufnahmen so hielt, wie der Inspektor sie ihm gegeben hat.

»Zeigen Sie ihnen zuerst das oberste. Ich wette, sie werden ihn wiedererkennen. Wenn nicht, dann zeigen Sie ihnen die anderen.«

Kennedy drehte sich hinter Bellinger um, um zu sehen, welches Foto ganz oben lag. Er starrte Martin ungläubig an. Der Inspektor nickte kurz zur Bestätigung.

Harry Kennedy fragte sich immer noch, warum der Inspektor plötzlich so scharf auf seine Gesellschaft war. Es war ja nicht so, dass sie sich nicht oft genug auf dem Revier oder bei den zahlreichen gemeinsamen Fahrten mit dem Polizeiwagen gesehen hätten. Vielleicht spürte Martin langsam die Einsamkeit, nachdem er so lange allein gelebt hatte. Kennedy hatte nie verstanden, warum er und Sue sich getrennt hatten. Sie musste doch gewusst haben, worauf sie sich einließ, als sie einen Polizisten heiratete. Es war so ein Verlust von zwei netten Menschen. Harrys Hingabe an seine eigene Dorothy hinderte ihn nicht daran, Sue eine hohe Punktanzahl für ihre weibliche Anziehungskraft zu geben, und obwohl er es nie zugegeben hätte, hegte er eine fast fanatische Bewunderung für Martin.

Als er um Punkt halb acht an Martins Tür klingelte, begrüßte ihn der Inspektor mit einer Freundlichkeit, aber auch einer gewissen Schüchternheit, die er vorher nie gezeigt hatte. Sie unterhielten sich über die neuesten Entwicklungen in dem Fall, während Martin seinem Gast ein Glas dunkles Bier einschenkte. Kennedy war eigentlich ein Mann, der Bitteres vom Fass bevorzugte, aber Bier war Bier. Martin schenkte sich zum Entsetzen des Sergeants ein einfaches Tonic Water ein. Der Inspektor war bekannt dafür, dass er erst trank, nachdem er einen Fall gelöst und abgeschlossen hatte.

Während der Sergeant es sich in einem Sessel bequem machte, setzte sich Martin auf die Armlehne des Sofas. Kennedy, der wusste, dass er gleich den Grund für diese Einladung erklären würde, wartete darauf, dass er sprach.

Martin räusperte sich in leichter Verlegenheit. »Nun, ich habe Sie nicht hergebeten, um zu fachsimpeln, Harry. Ich möchte, dass Sie etwas für mich tun.«

»Ja, natürlich. Was denn?«

Martin hielt inne, immer noch zögernd, und holte dann einen Umschlag aus seiner Jackentasche. »Ich habe einen Brief an Sue geschrieben. Ich möchte, dass Sie ihn aufbewahren, jedenfalls vorläufig.« Er übergab Kennedy den Brief, stand dann auf und ging in Richtung Küche. »Sollte mir in der nächsten Woche etwas zustoßen, dann geben Sie ihn ihr.«

»Was meinen Sie damit, wenn Ihnen etwas zustoßen sollte?«

Kennedy stellte die Frage, als Martin ihm seinen Rücken zuwandte.

»Nun, Sie kennen doch unser Geschäft, Harry. Es besteht immer die Möglichkeit, dass etwas Unangenehmes passieren könnte.«

Kennedy schaute auf den versiegelten Umschlag. Darauf stand nur ein einziges Wort: »Sue«. Er stellte seinen Drink ab, stand auf und folgte Martin in die Küche. »Was haben Sie vor?«

Martin hatte die Tür des Kühlschranks geöffnet und holte ein Tablett mit Eiswürfeln heraus.

»Ich bitte Sie lediglich darum, Sue diesen Brief zu geben, wenn ich das Pech haben sollte, dass …«

»Hören Sie, Martin, kommen Sie mir nicht damit. Was zum Teufel haben Sie vor?«

»Ich habe heute Morgen Mrs. Walker getroffen und ich bin ein Risiko eingegangen. Ein kalkuliertes Risiko.« Er hatte das Tablett mit den Eiswürfeln zum Waschbecken getragen und goss heißes Wasser darüber. »Ich persönlich glaube, dass es klappen wird, aber wenn nicht, nun – es ist gut möglich, dass mir etwas zustößt, und in diesem Fall möchte ich, dass Sue den Brief bekommt.«

»In Ordnung«, stimmte Kennedy zähneknirschend zu. »Ich werde dafür sorgen, dass sie ihn bekommt.«

Er betrachtete den Brief mit einem besorgten Stirnrunzeln. Dann platzte es aus ihm heraus.

»Martin, warum zum Teufel müssen Sie immer alle Regeln brechen?«

Martin löste einen Eiswürfel aus dem Tablett und ließ ihn in seinen Drink fallen. Als er sich zu Kennedy umdrehte, blickten seine blauen Augen unschuldig.

»Welche Regeln, Harry?«

Kennedy spürte Sue endlich in einem der neuesten Restaurants in Guildfleet auf. Es hieß ›The Mandarin‹ und hatte sich schnell den Ruf erworben, gutes, aber preiswertes chinesisches Essen zu servieren. Sue saß an einem Ecktisch, umgeben von kleinen Schüsseln mit Köstlichkeiten, die unweigerlich zur chinesischen Küche gehörten. Ein zierlicher Chinese, dessen Alter man nicht schätzen konnte, war gerade dabei, das Geschirr abzuräumen, als Sue sich den Mund mit der Papierserviette abwischte.

Sie blickte überrascht auf, als sie Kennedy sah, der sich – den Mantel über den Arm gelegt – durch den schwach beleuchteten Raum auf sie zubewegte. In seinem Haar glitzerten noch die Regentropfen eines eben vorbeigezogenen Schauers.

»Hallo, Harry!«, begrüßte sie ihn mit einem Lächeln echter Freude und klappte das Taschenbuch zu, in dem sie gerade gelesen hatte.

»Meine Güte, Sie sind ja schwer zu finden, Sue! Ich dachte schon, Sie wären ausgewandert!« Er deutete auf den freien Stuhl ihr gegenüber. »Darf ich mich setzen?«

»Ja, natürlich. Ich wollte gerade einen Kaffee bestellen. Wollen Sie sich zu mir setzen?«

»Danke.« Kennedy überließ dem kleinen Kellner seinen Mantel und setzte sich. »Ich habe überall nach Ihnen gesucht. Wäre mir Ihr Chef nicht zufällig über den Weg gelaufen, dann hätte ich Sie wohl nie gefunden.«

»Mein Chef?«

»Mr. Eastwood. Ich war in der Fabrik und er sagte mir, Sie hätten lange gearbeitet und wären wahrscheinlich irgendwo etwas essen gegangen.«

»Was ist los, Harry?«, sagte Sue besorgt und merkte, dass etwas nicht stimmte. »Was ist denn passiert?«

»Nichts, gar nichts. Ich wollte nur ein bisschen plaudern,

das ist alles.«

Sie hob eine Hand, um die Aufmerksamkeit des Kellners auf sich zu ziehen. »Mögen Sie Ihren Kaffee schwarz oder mit Milch?«

»Schwarz, bitte.« Als sie die Bestellung aufgab, neigte Harry den Kopf und versuchte, den Titel des Romans auf dem Tisch vor ihr zu erkennen. »Was ist das für ein Buch?«

»Wie man in zehn einfachen Lektionen die Gedanken anderer Menschen liest! Jetzt kommen Sie schon, Harry! Was ist los? Weshalb sind Sie hier?«

Kennedy fuhr sich mit den Fingern durch die Haare, bevor er sich vertrauensvoll nach vorne lehnte und die Ellbogen auf den Tisch stützte. »Ich mache mir Sorgen, Sue«, sagte er leise.

»Worüber?«

»Um Martin.«

»Dann sind wir schon zu zweit«, sagte sie trocken.

»Sue, bitte hören Sie, was ich Ihnen zu sagen habe.« Er sprach mit leiser Beharrlichkeit. »Ich glaube, Martin weiß, wer Judy Clayton ermordet hat, aber da er nicht genügend Beweise hat, um die Person zu verhaften, geht er ein Risiko ein. Ein Risiko, das er unter normalen Umständen nicht einmal im Traum eingehen würde.«

»Tut mir leid, Harry, ich kann Ihnen nicht ganz folgen. Ich verstehe nicht, worauf Sie hinauswollen.«

Sue hatte ihr Zigarettenetui aus der Tasche geholt und zündete sich schnell eine an.

»Was ich damit sagen will, ist Folgendes: Martin macht Dinge auf eigene Faust. Er tut Dinge, die er nicht im Traum tun würde, wenn Sie und er noch zusammen wären, Sue.«

»Martin hat doch immer schon auf eigene Faust gearbeitet.« Sue blies die erste Rauchwolke an seiner Schulter vorbei. »Er hat immer genau das getan, was er tun wollte. Das wissen Sie genauso gut wie ich, Harry. Das ist einer der Gründe, warum wir uns getrennt haben.«

»Ja, ich weiß. Er ist ein Egoist, aber er wird immer …«

»Das habe ich nicht gesagt«, unterbrach sie ihn schroff.

»… aber er wird für mich immer ein sehr guter Freund sein, Sue. Und ich könnte mich nicht mehr im Spiegel ansehen, wenn ihm etwas zustoßen würde, nur weil ich nicht den Mut hatte …«

Er schob seinen Stuhl näher an den Tisch heran. »Hören Sie, tun Sie mir einen Gefallen! Reden Sie mit ihm! Versuchen Sie, dem Sturkopf klarzumachen, dass er nicht alles im Alleingang machen kann.«

»Nichts, was ich ihm sage, würde irgendetwas daran ändern.«

»Ich denke schon. Wenn ich nicht dieser Meinung wäre, dann wäre ich nicht hier.« Kennedy lehnte sich zurück, als der Kellner auftauchte und ihnen zwei kleine Tassen hinstellte. Sue gab einen Würfelzucker in ihre Tasse und begann nachdenklich umzurühren.

»Sie haben vorhin gesagt, dass Sie sich nicht mehr im Spiegel ansehen könnten, wenn ihm etwas zustoßen würde.«

»Ja.« Kennedy wartete und beobachtete, wie sich ihr Gesichtsausdruck veränderte.

»Was könnte ihm denn zustoßen?«

»Das, was Judy Clayton und Mrs. Bodley zugestoßen ist. Und das, was auch Ihnen beinahe passiert wäre. Wenn dieser Mann glaubt, dass Martin etwas über ihn weiß – Informationen über den Mörder, die er dummerweise für sich behält –, wird er nicht zögern, zuzuschlagen.«

»Aber das muss Martin doch klar sein?«

»Es ist ein Risiko, das er bereit ist, einzugehen.«

Sue hob ihre Tasse und schaute ihn über den Rand des Gefäßes hinweg mit wachsamen Augen an. »Aber ich verstehe nicht, was ich da tun kann, Harry.«

»Ich habe Ihnen gesagt, was Sie tun können. Sie können mit ihm reden.« Er legte die Stirn in Falten, während er mit sich darüber rang, ob er den nächsten Schritt setzen sollte oder nicht. Dann steckte er abrupt die Hand in die Tasche. »Er hat mir diesen Brief gegeben. Er ist für Sie. Er sagte, ich solle ihn Ihnen geben, falls ihm etwas zustoßen sollte. Ich denke, um seinetwillen, aber auch um Ihretwillen, sollten Sie ihn jetzt lesen.« Er reichte ihr den Brief über den Tisch und sah unglücklich zu, wie sie ihn aufriss und die eng beschriebenen Blätter herauszog. »Er wird mich dafür in Stücke reißen …«

Martin wäre nie auf einen solchen alten Trick hereingefallen, wenn er sich nicht auf die Suche nach der Quittung konzentriert hätte. Nachdem Kennedy gegangen war, hatte er sich ein kleines Abendessen gekocht. Dann hatte er sich eine seiner Schallplatten angehört, bevor er sich schlafen legte. Es war lange her, dass er vor den frühen Morgenstunden ins Bett gekommen war, und er wusste, dass er eine Menge Schlaf nachzuholen hatte. Er hatte sich bereits aus- und seinen Schlafanzug angezogen, als er den Zettel bemerkte, den er auf seinen Schreibtisch gelegt hatte. Es war die letzte Mahnung für die Telefonrechnung des Cottages. Er war sich sicher, dass er sie auf dem Postamt bezahlt hatte, aber er hatte die Quittung nicht finden können. Entschlossen, die Angelegenheit auf der Stelle zu klären, zog er sich seinen Morgenmantel an und machte sich daran, alles gründlich nach dem Beleg abzusuchen.

Die wahrscheinlichste Möglichkeit war die unterste Schublade seines Schreibtisches. Dort war ein Haufen Papier hineingestopft worden, als er die Kommode aus dem Haus in seine Wohnung gebracht hatte. Er hockte sich hin und nahm das aus verschiedenen Dokumenten bestehende Bündel heraus. Die Schublade war fast leer und die Papiere lagen in einem Halbkreis um ihn herum auf dem Teppich, als es an der Tür klingelte.

Martin warf einen Blick auf seine Uhr. Sie zeigte zwanzig Minuten nach zehn. Ziemlich spät für einen Freundschaftsbesuch, aber nicht zu spät für Kennedy, um vorbeizukommen, wenn er etwas Neues zu berichten hatte.

Er richtete sich auf, zog die Kordel des Morgenmantels fester um seine Mitte und ging durch den Flur. Als er die Tür geöffnet hatte, spürte er den Luftzug an seinen Beinen vorbeiwehen. Ein sicheres Zeichen dafür, dass die Tür im Erdgeschoss geöffnet worden war. Draußen auf dem Treppenabsatz war niemand zu sehen, da lag nur ein braunes Papierpaket, das auf der Matte abgelegt worden war. Während er es anstarrte, hörte der Luftzug auf. Damit wusste er, dass die Tür unten geschlossen worden war. Er nahm an, dass derjenige, der das Päckchen hinterlassen hatte, einfach schnell wieder gegangen war.

Da er bei unbekannten Paketen immer Vorsicht walten ließ, hockte er sich hin. Er wollte es sich genauer ansehen, ehe er es anfasste. Sofort erkannte er seinen Fehler. Als sein Kopf über die Schwelle kam, registrierte sein Blick die schemenhafte Gestalt, die sich rechts von ihm an die Wand drückte. Martins Reflexe waren schnell, aber nicht schnell genug. Er sah den Arm, der sich herabsenkte und einen Revolver am Lauf festhielt. Martin warf sich zur Seite, um dem Schlag auszuweichen. Es gelang ihm jedoch nur teilweise. Statt mit knochenzerschmetternder Wucht auf seinen Schädel zu prallen, traf ihn ein Streifschuss an der Schläfe, genug, um ihn zu betäuben, aber nicht völlig bewusstlos zu machen. Er sackte nach vorne wie ein Boxer, der am Boden liegt, aber hofft, vor dem Zählen bis zehn wieder aufzustehen.

Der drahtige, bösartig aussehende kleine Mann, der neben der Tür gestanden hatte, trat vor, hob den Kolben des Revolvers und zielte vorsichtig auf Martins Hinterkopf. Bevor er ihn zu Boden bringen konnte, brach ein Sturm über ihn herein.

Sue war gerade dabei gewesen, die letzte Treppe zu nehmen – der Teppichboden hatte ihre Schritte gedämpft –, als sie gehört hatte, wie die Tür zu Martins Wohnung geöffnet worden war. Als der Treppenabsatz in Sicht kam, hatte sie gerade noch gesehen, wie Martin sich gebückt und sein Angreifer ihm einen heftigen Schlag gegen den Kopf versetzt hatte. Ihr Entsetzen darüber, dass ihr Ehemann bewusstlos war, hatte sich in rasende Wut verwandelt, als sie erkannt hatte, wie der Mann sich hinüber bewegt und sich darauf vorbereitet hatte, erneut zuzuschlagen.

Mit einem Schrei »Hören Sie auf! Lassen Sie ihn in Ruhe!« überwand sie die obersten Stufen und stürzte sich auf den Angreifer.

Gordon Pike hatte schon viele Männer erledigt, wenn man ihm dafür genug hingeblättert hatte. Allerdings hatte er es noch nie mit einer Frau zu tun gehabt, die in einer derartigen Rage war. Da er selbst ein Schläger war, erkannte er instinktiv, dass er nun die Beute eines wilden Tiers geworden war, die mit den entblößten Zähnen und Klauen des Dschungels angriff. Sie kam auf ihn zu, ohne Rücksicht auf die Waffe in seiner Hand. Fieberhaft versuchte er, den Griff umzudrehen, um den Lauf auf sie zu richten, aber sie erreichte ihn, während er noch daran hantierte.

Die Waffe ratterte zu Boden, als er seine Hände nach unten führte, um seine Leistenbeuge vor dem bösartigen Tritt zu schützen, den sie mit ihrem gestiefelten Fuß gegen ihn abgesetzt hatte. Im nächsten Moment kratzen Fingernägel quer über sein Gesicht und verfehlten nur knapp sein Auge. Sues Stärke und Gewalttätigkeit waren etwas, das er von einer Frau nie erwartet hatte. Er drehte sich weg und bückte sich, um die Waffe aufzuheben. Sie war neben Martins Fuß gefallen, doch bevor er sie erreichen konnte, hatte der Inspektor sie über den Treppenabsatz geschleudert.

Pike hatte eindeutig genug. Er wich Sues kratzenden Händen aus und lief die Treppe hinunter wie ein flinkes Kaninchen. Sue hob die Waffe auf und schoss blindlings auf das immer kleiner werdende Ziel. Sie gab zwei Schüsse ab, bevor sich eine Hand auf ihren Arm legte. Sie drehte sich um und sah Martin, der auf seinen Füßen schwankte. Er hatte gerade noch die Kraft, ihr die Automatik aus der Hand zu nehmen, bevor seine Knie einknickten. Schnell legte sie einen Arm unter den seinen, um ihn am Hinfallen zu hindern. Mit aller Kraft führte sie ihn zurück zur Wohnungstür.

Von unten hörte man, wie die Wohnungstür mit voller Kraft zugeschlagen wurde.

Sie ließ ihn erst reden, nachdem sie die Wunde an der Seite seines Kopfes versorgt hatte. Der Gewehrkolben hatte die Haut an seiner rechten Schläfe aufgerissen. Blut tropfte daraus. Er lag ausgestreckt auf dem Sofa, während sie eine Schüssel mit Wasser holte und die Wunde vorsichtig säuberte. Dann verband sie sie. Er war froh darüber, sich dieser Fürsorge fügen und seinen sich drehenden Kopf beruhigen zu können. Was jedoch noch wichtiger war, war der Umstand, dass er sich einer Sache bewusst wurde: Dies war eine andere Sue, mehr wie jene Frau, in die er sich verliebt hatte. Ihre Berührung war sehr zärtlich, ihr Blick aufrichtig besorgt und ihre Stimme sanft, als sie ihm von Harry Kennedy erzählte, der ihr den Brief gegeben hatte.

Als sie mit dem Verband fertig war und sich aufrichtete, kämpfte sich Martin in eine aufrechtere Position.

»Ich könnte ihn umbringen, weil er dir diesen Brief gegeben hat.«

»Wenn du vernünftig bist, dann schlägst du ihn eher zur Beförderung vor. Wenn er mir den Brief nicht gegeben hätte, wäre ich nicht hier aufgetaucht.«

»Das ist mir klar, Sue. Und bitte glaube nicht, dass ich nicht dankbar bin ...«

»Du klingst nicht sehr dankbar.«

»Es ist nur so, dass ich nicht wollte ...«

»Du wolltest nicht, dass ich weiß, was du wirklich für mich empfindest!«

»Das ist es nicht, es ist nur so, dass ... Na ja, in gewisser Weise schon ...« Er gab den Versuch auf, Worte zu finden. Sue konnte sich ein Lächeln nicht verkneifen. »Ach, verdammt!«

»Martin, du bist so ein sturer, großköpfiger, egoistischer ...«

»Ich weiß! Ich weiß! Das brauchst du mir nicht zu sagen. Auf so einen alten Trick hereinzufallen. Als ich das Päckchen auf der Matte sah, hätte ich …« Martin schüttelte den Kopf und zuckte sofort zusammen, als ein plötzlicher Schmerz durch seinen Kopf fuhr. Er hob zaghaft eine Hand und berührte den Verband an seiner Schläfe. »Oh, mein Gott …«

»Hör auf zu reden, Martin. Du kriegst nur Kopfschmerzen davon …«

»Was glaubst du, was ich jetzt habe!« Seine Stimme war wütend und er achtete darauf, seinen Kopf nicht zu bewegen. Dann, nach einer Pause, sagte er: »Diesen Kerl möchte ich zu gern zwischen die Finger bekommen. Sue, glaubst du, du würdest ihn wiedererkennen? Wenn wir dir ein paar Fotos zeigen, würdest du ihn erkennen?«

»Ich bin mir nicht sicher, aber ich könnte es versuchen.«

»Ich werde Harry bitten, sich morgen früh darum zu kümmern.« Er berührte mit seinen Füßen den Boden. Dies war ein erster Versuch, wieder auf die Beine zu kommen. »Ich glaube, ich hole mir einen Drink. Dann geht's mir besser.«

»Martin, sei nicht albern!« Sie ging schnell zu ihm und legte ihm eine Hand auf die Schulter, um ihn am Aufstehen zu hindern. »Das Beste, was du tun kannst, ist, den Morgenmantel auszuziehen und ins Bett zu gehen.«

»Ich will aber nicht ins Bett gehen. Sue, hör auf, dich so aufzuregen! Ich komme schon zurecht.« Er sah den Schmerz auf ihrem Gesicht nicht, denn sie hatte sich abgewandt, um ihren Mantel aufzuheben.

»Tja, wenn es dir gut geht, dann werde ich mich auf den Weg machen. Gibt es noch etwas, das ich für dich tun kann, bevor ich gehe.«

»Was meinst du damit, bevor du gehst?«, fragte Martin in fast schon komischer Sorge. »Du kannst nicht gehen! Ich könnte das Bewusstsein verlieren. Vielleicht falle ich sogar ins Koma!«

»Ich wette, dass du, sobald ich aus der Tür gehe, direkt in die Küche gehst und dir ein Bier holst.«

Er streckte die Hand aus und ergriff ihren Arm. »Sue, geh nicht – noch nicht. Bitte …«

Sie zog ihren Arm nicht weg, sondern kam näher und setzte sich auf die Lehne des Sofas. »Martin, warum hat dieser Mann versucht, dich zu töten?«

»Weil er dafür bezahlt wurde.«

»Von wem?«

Er dachte eine Weile über die Frage nach, dann entschloss er sich, sich ihr anzuvertrauen. »Schon seit einiger Zeit habe ich eine ziemlich genaue Vorstellung davon, wer Judy Clayton ermordet hat. Heute Morgen habe ich Evelyn Walker genug gesagt, um ihr klar zu machen, dass ich es weiß, ohne genauer darauf einzugehen. Ich habe ihr auch gesagt, dass ich dieses Wissen für mich behalte, jedenfalls vorläufig.«

»Warum hast du das getan?«

»Kannst du dir das nicht denken?«

»Du meinst, sie kennt den Mörder und hat ihn gewarnt?« Martin nickte. »Mit anderen Worten, du hast ihr das alles absichtlich erzählt?«

»Ja.«

»Aber warum bist du zu Mrs. Walker gegangen? Woher wusstest du, dass sie in die Sache verwickelt ist?«

»Als wir vor einiger Zeit über sie sprachen, hast du gesagt: »Ich habe immer das Gefühl, dass sie nicht ganz das ist, was sie vorgibt, zu sein«.«

»Das habe ich gesagt?« Sue schien überrascht und gleichzeitig erfreut, dass er sich eine beiläufige Bemerkung von ihr so gut gemerkt hatte, dass er sie wörtlich zitieren konnte.

»Ja. Und von diesem Moment an habe ich beschlossen, Nachforschungen über sie zu betreiben. Ich rief sogar Rupert Mailer an und bat ihn, alles herauszufinden, was er konnte.

Du hattest recht, Sue. Roy Norton ist nicht die einzige Person, mit der sie ins Bett ging. Sie hatte auch eine Affäre mit einem Mann namens Jack Stenhouse.«

»Jack Stenhouse? Aber das ist doch ein Freund von Mr. Eastwood! Ich kenne ihn. Er war erst vor ein paar Tagen bei uns im Büro.«

»Ja. Ich weiß.« Martin schaute ihr ins Gesicht und deutete auf den freien Platz neben ihm. »Warum setzt du dich nicht und machst es dir bequem? Und weißt du noch, wie du meine Kopfschmerzen gelindert hast, als ich diese Migräne hatte?«

»Wie denn?«, fragte Sue mit einem schwachen Lächeln und zuckte mit den Mundwinkeln.

»Du hast mit deinen Fingern meinen Hinterkopf massiert. Wie wär's, wenn wir versuchen würden, ob das immer noch funktioniert?«

Es war mitten am Vormittag, als Constable Bellinger auf das Polizeirevier von Guildfleet kam. Er ging direkt zum Büro von Inspektor Denson in denjenigem Flügel des Gebäudes, in dem die Kriminalpolizei untergebracht war. Bellinger wollte gerade an der Tür klopfen, als Harry Kennedy herauskam. »Morgen, Jim. Haben Sie etwas für uns?«

»Ja, das habe ich. Ist er da?«

»Denson? Er ist unten im Archiv. Ich sage ihm, dass Sie hier sind, wenn Sie solange hier warten wollen.«

»Ja, tun sie das. Was ich hier habe, wird ihn in gute Stimmung bringen.«

»Er hat schon jetzt eine fantastische Laune, Jim. Ich weiß nicht, woran das liegt, aber man könnte meinen, er hätte den Fall abgeschlossen. Jemand hat ihm letzte Nacht eins über den Schädel gezogen. Vielleicht ist dies die Ursache.«

Als Martin ein paar Minuten später in sein Büro kam, überraschte er Bellinger dabei, wie er heimlich den Brief auf dem Schreibtisch las. Martin entging weder die Bewegung, mit der er ihn schnell wieder zurücklegte, noch die Verlegenheit des jungen Polizisten, auf frischer Tat ertappt worden zu sein. Anstatt die Stirn zu runzeln, schenkte er ihm ein freundliches Lächeln. Bellinger bemerkte das große Pflaster an der Seite seines Kopfes.

»Glück gehabt, Bellinger?«

»Ja«, sagte Bellinger, sichtlich darüber erfreut, der Überbringer einer wichtigen Information zu sein. »Ich komme gerade von einem jungen Kerl namens Arthur Grainger. Er hat eine Drogerie in einem Dorf etwa eine Meile von der Stelle entfernt, an der Walkers Auto stehen geblieben ist.«

»Und?«

»Ich habe ihm das Foto unseres Freundes gezeigt. Er glaubt, er hat ihn bedient.«

»Er *glaubt*?«

»Ja.«

»Aber er ist sich nicht sicher?«

»Ich glaube, er ist sich sicher, aber er will in nichts hineingezogen werden.«

»Egal!«, sagte Martin, mit einer plötzlichen Rückkehr seiner alten Ungeduld. Unbehaglich trat Bellinger von einem Fuß auf den anderen.

»Er hat gesagt, dass – wenn es derselbe Mann ist – er ihm Rasierklingen, ein Rasierwasser und einen Lippenstift verkauft hat.«

»Dieser Arthur Grainger erinnert sich an den Lippenstift?«

»Ja. Der Käufer hat einen Witz darüber gemacht. Irgendwas mit seiner Freundin.«

»Gut. Was ist mit dem Rasierwasser?« Martins scharfe Augen waren auf die des jungen Mannes gerichtet. »Was für eines war es?«

»Das weiß ich nicht. Ich habe ihn nicht danach gefragt.«

»Das hätten Sie aber tun sollen«, sagte Martin, mehr aus Kummer als aus Zorn.

»Sie haben nichts über das Rasierwasser gesagt, Sir. Sie haben lediglich den Lippenstift erwähnt und …«

»Fahren Sie zurück und fragen Sie ihn, Bellinger. Finden Sie heraus, ob es ›Sundown‹ hieß. ›Timbers‹ stellt es her, diese Seifenfirma.«

»In Ordnung, Sir.« Nachdem Bellinger der meiste Wind aus den Segeln genommen worden war, machte er sich mit niedergeschlagenem Gesicht auf den Weg zur Tür.

Martin ging um den Schreibtisch herum, um zu sehen, welcher Zettel Bellingers Interesse so sehr geweckt hatte. Er hatte kaum Zeit, den Brief zu lesen, als Kennedy zurückkam.

»Colonel Reams ist hier, Sir. Er würde gerne mit Ihnen sprechen.«

»Reams? Was will er, Harry?«

»Das weiß ich nicht. Er sagte nur, er wolle Sie sehen. Wenn Sie wollen, spreche ich mit ihm.«

»Nein, überlassen Sie das mir. Führen Sie ihn herein.« Martin stand auf, um seinen Besucher zu begrüßen. Reams kam herein und wirkte weitaus weniger selbstsicher als in seinem Büro. Seine versöhnliche Art unterschied sich deutlich von dem wütenden Reiter, der die Fotografen bedroht hatte.

»Kommen Sie herein, Sir. Danke, Harry.«

»Nett, dass Sie mich empfangen, Inspektor«, sagte Reams, als Kennedy hinausgegangen war.

»Setzen Sie sich, Sir.«

»Danke vielmals.« Reams setzte sich und hob die Augenbrauen nach oben, als er den Verband an Martins Kopf sah. »Hatten Sie einen Unfall, Inspektor?«

»Könnte man sagen«, sagte Martin beiläufig und setzte sich auf die Ecke seines Schreibtisches. »Was kann ich für Sie tun?«

»Ich dachte, es würde Sie interessieren, dass ich gestern Nachmittag in meiner Werkstatt angerufen habe. Der Besitzer, ein Mann namens Aldrich, kam auf Tom zu sprechen. Er war sowohl mit Tom als auch mit Ruth Jensen befreundet.«

»Was hat er erzählt?«

»Es ging um Toms Wagen. Tim hat ihm erzählt, dass er das Auto Ruth verkaufen wollte und Aldrich antwortete ihm, dass das ziemlich mies sei.«

»Wieso sagte er das?«

Reams holte sein goldenes Etui hervor und nahm eine Zigarette heraus. »Weil der Wagen anscheinend ganz in Ordnung aussah, in Wirklichkeit aber eine furchtbare alte Klapperkiste war.«

»Verstehe.« Martin nahm sein Tischfeuerzeug in die Hand und zündete Reams' Zigarette an. »Mit anderen Worten, Sie glauben, das erklärt, warum Ruth in dem Wagen war?«

»Nun, ja.« Reams lehnte sich in seinem Stuhl zurück und schlug die Beine übereinander. »Und es erklärt auch, wie es zu dem Unfall kam.«

»Sie meinen, Tom wollte mit ihr eine Probefahrt machen und den Wagen vorführen?«

»So wie ich Tom kenne, hat er daraus eine einzige Protzerei gemacht.«

»Ich muss zugeben, das klingt nicht unplausibel.« Martin betrachtete Reams einige Sekunden lang nachdenklich, dann stand er auf, um zu signalisieren, dass er das Gespräch für beendet hielt. »Es war nett von Ihnen, dass Sie mich darüber informiert haben, Sir.«

»Tja, ich dachte, ich erzähle Ihnen besser davon.« Reams lehnte sich in seinem Stuhl nach vorne, aber er stand nicht wirklich auf.

»Sie haben das Richtige getan, Sir. Gibt es sonst noch etwas, das Sie mir sagen möchten, wenn Sie schon mal hier sind?« Martins Stimme war immer noch angenehm, aber es lag ein Hauch von Ungeduld in ihr.

»Nein, ich glaube nicht … Wieso meinen Sie?«

»Ich habe mich nur gefragt, ob es irgendetwas gibt, worüber Sie sprechen möchten, Sir?«

»Nein, da gibt es sonst nichts.« Der Colonel legte seine Hände auf seine Knie und stand auf. Er wollte gerade Martins ausgestreckte Hand schütteln, als er es sich anders überlegt zu haben schien. »Da ist nur eine Sache …«

»Ja, Sir?«

»Dieser Anruf, den Ruth getätigt hat. Ich glaube – ja, vielleicht weiß ich –, warum sie ihn gemacht hat … warum sie mit Ihnen sprechen wollte.« Reams schaute Martin an, aber dieser stand einfach nur da, sein Gesicht zeigte höfliches Interesse und wartete darauf, dass er fortfuhr. »Nach dem Mord musste Ruth mir schwören, dass sie niemandem erzählen würde, dass Tom mit Judy Clayton befreundet war. Ich habe viele sehr wichtige Kunden und ich wollte nicht, dass sie denken, ich würde diese Art von Etablissement führen, in dem man …«

191

»Ich verstehe, was Sie meinen, Sir.«

»Als Sie sie an jenem Morgen befragten, erinnerte ich Ruth an ihr Versprechen, das sie mir gegeben hatte. Leider habe ich sie wohl so verschreckt, dass sie denken musste, ich würde Tom decken, weil er den Mord begangen hat.«

»Ich verstehe.« Martins einsilbige Antworten hatten Reams wenig geholfen. Er zog an seiner Zigarette und straffte seine Schultern in der gut geschnittenen Tweedjacke.

»Es tut mir leid, ich hätte Ihnen das alles wohl schon früher erzählen sollen, Inspektor.«

»Das wäre wahrscheinlich hilfreicher gewesen, Sir.«

Reams überlegte gerade, was er als nächstes sagen sollte, als Kennedy klopfte und seinen Kopf zur Tür hereinsteckte.

»Entschuldigen Sie mich. Sue möchte Sie sprechen.«

»Erfolg gehabt?«

»Ja, ich denke schon. Ich glaube, sie hat ihn wiedererkannt.«

Reams hatte dem kurzen Gespräch mit unverhohlener Neugierde zugehört. Martin streckte einen Arm aus, um ihn zur Tür zu geleiten.

»Vielen Dank, Colonel. Wir hören voneinander.«

Sue befand sich in Kennedys Büro, zwei Türen weiter auf dem Korridor. Sie war damit beschäftigt, systematisch den Stapel von Fotos durchzusehen, den Martin aus dem Archiv mitgebracht hatte. Als ihr Mann hereinkam, starrten sie und Tomkins auf eine der Standardfotografien, die die Polizei von allen verhafteten Verbrechern aufbewahrte – eine mit dem ganzen Gesicht und die andere im Profil.

Sue schaute sich um und hielt Martin das Foto vor die Nase, als er hereinkam.

»Was denkst du, Martin?«

Er nahm es und erkannte sofort das Gesicht, das sich in dem Sekundenbruchteil, bevor ihn der Revolver traf, in sein Gedächtnis gebrannt hatte.

»Ja, das ist er. Das ist er wirklich. Danke, Sue.«

»Sein Name ist Pike, Sir«, ergänzte Tomkins. »Gordon Pike.«

Martin fragte Kennedy: »Kennen Sie ihn?«

»Ja, ich kenne ihn. Er ist ein böser kleiner Teufel. Er wurde beschuldigt, vor etwa sechs Monaten eine alte Dame in Surbiton überfallen und ausgeraubt zu haben. Aber wir konnten ihn nicht überführen. Er wurde freigesprochen.«

»Hol ihn her, Harry!« Martin warf das Foto auf den Schreibtisch. »Dieses Mal haben wir ihn!«

Sue war noch nicht da, als Martin zu einem späten Mittagessen im Restaurant ›The Mandarin‹ eintraf. Er musste nur einen Moment warten, bis er an einen Tisch geführt wurde, den gerade zwei Geschäftsleute geräumt hatten. Ausnahmsweise brach er mit seiner eigenen Regel, bestellte ein Glas Sherry und lehnte sich zurück – dankbar dafür, ein paar Minuten Zeit zu haben, um seine Gedanken zu ordnen. Zehn Minuten später kam sie herein, leicht errötet und atemlos.

»Es tut mir leid, dass ich zu spät bin.« Sie legte ihren Mantel und ihren Seidenschal ab und ließ sich beide vom Kellner abnehmen.

»Das ist schon in Ordnung, ich bin auch gerade erst gekommen.« Martin war aufgestanden, um sie zu begrüßen. »Willst du einen Drink?«

Sue setzte sich und zögerte, während sie versuchte, sich zu entscheiden. Martin nahm ihr die Entscheidung ab.

»Einen trockenen Sherry«, sagte er mit Nachdruck zum Kellner.

Sue lächelte über den Tisch hinweg, als er sich setzte. Sie schob sich eine Haarsträhne zurück, die ihr in die Stirn gefallen war.

»Heute war einer dieser Vormittage. Das Telefon hörte einfach nicht auf zu klingeln. Hast du übrigens im Büro angerufen? Jemand sagte etwas von einem Anruf von …«

»Ja, das habe ich. Ich habe mit Mr. Eastwood gesprochen.«

»Mit Mr. Eastwood?«, wiederholte sie, sichtlich überrascht.

»Ich wollte ihn aufsuchen.« Martins Verhalten war untypisch vage. »Ich habe aber meine Meinung geändert, bin nicht zu ihm gegangen.« Er nahm die Speisekarte in die Hand und reichte sie ihr. »Was möchtest du essen, Sue?«

»Lass uns erst etwas trinken. Bestellen können wir später.«

»In Ordnung«, stimmte er zu.

»Was macht die Verletzung?« Sie betrachtete kritisch den Verband auf seinem Kopf. »Sieht nicht mehr allzu schlimm aus.«

»Tut noch ein bisschen weh«, sagte Martin und berührte die Stelle vorsichtig mit seinen Fingern. »Aber es wird besser.«

»Habt ihr Pike festnehmen können? «

»Nein. Das ist ein wunder Punkt. Wir hätten es fast geschafft, aber im letzten Moment ist er uns entwischt. Wir kriegen ihn schon noch, keine Sorge.«

Er lehnte sich zurück, als der Kellner mit Sues Glas Sherry erschien. Als sie sich bei dem kleinen Chinesen bedankte, hob Martin sein Glas.

»Prost!«

Sie erwiderte die Geste. »Worüber willst du denn reden?«

»Ich möchte, dass du etwas für mich tust. Du musst natürlich nicht, wenn du nicht willst.«

»Was soll ich tun?«

Er warf einen unauffälligen Blick über die Schulter, um sich zu vergewissern, dass keiner der anderen Gäste in der Nähe war, der sie belauschen konnte. Dann beugte er sich vor.

»Erinnerst du dich, was ich dir neulich Abend über Judy Clayton erzählt habe?«

»Du hast gesagt, dass du genau weißt, wer sie getötet hat.«

»Ja, stimmt.«

»Und?«

»In der Zwischenzeit habe ich einen Beweis in der Hand, einen eindeutigen Beweis dafür, dass ich recht habe. Aber ich glaube immer noch nicht, dass es für eine Verhaftung ausreicht. Ich muss ihm Angst machen, damit er noch einen Fehler macht.«

»Du hast mir immer noch nicht gesagt, was du von mir willst …«

»Ich habe eine Idee – einen Plan. Ich gebe zu, er ist verrückt, so unglaublich verrückt, aber wenn du mir hilfst, dann wird er aufgehen.«

Sue blickte auf seine Hand hinunter, die über den Tisch gerutscht war und ihren Unterarm ergriffen hatte. Sie zögerte, dann gab sie dem ernsten Ausdruck auf seinem Gesicht nach.

»Ich werde dir helfen. Unter einer Bedingung.«

»Ach? Und die wäre?«

»Du musst Harry Kennedy oder jemand anderen ins Vertrauen ziehen. Du musst ihm sagen, wen du verdächtigst und warum.«

»Das habe ich bereits getan. Ich habe heute Morgen mit Harry gesprochen und ich habe einen Bericht an Rupert Mailer geschickt.«

Er sah, dass sie skeptisch war. Er verstärkte leicht den Druck seiner Finger. »Ehrlich, Sue.«

»In Ordnung. Was soll ich tun?«

»Ich habe mich heute Abend mit Arthur Eastwood zu einem Drink verabredet. Ich habe vorgeschlagen, uns im ›The Grapevine‹ zu treffen, weil das auf seinem Nachhauseweg liegt.«

»Und?«

»Ich möchte die Verabredung nicht einhalten.«

»Na gut, dann kümmere ich mich darum«, sagte sie zügig. »Das ist kein Problem. Ich werde ihm einfach sagen, dass du …«

»Ich will nicht, dass du ihm irgendetwas sagst, Sue. Ich möchte, dass *du* den Termin statt mir wahrnimmst …«

Andy Mason hatte es sich zur Gewohnheit gemacht, den beiden Barkeepern Mike und George regelmäßig bei der Bewältigung des Kundenandrangs zu helfen, der ins ›The Grapevine‹ strömte. Das gab ihm auch Gelegenheit, dem örtlichen Klatsch und Tratsch zu lauschen, mit einigen seiner Stammgäste zu plaudern und in aller Ruhe ein paar Gins in eigener Sache zu trinken.

Arthur Eastwood, dessen Besuche selten waren, war gegen sieben Uhr gekommen. Andy hatte ihn persönlich bedient und war dann noch geblieben, um mit ihm zu plaudern. Das Gespräch hatte sich bald auf die Machenschaften des Autohandels konzentriert. Andy beschwerte sich bitterlich über die Art und Weise, wie der Ford-Händler ihn zum Kauf eines Automatikwagens überredet hatte.

»Du wirst die Automatik mögen, wenn du dich daran gewöhnt hast, Andy.« Arthur Eastwood saß auf einem der Hocker an der Bar, die Finger um das Whiskyglas gelegt.

»Ich hoffe, du hast recht, aber ich habe den Wagen jetzt seit einem Monat und bin immer noch nicht zufrieden damit. Ich wünschte, ich wäre bei dem alten Schalthebel geblieben.«

Während er redete, behielt Andy das Lokal im Auge, um sicher zu gehen, dass Mike und George keinen der Kunden warten ließen. Olive kümmerte sich um die Theke mit den kalten Häppchen. Als sie das Telefon klingeln hörte, ging sie in Andys Büro.

»Du bist einfach ein altmodischer Spießer, Andy.«

»Ich finde es so verdammt unangenehm, wenn man den linken Fuß nicht benutzen muss.«

»Du wirst dich daran gewöhnen …« Arthur brach ab und blickte erneut zur Tür. Andy konnte sehen, dass er auf jemanden wartete.

»Ja, und wenn nicht, dann werde ich das verdammte

Ding verscherbeln!«

Olive war aus der Tür, die zum Büro führte, herausgekommen und stand jetzt neben Andy.

»Entschuldigen Sie, Mr. Mason. Sie werden am Telefon verlangt.«

»Oh. Danke.« Er schenkte Arthur ein freundliches Nicken. »Wir sehen uns später.«

Als Andy in sein Büro ging, legte Olive ihre verschränkten Arme auf den Tresen und schenkte Arthur ihr breites Lächeln.

»Guten Abend, Mr. Eastwood.«

»Hallo, Olive«, erwiderte Arthur und versuchte, seinen Blick nicht auf Olives üppige Oberweite zu richten.

Andy erwartete einen Anruf von Evelyn, doch als er den Hörer abnahm, ertönte eine hellklingende Männerstimme.

»Bist du das, Andy? Ich bin's, Gordon. Ich brauche etwas mehr Geld. Die Bullen sind mir auf den Fersen. Sie hätten mich fast geschnappt, als ich zum Wohnwagenpark zurückkam. Hätte ich den Roller nicht gehabt, wäre ich nie entkommen.«

Andy legte eine Hand auf sein freies Ohr. Er hatte den Lautsprecher eingeschaltet gelassen und der Klang von Olives und Arthurs Stimmen war genauso laut wie Pikes piepsige Stimme am Telefon.

»Du hast dein Geld bekommen, Gordon. Wir haben uns auf einen Preis geeinigt und ich habe ihn bezahlt. Wenn du so dumm warst, Spuren zu hinterlassen, dann ist das dein Pech.«

»Komm mir bloß nicht so! Pass auf, entweder du gibst mir noch fünfhundert oder ich rede.«

»Fünfhundert? Das soll wohl ein Scherz sein. Ich kann dir höchstens noch hundert geben!«

»Das nützt mir nichts! Ich habe fünfhundert gesagt – und ich will sie sofort.«

»Weißt du denn nicht, dass die Banken jetzt geschlossen sind?«

»Ich sagte doch, ich will es sofort haben.« Pikes Stimme wurde für einen Moment leiser, als würde er sich umsehen. »Ich weiß, dass du eine Menge Bargeld in deinem Safe aufbewahrst.«

»Warte einen Moment.« Andy hielt den Hörer weg. Er hatte aus dem Lautsprecher, etwas gehört, das seine Aufmerksamkeit erregte. Als er das Telefon an den Mund hielt, sprach er leise, aber eindringlich.

»In Ordnung, Gordon. Ich kümmere mich darum. Wir treffen uns in einer Stunde auf dem Parkplatz hinter dem Pub.

Du kennst mein Auto. Ein blauer Ford Capri. Bis dann.«

Er legte rasch auf, aber statt an die Bar zu gehen, blieb er am Schreibtisch stehen und hörte den Stimmen aus dem Lautsprecher zu.

»Guten Abend, Mr. Eastwood!«

Arthur drehte sich auf seinem Stuhl um. Sein Gesichtsausdruck war überrascht, als er die vertraute Stimme hörte.

»Hallo, Sue! Ich hatte nicht erwartet, Sie hier zu sehen! Ich bin mit Ihrem Mann verabredet …«

Olive wich taktvoll zurück und ging die Bar entlang, um einige leere Gläser einzusammeln.

»Ja, das weiß ich, aber ich fürchte, Martin wird es nicht schaffen, Mr. Eastwood. Er hat versucht, Sie zu erreichen. Schließlich hat er mich angerufen.«

»Ah, ich verstehe. Das tut mir sehr leid, Sue. Ich hoffe, das hat Ihr Abendprogramm nicht durcheinander gebracht?«

»Nein, nein, ich war sowieso auf dem Weg hierher.«

»Ähm – möchten Sie einen Drink?«

»Könnte ich einen Gin Tonic haben?«

»Ja, natürlich.«

Sue hievte sich neben Arthur auf einen Hocker, der gerade frei geworden war. Sie löste den Bindegürtel ihres Mantels und ließ ihn offen fallen. Auf Arthurs Signal hin war Olive zurückgekommen. Sie betrachtete Sue mit dem fragenden Blick einer erfahrenen Frau, die genau weiß, warum attraktive junge Frauen alleine in Bars gehen.

»Einen Gin Tonic, Olive«, sagte Arthur zu ihr. Sein Tonfall wurde ein wenig eindringlicher, als er ihren Gesichtsausdruck sah.

»Mit Eis?«

»Bitte.«

Olive nickte und entfernte sich, um den Drink zu mixen.

»Eigentlich«, sagte Arthur, »war ich ein wenig überrascht, als Ihr Mann vorschlug, uns hier zu treffen. Ich hatte ihn gebeten, ins Büro zu kommen, aber das schien er nicht zu wollen.«

»Nein, ich nehme eher an, dass er mit Ihnen über etwas unter vier Augen sprechen wollte.«

»Dabei hätte ich gedacht, dass in meinem Büro eine viel privatere Atmosphäre herrscht, als in einer öffentlichen Bar.«

»Ich denke das auch!« Sue stimmte zu und lachte. »Und die meisten Leute würden das tun. Aber nicht Martin!«

»Ich glaube, er ist ein ziemlich unkonventioneller Typ, wenn man ihn näher kennt.«

»Ich weiß nicht, ob ich ihn als unkonventionell bezeichnen würde.« Sue blickte geradeaus, aber sie konnte Arthurs Gesicht im Spiegel an der Wand sehen. »Übrigens, wir haben uns versöhnt. Ich werde zu ihm … zurückkehren.«

»Ach wirklich?« Arthur drehte sich zu ihr, aufrichtig erfreut. »Tja, dann … herzlichen Glückwunsch. Ich nehme an, das ist unter den gegebenen Umständen wohl das Richtige, oder?«

»Das hoffe ich«, sagte Sue und konnte sich ein Lachen über sein plötzlich besorgtes Stirnrunzeln nicht verkneifen.

»Ich bin sehr froh darüber, Sue. Das bin ich wirklich, meine Liebe. Aber ich hoffe, das bedeutet nicht, dass Sie uns verlassen?«

»Nein, das bedeutet es nicht. Ganz sicher nicht.«

Olive stellte ein Glas mit Gin und etwas Eis vor Sue hin und goss die Hälfte einer Flasche Tonic hinein. Arthur legte einen Pfundschein hin und erhielt einen Stapel Münzen als Wechselgeld.

»Ich nehme an, Sie haben keine Ahnung, warum Martin mich sehen wollte, oder?«

»Nein – außer, dass ich vermute, dass es etwas mit der Judy-Clayton-Affäre zu tun hat.«

»Ich habe das Gefühl, dass Ihr Mann und ich in dieser Sache ähnlich denken – ich bin mir sogar ziemlich sicher, dass wir das tun.«

»Martin ist überzeugt, dass der Mann, der Judy Clayton ermordete, auch Mr. Walker getötet hat«, sagte Sue und erhob ihre Stimme über das plötzliche Gelächter einer Gruppe junger Leute an einem Ecktisch.

»Das glaube ich auch.«

»Er ist auch davon überzeugt, dass es nicht mehr lange dauern wird, bis sie ihn verhaften.«

»Tatsächlich? Das sind ja gute Neuigkeiten«, sagte Arthur enthusiastisch. »Ich hoffe so, dass er damit recht hat.«

»Ich auch, aber leider ist Martin immer optimistisch.«

»Ja. Aber es muss doch einen Grund dafür geben, dass er diesbezüglich so optimistisch ist?« Sue wartete, bis ein paar Neuankömmlinge ihre Getränke bestellt hatten.

»Ich glaube, es hat etwas mit einem Foto und Judy Claytons Lippenstift zu tun.«

»Mit einem Foto?«

»Ja. Ich weiß auch nicht genau.« Sue schüttelte leicht den Kopf. »Nach dem, was ich gehört habe, hat jemand ein Foto gemacht und die Polizei hat es einem Drogisten gezeigt, und offenbar hat dieser Drogist …«

»Ein Foto wovon?«

»Von einem Mann, einem Verdächtigen, vermutlich.«

»Ich verstehe. Und weiter? «

»Nichts weiter. Das ist alles, was ich weiß.«

»Wollten Sie nicht noch etwas über den Drogisten sagen?«

»Nur, dass er den Mann offenbar identifiziert hat.«

Arthur trank einen großen Teil des Whiskys aus seinem Glas und genoss nachdenklich den Nachgeschmack.

»Aber Sie haben keine Ahnung, wer er ist, oder?«

»Nein, leider.« Sues Augen huschten zum Spiegel ihr gegenüber. »Martin hat es mir nicht gesagt. Das würde er auch nie tun.«

»Nein. Nein, natürlich nicht.«

In diesem Moment bemerkte Arthur, dass Sue mit leicht verunsicherter Miene in den Spiegel starrte. Er drehte sich ruckartig um und sah Roy Norton an seiner Schulter stehen.

»Guten Abend«, begrüßte Roy ihn mit einer leicht ironischen Verbeugung. Arthur ignorierte den Gruß und drehte ihm den Rücken zu. Völlig unbeeindruckt warf Roy Sue sein sorgfältig einstudiertes Grinsen zu, bevor er sich an Olive wandte.

»Ist Mr. Mason da, Olive?«

»Ja. Er ist in seinem Büro.«

»Sag ihm, dass ich ihn gerne sprechen würde.« Er deutete auf einen Tisch in einer der Nischen im hinteren Teil der Bar. »Ich bin dort drüben. Und bring mir einen großen Scotch.«

Arthur wartete, bis er gegangen war. Er verhielt sich so, als würde Nortons Anwesenheit die Atmosphäre zu sehr stören, um eine vernünftige Unterhaltung zu führen.

»Fahren Sie zurück nach Guildfleet?«, fragte er Sue, als Roy außer Hörweite war. Er hatte seinen Drink ausgetrunken und wollte offensichtlich gehen.

»Nein, ich schaue noch im Cottage vorbei, es ist nur zehn Minuten von hier.«

»Ich nehme an, ihr behaltet es jetzt doch?«

»Ja, das tun wir.«

Sue hatte ihren Drink nur zur Hälfte ausgetrunken. Sie ignorierte Arthurs Unruhe geflissentlich.

»Es ist sehr schön. Ich habe es immer gemocht. Ich kann Sie dort absetzen, Sue, wenn Sie wollen. Es liegt auf meinem Heimweg.«

»Danke«, sagte sie und drehte sich zu Andy Mason um, der gerade aus seinem Büro kam.

»Mr. Norton möchte dich sprechen«, informierte Olive ihn. »Er ist da drüben.«

»Ja«, sagte Andy und zeigte sich nicht überrascht, als er eine Hand hob, um Roy zu zeigen, dass er ihn gesehen hatte. Er blickte zu Sue. Sie war nicht schnell genug, um seinem Blick einen Augenblick lang auszuweichen. Andy ging zum Regal am hinteren Ende der Bar und bediente sich mit einem doppelten Whisky. Er trank ihn schnell aus und stand dann einfach nur da. Während sie mit ihrem Glas spielte, wusste Sue, dass er sie im Spiegel anstarrte.

Sue fühlte sich sehr leer, als sie sah, wie Arthur Eastwood seinen Wagen wendete und die Straße weg vom Cottage hinunterfuhr. Martin war noch nicht da. Wäre er es gewesen, hätte sein Wagen vor dem Haus oder auf der kurzen Auffahrt zur Garage geparkt. Sie stieß das Tor auf und ging langsam den Weg durch den Vorgarten hinauf. Die geschlossenen und verriegelten Fenster des Cottages starrten sie an. Es war seltsam, dass ein Ort, an dem man einst glücklich gelebt hatte, so bedrohlich wirken konnte, aber sie hatte die albtraumhafte Erinnerung an den mörderischen Angriff noch immer nicht abschütteln können.

Sie bückte sich, um ein besonders lästiges Unkraut auszureißen. Als sie sich aufrichtete, glaubte sie, eine Bewegung an einem der Fenster zu sehen. Ihr Herz hatte bereits zu rasen begonnen, als sie erkannte, dass es ihr eigenes Spiegelbild war. Es war einer dieser sehr stillen Abende, an denen Geräusche auch aus der Ferne deutlich zu hören waren und aus der Nähe noch verstärkt wurden. Eine aufgeschreckte Amsel flüchtete durch die Hecke und stieß einen hysterischen Alarmschrei aus. Hoch in den Bäumen des nahe gelegenen Wäldchens kämpften ein halbes Dutzend Saatkrähen in lautem Ton miteinander. Sie konnte ihre schwarzen Gestalten flattern sehen.

Warum hatte Martin diesen Ort gewählt, um sie zu treffen, und warum ließ er sie so warten? Sie wusste, dass sie dazu beigetragen hatte, eine Falle zu stellen, obwohl sie nicht wirklich verstand, was Martin vorhatte. Das Gefühl der Bedrohung und Gefahr war sehr stark. Sie konnte diesen Blick in Andys Augen nicht vergessen. Einen Moment lang hatte sie sich im ›The Grapevine‹ ein wenig wie ein Vogel gefühlt, der sich nicht von der sich ringelnden Kobra abwenden kann.

Als sie an der Seite des Hauses am Esszimmerfenster

vorbeikam, huschte ein Kaninchen durch die Hecke auf das Feld. Es hatte sich von den Kopfsalaten ernährt, die sie vor Monaten gepflanzt hatte. Jetzt hatte das Unkraut praktisch den ganzen Gemüsegarten erobert.

Sue hörte deutlich das Geräusch eines Wagens, der schnell die Straße entlangfuhr. Sie hielt sich außer Sichtweite, ein Instinkt brachte sie dazu, sich zu verstecken, bis sie wusste, wer es war. Das Auto bremste scharf ab und hielt an. Sie hörte das Zuschlagen einer Tür, das Laufen von Füßen und das Klopfen des Eingangstors. Dann rief eine Stimme: »Sue!«

Plötzlich erschienen ihr all ihre Befürchtungen lächerlich. Sie antwortete »Ich bin hier« und rannte fast um die Hauswand. Martin war überrascht, als sie sich in seine Arme stürzte.

»Oh, Gott sei Dank, du bist es, ich hatte schon solche Angst.«

Er hielt sie von sich weg und betrachtete ihr Gesicht mit Sorge. »Es tut mir leid, ich wurde aufgehalten. Wie lange bist du schon hier?«

»Etwa fünf Minuten, schätze ich, aber es kam mir wie eine Ewigkeit vor. Mr. Eastwood hat mich hier abgesetzt.«

»Wie ist es gelaufen?«, fragte Martin besorgt.

»Sehr gut. Zumindest glaube ich das. Jedenfalls habe ich genau das getan, was du wolltest.«

»Ich danke dir, Sue. Ich bin dir wirklich sehr dankbar.«

»Ich bin sicher, er hat uns zugehört, Martin. Als er aus dem Büro kam, konnte er seinen Blick kaum von mir abwenden.«

»Gut! Das hast du großartig gemacht.« Er zog sie wieder an sich und gab ihr einen Kuss. »Und jetzt lass uns zurück in die Wohnung fahren.«

Er hielt ihr gerade das Tor auf, als sie stehen blieb. Sie schüttelte verwirrt den Kopf.

»Was ist los, Sue?«

»Andy Mason. – Ich kann es einfach nicht glauben.«

»Eins muss ich dir lassen, Sue, du weißt, wie man Kaffee kocht. Das ist das erste anständige Frühstück, das ich seit Wochen hatte.«

»Über meine Frühstücke der letzten Zeit lässt sich auch nichts Aufregendes berichten. Das ist das Problem, wenn man allein lebt. Es lohnt sich einfach nicht, sich die Mühe zu machen, wenn man nur sich selbst hat.«

Das Esszimmer in Martins Wohnung war schon sehr viel aufgeräumter. Die Akten und Bücher waren einigermaßen geordnet und der Staub war von den Oberseiten der Möbel entfernt worden. Sue hatte den Tisch in die Nähe des Fensters gerückt, wo die Morgensonne hinstrahlte. Martin war vollständig angezogen, bis auf seine Jacke, die über die Stuhllehne hing. Das große Pflaster war durch ein kleines, sauberes ersetzt worden. Sue trug seinen seidenen Morgenmantel und griff über den Tisch, um ihm eine frische Tasse Kaffee einzuschenken. »Martin, sag mir … Was denkst du, wird passieren?«

»Du meinst – mit Andy Mason?«

»Ja.«

Es war das erste Mal, dass der Fall seit dem Vorabend erwähnt wurde. Sie waren zu sehr mit sich selbst beschäftigt, schmiedeten Pläne für die Zukunft und überlegten, was sie tun könnten, damit es diesmal besser klappte.

»Das ist schwer zu sagen. Ich hoffe, dass er in Panik ausgebrochen ist, nachdem er gestern Abend euer Gespräch belauscht hat und dass er sich wieder bei Pike meldet. Das war ja der Sinn der Operation. In diesem Fall werden wir sie beide erwischen.«

»Aber wird dir das helfen?«

»Wenn Pike redet, sind unsere Probleme gelöst.«

»*Wenn* er redet.«

»Er wird reden, da kannst du dir sicher sein.«

»Aber was ist, wenn Andy Mason sich nicht bei Pike meldet und sich aus dem Staub macht?«

»Dann müssen wir ihn einfach so verhaften und mit den Beweisen, die wir bereits haben, ein Risiko eingehen.«

»Verstehe.« Sue richtete den Morgenmantel, der ihr über das Knie gerutscht war. »Martin, wann hast du zum ersten Mal gemerkt, dass er mit der Sache zu tun hat?«

»Als die Kamera in Judy Claytons Schlafzimmer gefunden wurde«, sagte Martin und schmierte Butter auf ein weiteres Stück Toast. »Ich muss zugeben, dass ich zuerst alle möglichen komplizierten Erklärungen dafür suchte, wie Judy in den Besitz der Kamera gekommen war. Und dann, eines Morgens, dämmerte es mir plötzlich, dass es vielleicht doch eine ganz einfache Erklärung dafür gab.«

»… dass Andy Mason ein Freund von Judy war und sie ihr einfach gegeben hat?«

»Ja. Oder alternativ dazu, Mrs. Bodley bestochen hat, die Kamera in Judys Zimmer zu platzieren.«

»Beides bedeutet natürlich, dass Andy die Kamera nie verloren hat.«

»Genau.«

»… und dass er von Anfang an die Absicht hatte, Judy Clayton zu ermorden und dann den Verdacht auf seinen Schwager zu lenken.«

»Richtig. Vergiss nicht, dass wir die Geschichte über die gestohlene Kamera nur von Andy und seiner Schwester gehört haben – von niemandem sonst.«

»Aber warum hat er ausgerechnet David Walker belastet? Ich hatte immer den Eindruck, dass er ihn mochte.«

»Diesen *Eindruck* hat er vermittelt, ja.« Martin stopfte sich den letzten Bissen Toast in den Mund und schob seinen Stuhl zurück, nachdem er einen Schluck Kaffee getrunken hatte. »Ich werde dir sagen, wie sich die Dinge meiner Meinung nach zugetragen haben. Andy Mason hatte seit einiger

Zeit eine Affäre mit Judy Clayton. In solchen Situationen neigen Männer dazu, Frauen viel mehr zu erzählen, als sie beabsichtigen. Vielleicht hat Judy den Bogen überspannt und versucht, sich in eine von Andys kleine Gaunereien einzumischen. Das war an sich noch kein ausreichender Grund, um sie zu ermorden, aber es war gut genug für Andy, um eine Chance zu ergreifen, als sie ihm auf dem Silbertablett serviert wurde.«

Martin stand auf, zog seinen Mantel an und tastete seine Taschen ab, um sich zu vergewissern, dass er seine Brieftasche, sein Notizbuch und seinen Kugelschreiber dabei hatte.

»Aber woher wusste er, dass David Walker Judy Clayton allein im Bentley zurücklassen würde?«

»Weil er es geplant hatte. Oder besser gesagt, es war sein Plan, dass Judy an der Kreuzung vor dem ›The Golden Swan‹ warten sollte, wenn David vorbeifuhr. Er wusste, dass David Evelyn mit Roy Norton erwischt hatte, und hoffte, ihn zur Mitnahme der Anhalterin zu bringen. Judy war ein sehr attraktives Mädchen, wie du weißt.«

»Ja, soviel ich weiß …«, bemerkte Sue trocken. Sie nahm ihre Hand aus dem Morgenmantel und er glitt von ihrem Knie weg. Sie sah Martins Blick und lächelte vor sich hin.

»Andy wollte, dass Judy sich in Davids Vertrauen einschleicht – aus Gründen, die ich noch nicht begreife. Ich vermute, dass er dem Bentley folgte, um zu sehen, welche Straße David nahm, und ihn dann irgendwo vor Kingswood überholte, damit sie an der Ecke warten konnte. Zweifellos folgte er Walker in einigem Abstand, um sich zu vergewissern, dass David Judy tatsächlich mit in den Norden nahm. Du kannst dir vorstellen, was in ihm vorging, als dem Bentley das Benzin ausging und Judy allein darin saß. Das war eine Gelegenheit, die er sich nie erträumt hatte. Als er Judy erwürgt und ihre Leiche im Graben versteckt hatte, kam er auf die Idee, den Zettel zu fälschen …«

»… und es so aussehen zu lassen, als hätte Judy ihn mit ihrem eigenen Lippenstift geschrieben«, warf Sue ein, um zu beweisen, dass sie mit ihm mithalten konnte. »Wessen Lippenstift war es eigentlich? Wenn er nicht vorhatte, sie zu ermorden, wieso hatte er dann einen anderen Lippenstift bei sich?«

»Er kaufte ihn in einer Drogerie im nächsten Dorf und wählte die gleiche Sorte, die Evelyn Walker benutzte. Er brauchte nur zurückfahren und ihn in den Graben werfen. Er wusste genau, dass wir herausfinden würden, dass die Nachricht nicht mit Judys Stift geschrieben worden war, und von diesem Moment an …«

»… würde man David Walker kein Wort mehr glauben.«

»Richtig. Aber Mason hat gemerkt, dass ich trotz der falschen Beweise immer noch nicht überzeugt war. Deshalb hat er den Selbstmord vorgetäuscht und den Brief hinterlegt. Darin lag ein doppelter Vorteil. Die Nachricht stellte auch sicher, dass seine Schwester Davids Anteil an ›Cavalier Toys‹ erbte.«

»Aber was ist mit dem ›Cavalier‹-Schlüsselanhänger und dem Hinweis in Judy Claytons Tagebuch, dass sie eine Verabredung mit jemandem hatte?«

»Nun, offensichtlich hatte sie den Schlüsselanhänger schon seit einiger Zeit. Ich nehme an, Andy hatte ihn ihr gegeben. Nach dem, was du uns erzählt hast, gibt es Dutzende davon.« Sue nickte zustimmend. »Was das Tagebuch betrifft, in dem die Verabredung um 10 Uhr 30 erwähnt wird, so hat Andy diesen Eintrag wahrscheinlich nach dem Mord gemacht. Es war keine sehr gute Nachahmung ihrer Schrift, aber das habe ich David Walker leider nicht gesagt.«

»Du hast vorhin gesagt«, Sue stand auf und begann, die Frühstückssachen auf das Tablett zu räumen, »wenn Andy sich aus dem Staub macht, musst du es mit den Beweisen, die du hast, riskieren.«

»Ja, und ich fürchte, sie sind nicht sehr stichhaltig. Ich

glaube, dass der Drogist ihn wahrscheinlich als den Mann identifizieren wird, der den Lippenstift gekauft hat. Und aufgrund des Rasierwassers besteht für mich kein Zweifel, dass er dich im Cottage überfallen und Mrs. Bodley ermordet hat.«

»Ich verstehe immer noch nicht, warum Mrs. Bodley ermordet wurde.«

»Ich wette, sie wurde erpresst und bekam Angst. Sie hatte sich plötzlich dazu entschlossen, mir gegenüber eine Aussage zu machen. Erinnerst du dich an die Geschichte, die sie mir über David Walker erzählt hatte … dass sie ihn in der Stadt mit Judy Clayton gesehen hat?«

»Ja.«

»Ich glaube nicht, dass diese Geschichte wahr war. Ich glaube, sie handelte auf Anweisung.«

»Auf Anweisung – von wem?«

»Von dem Mann, der sie erpresst hat.«

»Und du glaubst, dass das Andy Mason war? Dass er es war, der mich im Cottage angegriffen und sie dann getötet hat?«

»Da bin ich mir ganz sicher.«

Sue hatte das Tablett genommen und war auf dem Weg in die Küche, als ein langes, eindringliches Klingeln durch die Wohnung schallte. Sie warf einen erschrockenen Blick in Richtung Flur, wohl wissend, dass Martins seidener Morgenmantel ihre Figur nur wenig verbarg.

»Erwartest du jemanden?«

»Nein.« Martin warf automatisch einen Blick auf seine Uhr. »Wahrscheinlich ist es der Postbote.«

»Dann gib mir Zeit, außer Sichtweite zu kommen – nur für den Fall, dass er es nicht ist.« Sie eilte in die Küche, während Martin durch den Flur ging, um die Tür zu öffnen. Harry Kennedy stand auf der Matte und hob gerade den Finger, um den Klingelknopf erneut zu betätigen. Er war hundemüde und hatte noch nicht einmal Gelegenheit gehabt, sich zu rasieren.

»Kommen Sie rein, Harry!« Martin hielt die Tür weit

auf. »Sie kommen gerade noch rechtzeitig für eine Tasse Kaffee. Wir haben gerade erst ...« Er hielt inne, als er merkte, dass der Sergeant betrübt und schockiert war.

»Was ist los, Harry?«

Kennedy kam herein und schloss die Tür hinter sich, bevor er die Nachricht überbrachte.

»Mason ist tot.«

»Tot?«, wiederholte Martin ungläubig.

»Ja.«

»Und? Was ist passiert? Was zum Teufel ist passiert?«

»Er hatte einen Autounfall. Sie wissen doch, dass er sich vor einem Monat einen neuen Ford Capri gekauft hat, einen mit Automatikgetriebe, und allem Anschein nach ...«

Er brach den Satz ab, als er Sue durch das Wohnzimmer kommen sah. Sie hatte seine Stimme erkannt und hatte die Anspannung in Martins Stimme gehört.

»Hallo, Sue.«

»Hallo, Harry. Was ist passiert, Martin?«

»Andy Mason ist tot. Er ist bei einem Autounfall ums Leben gekommen.« Er nahm Harry am Arm und geleitete ihn ins Wohnzimmer. Seine Haltung war angespannt. »Erzählen Sie weiter, Harry. Erzählen Sie mir, wie es passiert ist.«

»Er packte sein Auto mit Gepäck voll und verließ das ›The Grapevine‹ kurz vor Mitternacht. Zwei von unseren Leuten – Wentworth und Bourne – folgten ihm bis nach Henley und ... ob er dann Wind von der Beschattung bekommen hat, oder nicht, weiß ich nicht ...«

»Sie haben ihn aus den Augen verloren!«

»Ja. Er fing plötzlich an, wie ein Verrückter zu fahren. Er ist völlig durchgedreht! Wir bekamen einen Anruf aus Windsor, so gegen Viertel vor sechs, würde ich sagen. Offenbar ist der Wagen etwa sechs Meilen diesseits von Reading von der Straße abgekommen, hat einen Telegrafenmast gerammt und hat sofort Feuer gefangen. Mason war in dem Auto eingeklemmt. Mehrere Lastwagenfahrer hielten an und setzten ihre

Feuerlöscher ein, aber er verbrannte, bevor auch nur jemand in die Nähe des Wagens gelangen konnte. Bourne ist ein ziemlich harter Brocken, aber selbst er war erschüttert. Er sagte, er habe noch nie eine so entstellte Leiche gesehen.«

»War er allein, Harry?« Martin war bereits dabei, seinen Mantel anzuziehen und nach seinem Hut zu suchen.

»Ja.«

»Was ist mit seinem Gepäck und seinen persönlichen Gegenständen? Hat man etwas davon retten können?«

»Alles ist in in Reading, wo die Kollegen es aufbewahren. Das Feuer und der Schaum der Feuerlöscher haben die Sachen ganz schön zugerichtet.«

»Weiß Mrs. Walker schon über Ihren Bruder Bescheid?«

»Ja und sie möchte Sie sehen. Sie möchte eine Aussage machen.«

Sue hatte Martins Hut gefunden. Er nahm ihn ihr mit einem beiläufigen Nicken aus der Hand und folgte dann Kennedy, der bereits im Flur war. An der Tür drehte er sich um, kam dann zurück, legte seinen Arm um Sues Taille und küsste sie.

»Siehst du?«, sagte er, als er sie zögernd losließ. »Ich habe es wirklich damit ernst gemeint, als ich sagte, dass von nun an alles anders werden würde.«

Der Inspektor konnte seine Ungeduld nur schwer verbergen. Bellinger, der in der Nähe der Tür stand, wechselte einen kurzen Blick mit dem uniformierten Polizisten, der sich Notizen machte. Martin saß hinter seinem Schreibtisch und blickte Evelyn Walker an. Sie bemühte sich vergeblich, attraktiv und gleichzeitig voller Trauer über den Tod ihres Bruders auszusehen. Martins kompromisslose Haltung hatte sie verunsichert. Sie konnte nicht wissen, dass diese nur zum Teil an ihrem Widerwillen lag, auf den Punkt zu kommen. Außerdem wollte er unbedingt nach Windsor, um mit den Ermittlern zu sprechen, die sich mit dem Autounfall von Andy Mason befasst hatten. Wenn das erledigt war, konnte er »Fall abgeschlossen« auf die Akte schreiben und endlich etwas Zeit finden, um sich seinen und Sues gemeinsamen Angelegenheiten zu widmen.

»Es ist so untypisch für Andy, einen Unfall zu bauen.« Sie bemühte sich tapfer, die Tränen zurückzuhalten. »Er hatte auch einen Pilotenschein und war sehr stolz auf seine Fahrkünste.«

»Sie haben mir immer noch nicht erzählt, was Ihr Bruder zu Judy Clayton gesagt hat. Er muss doch einen Grund dafür gehabt haben, warum er wollte, dass sie sich mit Ihrem Mann anfreundet.«

Evelyn schlug vorsichtig ihre Beine übereinander. »Er sagte ihr, er sei Teilhaber von ›Cavalier Toys‹ und gab vor, dass er wollte, dass sie bestimmte Informationen aus David herausbekommt. Die Reise in den Norden sollte nur der Anfang ihrer »Zusammenarbeit« sein. Aber Sie wissen ja, was passiert ist. Dem Auto ging das Benzin aus und Andy ... änderte seine Pläne.«

»Hatte Ihr Bruder viele Anteile an ›Cavalier Toys‹?«

»Nein, aber wir hatten zusammen einen großen Anteil,

besonders nachdem David ermordet wurde.« Sie hielt einen Moment inne. »Andy war ehrgeizig, er wollte Direktor der Firma werden, aber weder mein Mann noch sein Partner wollten davon hören. Als Andy ein Gerücht über ein mögliches Übernahmeangebot hörte, machte er sich daran, Jack Stenhouse kennen zu lernen. Später hat er mich ihm ... vorgestellt.«

»Und Mr. Norton? War es Ihre Idee, Roy Norton als Handlanger – oder Köder, wenn Sie so wollen – zu benutzen, damit Arthur Eastwood ihn und nicht Ihren Bruder für den potentiellen Unruhestifter hält?«

»Nein, das war Andys Idee. Eigentlich war ich dagegen.«

Martins Augenbrauen gingen hoch. Sie musste schon sehr instinktlos sein, wenn sie annahm, dass er ihr das glaubte. »Sie scheinen gegen eine ganze Reihe von Dingen gewesen zu sein, Mrs. Walker. Erzählen Sie mir, was in der Nacht geschah, als Ihr Mann ermordet wurde.«

»Andy rief David in seinem Hotel an und sagte ihm, ich wolle ihn dringend sehen. Das stimmte natürlich nicht. Als ich nach dem Abendessen mit Roy Norton nach Hause kam, wusste ich nicht einmal, dass David im Haus war – ich schwöre, das ich das nicht wusste!« Ihre Stimme begann überzeugend zu stocken, als sie sich an den Abend erinnerte, an dem sie allein in das leere Haus gekommen war. Sie fummelte in ihrer Handtasche nach einem Taschentuch. »Er war wohl gerade dabei, seinen Koffer zu packen, als ... Andy auftauchte ...« Sie senkte den Kopf. Sie berührte ihre Augen mit dem Taschentuch, offenbar unfähig, weiterzusprechen.

Martin verfolgte die Vorstellung ein paar Augenblicke lang und überlegte, ob eine scharfe Frage sie aus der Reserve locken würde. Dann änderte er seine Meinung, schob seinen Stuhl zurück und stand auf.

»Danke, Mrs. Walker. Das ist alles für den Moment. Wir werden uns später wieder mit Ihnen in Verbindung setzen.«

Er ignorierte sie völlig, nahm seinen Mantel und seinen

216

Hut aus dem Schrank und verließ mit einem bedeutungsvollen Blick auf Bellinger das Büro.

Als er an Kennedys Büro vorbeikam, öffnete er die Tür und steckte den Kopf hinein.

»Ich bin jetzt weg.«

»Ja, in Ordnung, Sir.« Kennedy erhob sich respektvoll und legte das maschinengeschriebene Blatt nieder, das er gerade studiert hatte. »Wie sind Sie mit Mrs. Walker zurechtgekommen?«

Martin grunzte und betrat den Raum. »Sie hat auf Tränen geschaltet und das konnte ich einfach nicht ertragen. Jedenfalls nicht heute. Ich werde es morgen noch einmal mit ihr versuchen, nachdem ich mit Eastwood gesprochen habe. Was lesen Sie da?«

»Das ist eine Liste mit den Sachen, die Andy Mason bei sich hatte. Man hat sie gerade aus Reading geschickt.«

Martin griff über den Schreibtisch, nahm die Liste in die Hand und überflog sie. »Die haben sich ganz schön ins Zeug gelegt.«

»Ja, ich glaube, sie wollten uns beeindrucken.«

»Morgen früh komme ich etwas später.« Martin lächelte, als er das Blatt zurückgab. »Ich fahre mit Sue zum Cottage und …« Er hielt inne, sein Blick richtete sich in die Ferne, so wie es immer geschah, wenn ihm ein wichtiger Gedanke durch den Kopf ging. Nochmals nahm er von Kennedy die Liste.

»Was ist?«, gab Kennedy von sich. Er fragte sich gleichzeitig, was der Inspektor bemerkt und was er selbst übersehen hatte.

»Da fehlt etwas …« Martin tippte mit den Fingern sanft auf die Liste.

»Etwas fehlt? Was denn?«

»Harry, passen Sie auf!« Martin sah mit eifrigem Blick hoch. »Ich möchte, dass Sie sich einen Augenblick lang in die Lage von Andy Mason versetzen. Sie stecken in der Klemme

– oder glauben das zumindest – und beschließen plötzlich, sich aus dem Staub zu machen.«

»Und?«

»Was wäre das erste, woran Sie denken würden – das erste, das Sie mitnehmen würden?«

»Meine Frau.«

»Andy Mason hatte keine Frau!«

»Ich weiß es nicht. Ich habe keine Ahnung …«

»Denken Sie nach!«

»Tja, vermutlich würde ich …« Kennedy kratzte sich am Kopf und runzelte die Stirn über der Liste, dann erhellte sich sein Gesicht, als der Groschen fiel.

»Meinen Reisepass!«

»Richtig! Aber der wird nicht erwähnt. Er war nicht in seinen Taschen, er war nicht in seinem Gepäck und nicht im Wagen!«

»Sie haben Recht … Das ist verdammt komisch, ich glaube kaum, dass er seinen Pass vergessen hat.«

»Das hat er auch nicht!«

»Wie meinen Sie das?« Der Sergeant konnte seinem Vorgesetzten immer noch nicht ganz folgen.

»Ich glaube nicht, dass es Andy Mason war, der getötet wurde!«

»Wie bitte?«

»Sie haben doch selbst gesagt, dass sein Gesicht so stark entstellt war, dass er kaum wiederzuerkennen war«, erklärte Martin und kam um die Kante des Schreibtischs.

»Ja, aber wir haben gesehen, wie er das ›The Grapevine‹ verlassen hat! Zwei unserer Leute sind ihm gefolgt.«

»… und haben ihn dann verloren! Wissen Sie, was ich glaube? Ich glaube, dass er eine Leiche im Wagen hatte.«

Kennedy lachte. »Das soll wohl ein Scherz sein.«

»Keineswegs. Deshalb ist er ausgerastet und gefahren wie ein Verrückter!«

»Sie meinen, er hat den Unfall vorgetäuscht und den

218

Wagen selbst angezündet?«

»Genau. Verstehen Sie denn nicht?«

»Aber wer war die Leiche?« Kennedy schüttelte den Kopf und fragte sich, ob er oder der Inspektor den Verstand verloren hatte. »Wessen Leiche war es? Wenn es nicht Andy Mason war – wer zum Teufel war es dann?«

»Einmal dürfen Sie raten«, sagte Martin und grinste. »Nur ein einziges Mal, alter Junge!«

Kennedy ballte die Faust und schlug auf den Tisch. »Pike!«

Der Inspektor hatte bereits den Hörer abgenommen und eine Nummer zu wählen begonnen.

Andy Mason verlangsamte das Tempo und bremste scharf ab. Auf dem Schild rechts am Ende der Nebenstraße waren ein Pfeil und die Worte »Fliegerklub Fleetway« zu lesen. Er lenkte den gemieteten Vauxhall Cavalier an einem entgegenkommenden Lastwagen vorbei und bog auf die Straße zum Fliegerklub. Ein Blick auf die Uhr verriet ihm, dass es bereits Viertel nach zehn war.

Andy hatte sich lange genug in der Nähe des brennenden Ford Capri aufgehalten, um sicher zu gehen, dass die Flammen Pikes Leiche unkenntlich gemacht hatten. Bis zu einer genauen Untersuchung der Leiche würde es auf jeden Fall einen halben Tag dauern – genug Zeit für ihn, seinen hastig ausgearbeiteten Fluchtplan in die Tat umzusetzen. Er lief die sechs Meilen nach Reading zu Fuß und widerstand der Versuchung, eine Mitfahrgelegenheit zu nehmen. Er wollte nicht, dass ein Fahrer ihn so gut sah, dass er ihn hinterher der Polizei beschreiben konnte.

Er ging in das erste Hotel, das offen war, erzählte eine Geschichte über einen Motorschaden und lieh sich einen elektrischen Rasierapparat, bevor er sich zu einem frühen Frühstück setzte. Er musste bis neun Uhr warten, ehe er die Autovermietung anrufen konnte. Es dauerte weitere fünfundvierzig Minuten, bis der Wagen geliefert und alle Dokumente ausgefüllt waren. Der Fliegerklub war zwanzig Meilen entfernt, aber er schaffte die Strecke in einer halben Stunde, trotz des morgendlichen Berufsverkehrs rund um Reading.

Der Flugplatz war im Krieg ein Stützpunkt der US-Luftwaffe gewesen. Der Fliegerklub von Fleetway hatte einen Teil der Gebäude renoviert, um darin ein kleines Büro und Klubräume einzurichten. Das einzige neue Gebäude war ein niedriger Backsteinbau, dessen oberes Stockwerk auf allen Seiten verglast war. Er war wenig imposant und verdiente daher den Titel Kontrollturm fast gar nicht.

Es war ein strahlender Sonnenmorgen, als Andy langsam die Straße hinauffuhr, durch das Tor einbog und der alten Rollbahn zu den Klubgebäuden folgte. Ein halbes Dutzend Leichtflugzeuge war in der Nähe des einen Hangars geparkt, der noch in Betrieb war. Er konnte einen Mechaniker in weißem Overall sehen, der am Motor einer blauen Piper arbeitete. Vor den Gebäuden standen nur zwei Autos. Die Aktivitäten des Klubs beschränkten sich meist auf die Wochenenden und ein paar Abende im Sommer.

Bill Fenton, ein kleiner, aber breiter Mann mit einem dichten Bart, war im Büro, als Andy die Tür aufstieß. Er hatte ein freundliches Lächeln aufgesetzt.

»Guten Morgen, Bill. Hast du alles für mich vorbereitet?«

»So gut wie. Passt dir die Piper? Ich weiß, dass du schon ein paar Mal damit geflogen bist.«

»Die ist in Ordnung. Ist sie sofort einsatzbereit?«

»Ja, gleich. Fred prüft noch den Tank. Der macht in letzter Zeit ein paar Probleme. Wie viel Treibstoff wirst du brauchen?«

»Mach mir lieber den Tank voll. Ich will so viele Stunden wie möglich fliegen. In letzter Zeit war ich ja nicht so oft in der Luft. – Hör mal, ich gehe und mache mich fertig. Sag Fred, dass er sich beeilen soll.«

Andy ging in den Umkleideraum und vergewisserte sich, dass er leer war, bevor er seinen eigenen Stahlschrank aufschloss. Aus dem obersten Regal nahm er das Bündel Reiseschecks, das er schon seit einiger Zeit dort aufbewahrte – nur für den Fall der Fälle. Er steckte sie in seine Tasche, zog den leichten Overall an und nahm den Helm mit dem eingebauten Headset samt Mikrofon in die Hand. Die Wände waren dünn genug, um das Klingeln des Telefons im Büro und die einsilbigen Antworten von Bill Fenton zu hören. Es war ein kurzes Gespräch. Bill legte den Hörer auf und saß wieder an seinem

Schreibtisch, als Andy hereinkam und seinen Fliegerhelm an der Schlaufe um den Finger schwang. Die Kabel, die in die Steckdosen des Flugzeugs eingesteckt werden sollten, hingen bis zum Boden.

Andy setzte sich auf einen der Klubsitze und begann, in einem Flugmagazin zu blättern. Nach fünf Minuten warf er es hin und ging hinüber zu Bills Schreibtisch.

»Fred weiß doch, dass ich hier bin, oder?«

»Ja, ich habe es ihm gesagt«, antwortete Bill, ohne aufzusehen.

Andy blickte stirnrunzelnd auf Bill. Irgendetwas an seinem Verhalten war anders. Er traute sich nicht mehr, Andy ins Gesicht zu sehen. Ein Nerv begann in Andys Gesicht zu zucken.

»Ich denke, ich werde hinausgehen und ihm sagen, dass er sich beeilen soll«, sagte er beiläufig und wandte sich zur Tür.

Bill schob seinen Stuhl so schnell zurück, dass er umkippte.

»Das würde ich nicht tun, Andy. Jedenfalls brauchst du eine Freigabe vom Kontrollturm, bevor du starten kannst. Wir haben gerade eine Nachricht von der Royal Air Force bekommen, dass sie in dieser Gegend einige Tiefflüge durchführt.«

Bill war nun so weit im Raum gegangen, dass er zwischen Andy und der Tür stand.

Andy sagte leise: »Das haben die doch noch nie gemacht. Die Royal Air Force übt nie Tiefflüge über diesen bewohnten Gebieten.«

»Ähm. Tja. Du weißt ja, wie das ist. Wir müssen mit ihnen zusammenarbeiten.«

Andys Blick ging an Bill vorbei, durch das Fenster, von dem aus man über das Flugfeld auf die Zufahrtsstraße blickte. Durch die Lücken in der Hecke, die den Weg begrenzte, hatte er ein blaues Licht gesehen, das gleichmäßig blinkte.

»Der Anruf kam nicht von der Royal Air Force, stimmt's, Bill?«

Bill Fenton glaubte, Andy Mason zu kennen, aber das Gesicht, das ihn jetzt ansah, war ganz anders als die gewohnte freundliche Miene.

»Nein, Andy, er kam nicht von ihr. Er kam von der Polizei. Und ich rate dir, ganz ruhig hier zu warten, bis sie da ist. Es tut mir leid, aber du wirst nicht mehr durch diese Tür hinausgehen.«

»Ach nein?«, sagte Andy. Er steckte seine Hand durch den Schlitz im Overall und zog die Automatik aus seiner Tasche. Bill Fenton verstand die Bewegung sofort und versuchte, sich auf ihn zu stürzen. Andys Kugel traf ihn in den Magen. Er umklammerte sich mit beiden Händen und rollte sich auf den Boden. Andy steckte schnell die Automatik ein und ging durch die Tür hinaus.

Als er im Freien war, hörte er deutlich das Geräusch einer Polizeisirene, die jeden auf der Straße warnte, dass sich ein Streifenwagen schnell näherte. Andy verlangsamte absichtlich seinen Schritt, als er zur Piper hinüberging. Fred wischte sich gerade die Hände an einem Stück Baumwolltuch ab.

»Ist sie fertig, Fred?«

»So gut wie. Ich muss sie nur noch einmal anlassen und den Kraftstofffluss testen. Was war das für ein Knall?«

»Irgendein Auto mit Fehlzündung«, sagte Andy locker. »Sie brauchen sie nicht zu testen, das kann ich selbst machen, wenn ich meine Checks durchführe.«

»Sie wissen, dass das gegen die Vorschriften verstößt, Mr. Mason«, sagte der Mechaniker mit verbissener Rechtschaffenheit. Sein Kopf drehte sich, als erneut das Geräusch einer Sirene über das Flugfeld tönte. »Teufel noch mal, was ist das? Klingt wie eine Polizeisirene. Himmel, es sind zwei!«

Die beiden Polizeiautos fuhren jetzt mit hoher Geschwindigkeit das letzte Stück der Fahrbahn entlang. In wenigen Sekunden würden sie das eigentliche Flugfeld erreichen. Andy fasste in seine Tasche und griff erneut nach der Automatik. Der Mechaniker drehte sich rechtzeitig um, um zu sehen, wie Andys Hand mit der Waffe herauskam. Fred war bei der Royal Air Force in Aden gewesen und hatte gelernt, schnell zu denken und schnell zu reagieren. Es war fast eine Reflexhandlung, als er den Schraubenschlüssel in seiner Hand auf Andy warf. Er traf ihn hart an der rechten Schulter. Ein quälender Schmerz durchfuhr seinen Arm, so dass er die Waffe fallen ließ.

Als er sich bückte, um sie aufzuheben, sprang Fred auf ihn zu. Die beiden Männer wälzten sich auf dem Boden. Der Mechaniker zuckte vor Schmerz zusammen, als er auf der Waffe zu liegen kam und sich die schwere Pistole in seinen Rücken bohrte. Andys Augen spielten jetzt verrückt und seine Kraft verblüffte Fred, der sich darauf konzentrierte, so zu bleiben, wie er war, und damit auf der Pistole liegen zu bleiben. Aber Andy hatte ihn am Handgelenk gepackt und drehte den Schraubenschlüssel aus seiner Faust. Fred schrie vor Schmerz auf, löste seinen Griff und ließ den Schraubenschlüssel fallen. Andy hob ihn auf und versetzte Fred einen heftigen Schlag an der Schläfe. Sein Kopf ruckte zurück und er blieb schlaff liegen.

Andy kämpfte sich auf die Beine. Zwei Polizeiautos waren nun auf dem Flugplatz und rasten auf die Bürogebäude zu. Sie hatten ihn noch nicht entdeckt. Der Mann im Kontrollturm hatte seinen Posten verlassen und rannte mit den Armen winkend auf die Streifenwägen zu. Jemand anderes war aus dem Klubgebäude gekommen.

Andy ließ den Helm, der auf den Boden gefallen war, fallen, rannte zum Flugzeug und kletterte an Bord. Der Motor war warm und sprang sofort an. Nach der obligatorischen Checkliste erhöhte Andy die Drehzahl und begann, zum Ende der Startbahn zu rollen.

Auf dem Boden hinter ihm schüttelte der Mechaniker

224

den Kopf und öffnete die Augen. Er rollte sich seitwärts von der Waffe weg. Er hob sie auf, hielt sie mit beiden Händen fest und feuerte einen Schuss auf die sich entfernende Piper ab. Das metallische Klappern verriet ihm, dass er getroffen hatte. Benzin strömte aus dem Loch im Kraftstofftank.

Martin saß auf dem Beifahrersitz des ersten Streifenwagens und Kennedy gemeinsam mit einem uniformierten Beamten auf dem Rücksitz. Sie hatten die vierzig Meilen von Guildfleet in weniger als einer Dreiviertelstunde zurückgelegt und waren dann auf der letzten Meile von einer Kuhherde aufgehalten worden.

Der Fahrer brauchte keine Anweisungen, um zu wissen, dass er auf den Mann aus dem Tower zufahren sollte, der jetzt über die Wiese rannte und mit den Armen fuchtelte. Martin kurbelte das Fenster hinunter, als der Wagen neben ihm zum Stehen kam.

»Was ist los?«

»Ich weiß es nicht. Es handelt sich um eines unserer Mitglieder. Der Mann muss verrückt geworden sein. Er hat den Mechaniker niedergeschlagen. Er darf nicht abheben. Ich habe ihm noch keine Freigabe erteilt.«

»Er wird abheben«, sagte Martin grimmig. Er stieg aus dem Auto und winkte das zweite Fahrzeug heran. »Seht ihr das Flugzeug auf der Landebahn? Ihr müsst ihm den Weg versperren, bevor es abhebt.«

Der Fahrer nickte und die Räder drehten sich rasch, als er beschleunigte. Die Piper hatte gerade gewendet und bereitete sich auf den Abflug vor.

Kennedy stieg aus und stellte sich neben den Inspektor. »Wir haben ihn nur knapp verpasst. Wenn diese verdammten Kühe nicht gewesen wären, hätten wir ihn erwischt.«

Ein Krankenwagen – einer von jener Sorte, die auf dem Citroën-Fahrgestell einen Spezialaufbau hatten – war hinter den Klubgebäuden aufgetaucht und raste auf den am Boden liegenden Mechaniker zu. Das zweite Polizeifahrzeug wirbelte eine Staubwolke auf und fuhr immer rascher auf die Piper zu, die jetzt ihren Startlauf begonnen hatte.

Martin und Kennedy konnten jetzt nichts anderes tun, als das Rennen zu beobachten.

»Was spritzt da hinten aus dem Flugzeug heraus?«, fragte Kennedy aufgeregt. »Kann es sein, dass es Benzin verliert?«

»Keine Ahnung«, antwortete Martin knapp, wobei sein Blick vom Auto zum Flugzeug und wieder zurück wanderte. Zuerst sah es so aus, als würde der Polizeiwagen das Flugzeug einfach abfangen, aber als die Piper an Geschwindigkeit gewann, begann der Volvo den Lagevorteil zu verlieren. Das Flugzeug und der Streifenwagen fuhren nun auf fast parallelen Bahnen.

Als er merkte, dass er das Rennen verlieren würde, tat Fahrer des Streifenwagens etwas Verrücktes, aber Mutiges. Er lenkte nach rechts und fuhr mit durchdrehenden Rädern direkt auf die Spur der Piper. Andy Mason war nun gezwungen, abzuheben. Er hätte nicht mehr anhalten können, selbst wenn er es gewollt hätte, und er konnte den Kurs auch nicht ändern, bevor er in der Luft war. Das Polizeiauto kam genau vor ihm zum Stehen. Einen Augenblick lang schien ein Aufprall unvermeidlich zu sein.

Dreihundert Meter weiter schloss Martin halb die Augen und murmelte »Um Gottes willen!«. Dann sah er, wie sich der Bug des Flugzeugs in die Luft hob. Es ging steil nach oben und die Räder der Maschine verfehlten nur um Zentimeter das Autodach.

»Das wäre beinahe eine posthume Polizeiverdienstmedaille geworden«, sagte er.

Die Beamten in dem Wagen waren inzwischen ausgestiegen und starrten frustriert auf das sich entfernende Flugzeug, das über den Absperrungen des Flugplatzes an Höhe gewann. Aus dem löchrigen Benzintank sprudelte immer noch stark eine Flüssigkeit. Die Sanitäter hatten den Mechaniker auf eine Bahre gelegt und luden ihn in den Krankenwagen. Etwa ein Dutzend Menschen, die auf dem Flugplatz arbeiteten, waren aus ihren Gebäuden gekommen, starrten auf den Himmel und beobachteten die schwindende Silhouette der Piper.

»Wir sollten besser alle Flugplätze in der Umgebung alarmieren«, schlug Kennedy vor. »Mit einem leckenden Benzintank wird er nicht weit kommen.«

Martin legte ihm eine Hand auf den Arm, um ihn aufzuhalten. Das Summen der Piper war verstummt. Sie konnten deutlich eine Reihe von Rasselgeräuschen hören, als die Pumpen an einem leeren Tank saugten. Die kleine Maschine hatte schnell an Höhe verloren und befand sich bereits unterhalb der Baumgrenze.

Zehn Sekunden später hörten sie eine starke Explosion. Es dauerte eine halbe Minute, bis eine Rauchsäule in den Himmel stieg. Eine schwarze, ölige Wolke breitete sich beinahe gemächlich über den Himmel aus.

Kennedy sah Martin an.

»Ich glaube nicht, dass viel von ihm übrig ist«, sagte Martin, »aber wir sollten trotzdem hin und uns die Sache ansehen, Harry. Ich frage mich, ob der Fliegerklub von Fleetway uns einen Hubschrauber zur Verfügung stellt?«

Bis zum Mittag war alles vorbei. Lediglich ein ausführlicher Bericht musste noch geschrieben werden. Als die Feuerwehr nahe genug herankam, um den Brand zu löschen, war die Leiche von Andy Mason in einem noch schlimmeren Zustand als jene von Pike.

Martin versuchte, die Erinnerung daran aus seinem Kopf zu verdrängen, als er Sue abholte. Als sie zum Cottage fuhren, bemerkte sie sein Schweigen.

Endlich wagte sie es, ihn zu fragen: »Wie ist es gelaufen? Konntest du ihn verhaften?«

»Der Fall ist abgeschlossen, Sue. Ich möchte lieber nicht mehr darüber sprechen.«

Er sagte ein paar Minuten lang nichts. Allmählich fiel die Anspannung von ihm ab.

»Ich habe über deine Idee nachgedacht, das Haus herzurichten und neue Vorhänge anzubringen. Sie gefällt mir sehr gut. Aber du musst die Farben aussuchen. Ich bin nicht gut in solchen Dingen.«

Ihre Finger lagen an seinem Hinterkopf, beruhigten und streichelten ihn. Ohne Rücksicht auf die polizeiliche Straßenverkehrsordnung legte er eine Hand auf ihren Oberschenkel.

»Weißt du, was ich als Erstes tun werde, wenn wir im Cottage ankommen?«

»Mich über die Schwelle tragen?«, schlug sie lächelnd vor.

»Nein. Das kommt später. Zuerst werde ich dieses verdammte Schild abnehmen, auf dem »zu verkaufen« steht.«

# Ende

# Nachwort

von Dr. Georg Pagitz

## Die Entstehung der Geschichte
## und die unverfilmte deutsche Version

Wie im Vorwort bereits erwähnt, basiert *Die Anhalterin* auf einem Drehbuch von Francis Durbridge, das 1971 von der BBC unter dem Titel *The Passenger* verfilmt wurde.

Die Story ist jedoch um einiges Älter und trug in der ersten Fassung den Titel *Stupid Like a Fox*.

Zwei Tage nach der Ausstrahlung des letzten Teils des deutschen Durbridge-Straßenfegers *Wie ein Blitz*, am 14. April 1970, schrieb die Hauptabteilung Fernsehspiel des WDR an Francis Durbridge, dass die drei Teile mit Erfolg gelaufen seien und dass man einen Vertrag über zwei neue Serien abschließen wolle, *A Game of Murder* (1977 vom SWR als *Die Kette* verfilmt) und *Stupid Like a Fox*. Im Brief steht weiter: »Über eine eventuelle Bearbeitung von *Stupid Like a Fox* sollten wir miteinander reden. […] Sie waren der Meinung, dass in diesem Falle eine Anpassung an die günstigeren deutschen Produktionsbedingungen möglich und notwendig sein würde.« Damit war gemeint, dass man alles auf Film und nicht auf Video drehen würde. Am 14. Juli 1970 schrieb Durbridges deutsche Übersetzerin Marianne de Barde an Durbridges Agenten Harvey Unna, dass der Vertrag für *Stupid Like a Fox* seitens des WDR bereit läge und dass der Autor 54.000 D-Mark dafür erhalten würde, 50% bei Erhalt des Drehbuchs, 50% nach der Ausstrahlung. *Stupid Like a Fox* sollte vor *A Game of Murder*, das mittlerweile den neuen Titel *The Circle* erhalten hatte, produziert werden. Der Vertrag wurde auch unterzeichnet, allerdings wurde *Stupid Like a Fox* nicht realisiert. Aus einem Brief vom 7. September 1970 von Francis Durbridge an seinen Agenten Unna geht hervor, dass der WDR das Drehbuch gegen die überarbeitete Version des dritten Tim-Frazer-Abenteuers austauschen wollte. Durbridge wollte dies nicht und begründete das wie folgt: »Die Frazer-Geschichte würde einen gewaltigen Aufwand der Überarbeitung benötigen, es handelt sich hierbei nicht nur um das Ändern von Figurennamen. Es ist eine sieben Jahre [sic!, in Wirklichkeit: zehn Jahre] alte Spionagegeschichte – eine richtige Geheimdienststory – und ich müsste viele Änderungen vornehmen.« Weiter schreibt Durbridge, dass er vermute, dass der WDR wegen der Paul-Temple-TV-Serie, die das ZDF ins Rennen um die Publikumsgunst schicken wollte, unter Druck stand und schnell eine eigene Durbridge-Serie produzieren wolle. Über den zuständigen Chefredakteur schreibt Durbridge: »Der Weg, um sein Problem aus dem Weg zu räumen, ist die Verfilmung von *Stupid Like a Fox.* Ich frage mich tatsächlich, ob er sich die Mühe gemacht hat und mein Skript überhaupt gelesen hat? Ich weiß, dass er Marianne [de Barde, A. d. Ü.] um eine kurze Zusammenfassung davon gebeten hat, wahrscheinlich, um sie an verschiedene Leute zu senden. Wie sorgfältig diese auch immer abgefasst sein mag, die Geschichte verliert dabei unweigerlich einen großen Anteil ihrer Dramatik. […] Persönlich finde ich, dass *Stupid Like a Fox* ein gutes Beispiel meiner Arbeit ist und – wenn es gut inszeniert wird – ein großer Erfolg in Deutschland werden kann. Die einzige Möglichkeit für den WDR ist, dass er auf das Skript zu *The Circle* wartet und dann entscheidet, was er zuerst produzieren will. […] Die andere Alternative ist, dass er eine Neuverfilmung von *Der Andere* produziert, der ursprünglich vom Sender in Hamburg hergestellt wurde.«

Am gleichen Tag schrieb Harvey Unna eine Antwort an Durbridge und legte ihm nahe, seine Entscheidung, *Tim Frazer III* nicht umzuschreiben zu wollen, zu überdenken, da das Ziel der Erfolg sei und der WDR unter großem Druck stand, nachdem das ZDF die Serie *Paul Temple* koproduziert hatte. Unna fürchtete, dass die unzufriedenstellende Qualität der TV-Episoden dieser BBC/ZDF-Reihe dazu führen könnte, dass der WDR und dessen Verfilmung an Erfolg einbüßten. Die Ausstrahlung des neuen Mehrteilers war für den Dezember 1971 anberaumt und der Kölner Sender brauche in etwa

15 Monate Zeit von den ersten Vorbereitungen, über die Dreharbeiten bis hin zur Ausstrahlung. Die Zeit drängte also und obwohl Durbridge acht bis zehn Wochen Arbeit an der Überarbeitung von *Tim Frazer III* veranschlagte, stimmte er schließlich zu: So wurde *Stupid Like a Fox* letztendlich gegen *The Knife/Das Messer* ausgetauscht.

Zwischenzeitlich hatte Durbridge für die BBC das *Stupid-like-a-Fox*-Drehbuch überarbeitet und einige Dinge geändert. Der Arbeitstitel war nun *The Lipstick Murder*. Das Manuskript wurde schließlich im Frühling 1971 als *The Passenger* verfilmt.

Dass das ursprüngliche Drehbuch *Stupid Like a Fox* komplett überarbeitet wurde, belegt ein Brief vom 22. Dezember 1971, den Harvey Unna an Dr. Günter Rohrbach vom WDR schrieb: »Ich habe mir gedacht, dass Sie vielleicht Francis Durbridges *The Passenger* lesen möchten. Wie Sie wahrscheinlich wissen, wurde der Mehrteiler kürzlich von der BBC ausgestrahlt und hat sich allgemein als eines der erfolgreichsten englischen Fernsehprojekte, wenn nicht sogar als das erfolgreichste überhaupt, erwiesen. Sie haben diese Serie in einer früheren Fassung gelesen, aber seitdem sie *Stupid Like a Fox* hieß, wurde vieles umgeschrieben und ein romantisches Element eingebaut. Außerdem gibt es ein völlig neues Ende.«

Dieser Brief überkreuzte sich mit einem vom WDR an Francis Durbridge adressierten, in dem es um die Ausstrahlung von *Das Messer* ging. Darin berichtet der zuständige Hauptabteilungsleiter: »Lieber Mr. Durbridge, bitte entschuldigen Sie, dass ich mich erst heute melde, um Ihnen von der Resonanz zu berichten, die *Das Messer* hier fand. […] Insgesamt wurde *Das Messer* mit unverhohlener Enttäuschung aufgenommen. Dabei war weniger auffallend, dass die Kritiken durchweg negativ waren (das gab es früher schon), vielmehr registrierten auch die Boulevardzeitungen, die sich gerne zur Stimme des Publikums erheben, ein Abflauen des »Durbridge-Fiebers«. Zwar sind die Ratings immer noch ganz außerordentlich gewesen (Teil 1: 81%, Teil 2: 83%, Teil 3: 76%), aber zum ersten Mal gab es eine abschwindende Kurve, und zum ersten Mal Bewertungsnoten, die deutlich unterhalb des Durchschnitts liegen. […] Die Gründe sind sicherlich vielfältig. Das entscheidende Motiv ist vermutlich die Tatsache, dass es in Deutschland in den letzten Jahren eine ganz ungewöhnliche Krimiwelle gegeben hat, die Gutes und weniger Gutes hervorbrachte, die aber vor allem das Interesse des Zuschauers an Kriminalspielen so abgesättigt hat, dass die Ansprüche heute weitaus höher liegen, als noch vor einigen Jahren. […] Ich habe Ihnen ja schon in unseren früheren Gesprächen immer wieder von der besonderen Problematik berichtet, denen Ihre Krimis gerade deshalb ausgesetzt sind, weil sie hier so erfolgreich sind. Die Verpflichtung, besser zu sein als alles, was es im Laufe des Jahres zuvor gab, ist in der Tat ein schwerer Ballast, der irgendwann zu einer solchen Konsequenz führen musste.« Als Voraussetzung für ein Comeback wurde die Notwendigkeit einer Story genannt, die den Publikumserwartungen gerecht würde und die im Vorhinein auf eine große Filmproduktion hin konzipiert wäre.

Francis Durbridge antwortete am 2. Januar 1972 wie folgt: »Ich bedanke mich für Ihre Offenheit diesbezüglich. Ich muss Ihnen jedoch mitteilen, dass ich mit einigen Ihrer Schlussfolgerungen nicht übereinstimme. Ehrlichgesagt überrascht es mich nicht, dass *Das Messer* kein Erfolg war. Ich habe dies sogar erwartet. Als Sie darauf bestanden, diese Story anstelle von *Stupid Like a Fox* zu verwenden, war ich sehr unglücklich damit und beging den Kardinalfehler, diesem Vorschlag zuzustimmen. Ich bin ganz allein schuld daran.« Auf den Vorschlag, das Comeback mit einer neuen Formel für das Publikum zu starten, antwort Durbridge, dass man den Erwartungen des Publikums nur gerecht werden konnte, wenn man ihm einen Original-Durbridge, der nicht bearbeitet sei, präsentieren würde. Die Antwort auf das Problem sei also, der Fernsehgemeinde *A Game of Murder* oder *The Passenger* vorzusetzen – und zwar so, wie sie Durbridge geschrieben hatte: »Das ist das, was das Publikum will und von Durbridge erwartet. […] Die Antwort ist nicht eine Geschichte, die auf eine große Filmproduktion ausgelegt ist. […] Der echte Durbridge ist kein Film im großen Stil, sondern eine sorgfältig ausgearbeitete Krimiserie, die, wenn nötig, an einer begrenzten Anzahl von Schauplätzen spielt.«

Am 15. April 1972 schreibt Durbridge erneut an Rohrbach und fragt nach, was denn letztlich aus dem Vorschlag, *The Passenger* zu verfilmen, geworden sei: »*The Passenger* wird zur Zeit mit großem Erfolg auf BBC2 wiederholt, und ich schreibe Ihnen, um Sie zu fragen, ob Sie schon Gelegenheit hatten, das Buch zu lesen, und ob Sie bereits eine Entscheidung treffen konnten, was den WDR betrifft? Ich bin zuversichtlich, dass *The Passenger* in Deutschland ein großer Erfolg werden kann, wenn er mit der gleichen Sorgfalt und Überlegung produziert wird, die Sie auch bei meinen früheren Serien an den Tag gelegt haben. […] Wenn es irgendwelche spezifischen Punkte in der Serie gibt, die Ihnen nicht gefallen und die für das deutsche Publikum ein wenig störend sein könnten, würde ich mich freuen, Details darüber zu erfahren.«

Die Antwort vom WDR erfolgte am 26. April 1972 und lautete wie folgt: »[…] Ich finde, dass wir uns […] bald noch einmal treffen sollten. […] Ich könnte Ihnen dann auch genauer begründen, warum wir *The Passenger* nicht produzieren möchten. Für *The Passenger* gelten im Wesentlichen die gleichen Einwände, die wir gegenüber *Stupid Like a Fox* hatten. Die Bearbeitung hat zweifellos das Manuskript verbessert, sie hat jedoch an den prinzipiellen Fragen für uns nichts geändert.« Welche Punkte das genau waren, geht aus der Korrespondenz leider nicht hervor. Jedenfalls war eine Verfilmung von *The Passenger* damit endgültig vom Tisch und die BBC-Version fand erst 1983 synchronisiert den Weg in deutsche Wohnzimmer (wenn auch nur in jene, die das Regionalfenster des WDR empfingen, denn eine Ausstrahlung im gesamten deutschsprachigen Raum gab es nicht).

Der WDR plante zwar zunächst einen weiteren Durbridge für das Jahr 1973 ein (die Verfilmung von *The Circle*), dazu kam es dann seitens dieses ARD-Senders jedoch nicht mehr. Die *Hörzu* (2/1972) berichtete nämlich: »*Das Messer* war ein lahmer Schlag ins Wasser. Die drei Folgen lockten nacheinander 81, 83 und 76 Prozent der Zuschauer vor den Bildschirm. Die Bewertungsquote aber fiel von +3 über +2 in der letzten Folge auf +1. Also: höchste Zuschauerzahl des Jahres, aber eine niederschmetternde Wertung.«

Obwohl der WDR schon wie oben erwähnt vor Ausstrahlung von *Das Messer* einen Vertrag über einen weiteren Durbridge-Krimi abgeschlossen hatte, ruderte man im Frühling 1972 zurück. Der britische Autor sollte Pressemeldungen zufolge anders als zuvor nur mehr ein Exposé abliefern, das von WDR-Dramaturgen sorgfältig geprüft werden sollte und – wenn es sein sollte –, »hemmungslos verändert und dann vielleicht angenommen« werden würde. Entspräche das Exposé jedoch nicht den Vorstellungen des WDR, so würde kein weiterer Krimi produziert. Noch drastischer klingt ein Artikel, der etwa ein halbes Jahr später erschien (*Bild und Funk* 22/1972). Darin erklärte Dr. Günter Rohrbach, Fernsehspielchef des WDR: »Es wäre falsch, die Augen davor zu verschließen, dass *Das Messer* eine Enttäuschung für das Publikum gewesen ist.« Dies könne laut ihm daran liegen, dass Fortsetzungskrimis immer weniger geschätzt würden. Zudem sei »Durbridge nicht bereit, von seinem Stil wegzugehen. In ihm fühlt er sich sicher, wie er sagt. Und genau hier ist der Punkt, wo wir es schwer mit ihm haben, eben weil der Studiokrimi beim Publikum nicht gefragt ist. […] Sollten wir wieder einen Durbridge machen, dann nur, wenn das Drehbuch uns überzeugt!« Das hat es offensichtlich nicht und so war die Zusammenarbeit zwischen WDR und Durbridge Geschichte.

Abschließend kann noch ein Blick nach Italien geworfen werden: Auch hier scheiterte eine Verfilmung von *The Passenger* daran, dass die Verantwortlichen bei der RAI die Story nicht mochten. Dies geht aus einem Brief von Durbridges Agentur an den Autor vom 5. Februar 1973 hervor. Durbridge selbst hatte das Werk noch unter dem Titel *Stupid Like a Fox* am 15. Januar 1971 der Sendungsverantwortlichen in Rom beschrieben und empfohlen.

### Durbridge endlich in Farbe

Kommen wir nun jedoch ein wenig auf die BBC-Produktion zu sprechen. Am Samstag, dem 23. Oktober 1971 um 20 Uhr

55 Uhr ist es auf BBC1 soweit: Nach fünfjähriger Pause strahlt der britische Sender endlich wieder einen neuen Mehrteiler seines Quotengaranten Francis Durbridge aus. *The Passenger* ist der Titel und es geht um den Mord an einer Anhalterin. Diesmal ist einiges anders. Statt der gewohnten sechs 25-Minuten-Folgen gibt es nur drei Teile, die jeweils ein bißchen mehr als eine Dreiviertelstunde dauern und zum ersten Mal erleben die Untertanen ihrer Majestät einen Durbridge-Krimi in Farbe. Es ist bereits der siebzehnte TV-Mehrteiler aus der Feder des 1912 in Hull geborenen Autors.

Zwischen 1952 und 1966 hatte Francis Durbridge ein immenses Arbeitspensum bewältigt: sechzehn Mehrteiler à 6 Folgen (mit Ausnahme des letzten, *Bat out of Hell*, der nur 5 Teile umfasste), dazu parallel mehrere neue Paul-Temple-Fortsetzungsgeschichten für das Radio. Jedes Mal waren die Straßen leer gefegt, wenn sein neuester Thriller auf Sendung ging. Über Wochen gab es nur ein Thema in Presse und privaten Wohnzimmern, nämlich die Frage, wer der Täter war. Die Einschaltquoten waren gigantisch, seine *Tim-Frazer*-Serie erreichte 1960/61 den nie wieder gemessenen Wert von knappen 90% (ex aequo für das deutsche Fernsehen: Teil 6 von *Tim Frazer* brachte gigantische 91%!).

Aus einer geschickten marketingtechnischen Überlegung heraus kamen die Krimis in Großbritannien unter dem Obertitel *Francis Durbridge Presents ...* (*Francis Durbridge präsentiert ...*) auf die Bildschirme, was für größere Bekanntheit des Autors sorgte, als die reine Nennung nach dem Titel des Films.

### Das Phänomen Francis Durbridge

Mit *The Broken Horseshoe*, 1952 gesendet, hatte Durbridge die erste Fernsehserie der englischen TV-Geschichte überhaupt geschrieben. Die ersten fünf Mehrteiler wurden auch fürs Kino verfilmt, um in den frühen TV-Tagen eine noch breitere Masse zu erreichen. Ab dem sechsten, *The Other Man* (in der BRD 1959 als *Der Andere* verfilmt), ging Durbridge dann dazu über, seine Geschichten außerhalb Englands zu lizenzieren. So entstanden von seinen ursprünglich für die BBC geschriebenen Drehbüchern ausländische Fassungen, die dann mit beliebten einheimischen Schauspielern verfilmt wurden und von Schweden bis Italien, von Polen bis Frankreich, von Ungarn bis Finnland, von Dänemark bis Norwegen und von Holland bis Deutschland für leere Straßen sorgten. Die *Österreich-Hörzu* (5/1966) analysierte dieses Phänomen und seine Begleitumstände sehr treffend: »Alle, Fernseher und Nichtfernseher, haben noch die kafkaesken Zeiten der ersten Durbridge-Reihen im Gedächtnis. Damals waren die Straßen leer, und der Wasserverbrauch der deutschsprachigen Städte ging rapide zurück, Sitzungen wurden abgesagt und Gesellschaften gesprengt. Jeder wollte an der Atemberaubung teilnehmen.« In der BRD ging die Popularität des Autors sogar soweit, dass er bei jedem Besuch in Deutschland von seinen Fans wie ein Filmstar umjubelt wurde, so *Woman's Weekly Australia* (27.2.1963). Die Beliebtheit nahm geradezu bizarre Ausmaße an, denn – so die Frauenzeitschrift – deutsche Fleischer erfanden extra ein neues Fleischgericht, dem sie den Namen des britischen Autors gaben.

### Francis Durbridge in verschiedenen Interviews

Francis Durbridge ging es jedoch nie alleine um Frage, wer der Täter ist. Er fand nicht einmal, dass die Suche nach dem Mörder das Entscheidende in seinen Krimis sei. So meinte er in einem Interview einmal (*Österreich-Hörzu* 2/1968): »Das allein genügt nicht. Dieser Faktor wird schwer übertrieben. Wenn nämlich das Publikum zur Hälfte das Interesse verloren hat, weil das Stück in anderer Hinsicht nicht lebendig genug ist, dann will gar keiner mehr wissen, wer der Mörder war. Das Problem ist, die Zuschauer von Anfang bis Ende zu fesseln.« Dementsprechend waren seine Straßenfeger eine Ansammlung an überraschenden Wendungen, mysteriösen Anrufen und harmlosen Gegenständen, die im konkreten Fall irgendeine geheimnisvolle Bedeutung hatten. Aus diesen Faktoren bezog Durbridge seine Spannung und nicht aus der Anzahl der Leichen. So sagte er etwa einmal (*Österreich-Hörzu* 53/1967): »Ich interessiere mich überhaupt nicht für Morde. Wenn in meinen Stücken ab und zu ein Mord vorkommt, dann nur, weil es sich aus der Handlung so ergibt.« Auf Kritiker angesprochen, die ihm den Vorwurf machten, in seinen Krimis zu bluffen und zu viele Fragen unbeantwortet zu lassen, meinte der Autor (*Österreich-Hörzu* 2/1968): »Dieser Vorwurf wird auch gegen Agatha Christie und Edgar Wallace erhoben. Nicht, dass ich mich mit ihnen vergleichen will, aber: Wenn jemand den Täter nicht herausgefunden hat, dann sucht er oft Zuflucht in der Ausrede, der Autor habe geblufft.« In der Tat kann man Durbridge nicht gerade vorwerfen, nicht alles aufzulösen. Im Gegenteil, in der letzten Folge jeder Serie wird alles bis ins Detail erklärt, meist durch ein Frage- und Antwortspiel zwischen dem Inspektor und einer weiteren Person.

»Die anfängliche Idee für die Handlung ist niemals für jemanden anderen besonders aufregend, außer für mich«, das meinte Durbridge, der seine Themen niemals in Polizeiakten und spektakulären Zeitungsartikeln fand, in einem Interview (*Radio Times* Nr. 2502/1971) im Vorfeld der Ausstrahlung von *The Passenger/Die Spur mit dem Lippenstift* in England. Über die Art, wie ihm die Geschichten einfielen, ergänzte er (*Österreich-Hörzu* 2/1968): »Ich setze mich an den Schreibtisch und tüftele sie aus. Eine gute Zeitungsstory ergibt nicht unbedingt ein gutes Fernsehspiel.« Was das Abfassen der Geschichten betrifft, so sagte der Autor der *Radio Times* (2502/1971): »Jeder hat eine falsche Vorstellung über das Schreiben von Krimis. Leute wollen mich immer mit Pistolen oder Ähnlichem fotografieren. Die Realität ist alles andere als aufregend. […] Ich denke nicht an mein Publikum, wenn ich schreibe. Ich habe nur eine Regel und die hat immer funktioniert: für mich selbst zu schreiben. Wenn ich damit zufrieden bin, dann ist es okay.«

Auf die Frage, ob es irgendwelche Herausforderungen gäbe, einen Whodunit zu schreiben, meinte der Autor in einem Radiointerview mit Jack De Manio (um 1975): »Nein, ich glaube nicht, dass es eine besondere Fähigkeit braucht. Zu einem bestimmten Grad ist es etwas, das man mitbekommen hat […]. Ich glaube, man muss sich für andere Formen der Literatur interessieren, andere Formen des Schauspiels […].

Ich glaube nicht, dass man am Anfang beginnen kann und sagt: »Gut, ich schreibe jetzt einen Whodunit.« Man muss interessiert sein, man muss ein Gespür für Dramatik haben und man muss sich für andere Aspekte des Unterhaltungsgenres interessieren. […] Es ist keine Sache, die man lernen kann. Ich denke, es ist ein Instinkt. […] Entweder man wird damit geboren und hat ihn, oder nicht.« Auf die Frage, ob er am Beginn des Schreibens stets wisse, wie die ganze Geschichte sein würde, meinte er weiter: »Ja. Ich mache am Anfang eine Zusammenfassung. Ich plane es von A bis Z. […] Aber ich folge nicht immer genau dem Weg, den ich vorgesehen hatte. In anderen Worten machen sich die Charaktere manchmal selbständig und wenn man dies berücksichtigt, dann muss man die Storyline leicht verändern, weil diese nicht immer zu den Charakteren passt, die sich im Laufe des Schreibprozesses entwickelt haben.«

Durbridge war besonders berühmt für seine Cliffhanger am Ende der jeweiligen Episoden, die dafür sorgten, dass Millionen von Zuschauern rätselten, wie es wohl weiter gehen würde. In einem Radiointerview von 1968 wurde ihm die Frage gestellt, wie er diese konstruiere und ob er zuerst an sie denke und dann zurück zum Anfang arbeite. Durbridge: »Niemals. […] Ich glaube, das würde nicht funktionieren. Ich glaube, man legt zuviel Wert auf das Ende in diesem Zusammenhang. Wenn sie das Publikum über die Länge der Episode nicht bei Interesse halten können, wenn sie langweilig ist, dann werden die Zuseher am Schluss nicht mehr interessiert sein, selbst wenn dieser noch so dramatisch oder geheimnisvoll ist. Das Publikum muss durch die ganze Episode getragen werden. […] Das Ende einer Episode ist wichtig, aber es ist nicht so wichtig, dass man damit beginnen und rückwärts arbeiten könnte.« Unglaublich, aber der Hochspannungsmeister war sogar stolz darauf, mit dem Ende des ersten Teils von *Der Andere* etwas erreicht zu haben, was er immer plante, »einen aufregenden und beliebten Krimi ohne dramatischen Cliffhanger am Ende der ersten Episode.« (*Radio Times* Nr. 2502/1971)

In einem Mehrteiler steckte jede Menge Arbeit und je

nachdem »wie die Sache läuft«, so der Autor damals, konnte es zwischen drei und sechs Monaten dauern, bis ein neuer Straßenfeger fertig war. Der absolute Perfektionist überarbeitete seine Werke ständig, was auch der Grund dafür ist, dass ausländische Versionen seiner Stoffe oft auch leicht vom Original-Drehbuch der BBC abweichen. Der Klang der Namen seiner Figuren war für ihn besonders wichtig, so sein Sohn Nicholas Durbridge, der auch erzählt, dass sein Vater stets ein kleines Notizbuch mitführte, um sich Namen und Titel zu notieren. So benannte er etwa eines seiner Theaterstücke nach der häufigen Überschrift auf Sterbeanzeigen (*Suddenly at Home,* dt. *Plötzlich und unerwartet*) oder seinen Mehrteiler *Wie ein Blitz,* auf Englisch *Bat out of Hell*, nach der Aussage des *Dr.-Schiwago*-Regisseurs David Lean, der in einem Interview sagte, wie man einige Szenen des Films drehte: »Like a bat out of hell« (etwa »Wie ein geölter Blitz«).

Inspiration holte sich Durbridge auch auf seinen zahlreichen Auslandsreisen (mit Vorliebe nach Italien und Frankreich, aber auch in die Schweiz). So kam ihm die Idee für seinen Mehrteiler *Portrait of Alison*, als er in Venedig eine Gemäldegalerie besuchte. Er fand es aufregend, einen Krimi rund um das Gemälde einer jungen Frau zu konstruieren.

Über Erfolg meinte der Schriftsteller einmal (*Österreich-Hörzu* 2/1968): »Man muss hart arbeiten und braucht auch ein bißchen Glück dazu. Ich möchte nicht meine eigene Arbeit loben, aber ich glaube, der Erfolg in so vielen Ländern liegt an den interessanten Charakteren und dem starken Faden, der sich durch meine Storys zieht. Aber ein Rezept? Nein, ich schreibe einfach, was mir Freude macht und hoffe, dass es auch anderen gefällt.« Und es gefiel den Leuten. Ein Kritiker (*Österreich-Hörzu* 5/1966) meinte diesbezüglich: »Nichts gegen Durbridge. Er kann's. Man könnte sagen: Er kann's wie keiner. Nirgendwo ist einer aufgetaucht – und es wird aller Voraussicht nach keiner mehr auftauchen –, der das Fernsehpublikum so in seinen Bann zu schlagen vermag [...].«

Auf die Frage, welche seiner Serien für ihn die beste sei, meinte er stets: »Immer die letzte.«

Durbridge war in den frühen Jahren ein glühender Bewunderer von Edgar Wallace, später las er jedoch nicht mehr so viele Kriminalromane. »Ich lese meist ganz andere Bücher. Biographien, Schauspiele oder Bücher übers Theater« (*Österreich-Hörzu* 2/1968).

Der *Radio Times* erzählte er 1971, wie er zum Schreiben kam: »Weil ich nicht Schauspielern konnte. In Birmingham pflegte ich in den Universitätsrevuen zu spielen und ein paar Sketche zu schreiben. Ein Produzent der BBC Birmingham [Martyn C. Webster, A. d. Ü.] sah zufällig eine der Vorstellungen und sagte mir danach, ich sei ein furchtbarer Schauspieler, meinte aber, dass ich ein bißchen schreiben könne und dass ich – wenn ich wollte – ihm ein paar meiner Werke zusenden solle […]. In der Tat schickte ich ihnen ein Stück – keinen Krimi – und sie produzierten es. Alle schienen es zu mögen und so schrieb ich eine Fortsetzung […].« Wenig später wurde seine Kultfigur Paul Temple geboren, die in einundzwanzig Hörspielen, einem Theaterstück, vier Spielfilmen, über neunzig Comicabenteuern, einer zweiundfünfzigteiligen TV-Serie sowie in mehr als einem Dutzend Romane und achtzehn Kurzgeschichten zu einem der populärsten Detektive wurde. Später nahm Durbridge von seiner Figur, die er laut *Gong* 15/1978 mal als sein »Lieblingskind« bezeichnete, das »jede Gelegenheit wahrnimmt, um sich vor seiner eigentlichen Arbeit zu drücken«, etwas Abstand. 1971 sagte er diesbezüglich zur *Radio Times*: »Ich bin ihm sehr dankbar. Ich habe durch ihn viel Geld verdient. Aber wir haben uns vor einiger Zeit getrennt. Vor 20 Jahren hat mir ein Produzent in Amerika gesagt, ich würde meine Zeit verschwenden, wenn ich nicht zum Fernsehen wechselte. Das ist das, was ich getan habe. Ich habe versucht, mir einen Namen mit Mehrteilern aufzubauen. Damals habe ich mir geschworen, niemals eine Paul-Temple-Episode für das Fernsehen zu schreiben.«

**Der Dreiteiler** *The Passenger/Die Spur mit dem Lippenstift*
Als dieser Dreiteiler produziert wurde, war Francis Durbridge bereits 59 Jahre alt. Dementsprechend ist dieses Werk ruhiger und hat viel weniger Leichen, als seine frühen Stoffe (besonders *Paul Temple*). Er selbst sagte einmal, dass er sanfter ge-

worden sei, was jedoch nicht bedeutete, dass es seinen Werken fortan an Tempo und Spannung mangelte.

Nach *Bat out of Hell* aus dem Jahr 1966 hatte Durbridge eine fünfjährige Bildschirmpause in Großbritannien eingelegt, was dadurch bedingt war, dass er unter anderem für die europäische Rundfunkunion den Radio-Fünfteiler *La Boutique* schrieb (1967) und eng in die zweiundfünfzigteilige TV-Serie *Paul Temple* eingebunden war (als eine Art Berater, er schrieb zwar fünf Drehbücher, von dem allerdings nur eines (und nicht unter seinem Namen) verfilmt wurde). In deren Fahrwasser entstanden auch zwei völlig neue Temple-Romane (die allerdings auf zwei nie verfilmten Temple-TV-Episoden beruhten). Außerdem begann er, so sein Sohn Nicholas, in diesem Zeitraum auch weniger zu arbeiten, da er schließlich auch älter wurde.

Ins Auge sticht, dass *Die Spur mit dem Lippenstift* als Dreiteiler gesendet wurde. Wenn man sich den Krimi jedoch genauer betrachtet, entdeckt man ungefähr in der Hälfte jedes Teils einen offensichtlichen und Durbridge-typischen Cliffhanger. Dies legt die Vermutung nahe, dass der Mehrteiler ursprünglich wie alle anderen Werke aus Durbridges Feder auch als Sechsteiler vom Autor konzipiert worden war, dann aber den Gewohnheiten der mittlerweile veränderten Programmplanung angepasst wurde. Als Cliffhanger wären demnach anzusehen: In der Hälfte von Teil 1 (bzw. Kapitel 1) das Auffinden von Fotos in der Wohnung der Toten, auf denen David Walker zu sehen ist; in Teil 2 (bzw. Kapitel 2) das Auftreten der Zeugin Ruth, die in einer für den Autor ganz typischen Szene dem Inspektor etwas Wichtiges über den Mord mitteilen will, dann aber ermordet aufgefunden wird; in Teil 3 (bzw. Kapitel 3) der Überfall des Inspektors vor seiner eigenen Haustür und seine Frau, die mit einer Pistole schießt.

Gedreht wurden bei *The Passenger* wie damals üblich zuerst die Außenaufnahmen auf Film und dann die Innenaufnahmen chronologisch im Studio mit mehreren elektronischen Kameras. Diese Art zu Drehen machte es unmöglich, das Ende vor den Darstellern geheim zu halten. Francis Durbridge dazu: »Heutzutage gibt es so viele Außendrehs – und oft dreht man das Ende, bevor man überhaupt die erste Episode gedreht hat.«

In England wurde bei Weitem nicht so eine Geheimhaltung betrieben, wie das in Deutschland oder Italien der Fall war. In der BRD wurden den Beteiligten hohe Strafen angedroht. Das Drehbuch wurde ohne Schluss an die Darsteller ausgegeben. Nur wer tatsächlich an der Szene, in der der Mörder entlarvt wurde, beteiligt war, durfte auch im Studio sein. In Italien gab es einen Fall, bei dem man die Schlussszene mit jedem Schauspieler separat in Großaufnahmen und über Wochen verteilt aufnahm, mehrere Enden entstanden und nicht einmal der Regisseur wusste, für welches Finale der Sendungsverantwortliche sich auf Basis des Drehbuchs letztlich entscheiden würde. So zumindest die Legende.

*The Passenger* wurde rund um Oxford gedreht, die Hauptfiguren sind dem wohlhabenden Mittelstand zuzurechnen, einer Gesellschaftsklasse, die der Autor oft für seine Figuren wählte. In der *Radio Times* (2502/1971) meinte Durbridge diesbezüglich: »Meine Charaktere treffen sich zum Mittagessen eher in Hotels als in Gasthäusern. […] Ich kann nur über Menschen schreiben, die ich kenne. Was wäre mein Schreiben wert, wenn ich über einen neurotischen Maurer schreiben würde und dann ein echter Maurer sagen würde, dass der Charakter schlecht dargestellt ist. […] Ich werde immer dafür kritisiert, dass ich immer über die gleiche Klasse von Leuten schreibe. Der neue Mehrteiler ist angesiedelt in einem ländlichen Herrschaftshaus in der Nähe von Oxford.«

In der Geschichte gibt es für Durbridge eher untypisch viele Verdächtige, zudem gibt es viel mehr Szenenwechsel als früher. Der Autor selbst blieb den Dreharbeiten fern, war aber in die Vorproduktion miteingebunden und wählte auch die Titelmusik selbst aus mehreren Vorschlägen aus. Die fertige Produktion sah er, so sein Sohn Nicholas, bereits vor der Ausstrahlung. Am Abend der Erstsendung sah er sich die Sendung jedoch auch live im Fernsehen gemeinsam mit seiner Frau und anderen Familienmitgliedern an.

Die 1977 erschienene Romanfassung unterscheidet sich in einer Kleinigkeit von der Verfilmung des Drehbuchs. Hier stirbt der Täter, während er im BBC-Dreiteiler überlebt.

Wie eingangs erwähnt, lizenzierte der Autor seine Stoffe ab den 1950ern auch an andere europäische Sendeanstalten, die die Krimis dann mit beliebten einheimischen Stars umsetzten und so immensen Erfolg hatten. Die Tatsache, dass anstelle einer synchronisierten BBC-Version eine landeseigene Variante lief, war ausschlaggebend dafür. So produzierte im Jahr 1974 das französische Fernsehen O.R.T.F. eine eigne Version von *The Passenger* unter dem Titel *La passagère*. Alain Mottet, William Sabatier, Monique Lejeune und Gabriel Cattand spielten die Hauptrollen. Regie führte Abder Isker, der alle sieben französischen Durbridge-Krimis inszenierte und die Handlung stets nach Frankreich verlegte (dementsprechend wurden die Personennamen angepasst). *La passagère* wurde als neunzehnteilige Serie ausgestrahlt, die fast jeden Tag zwischen dem 6. Dezember 1974 und dem 2. Januar 1975 in 11 bis 13 Minuten langen Episoden gezeigt wurde.

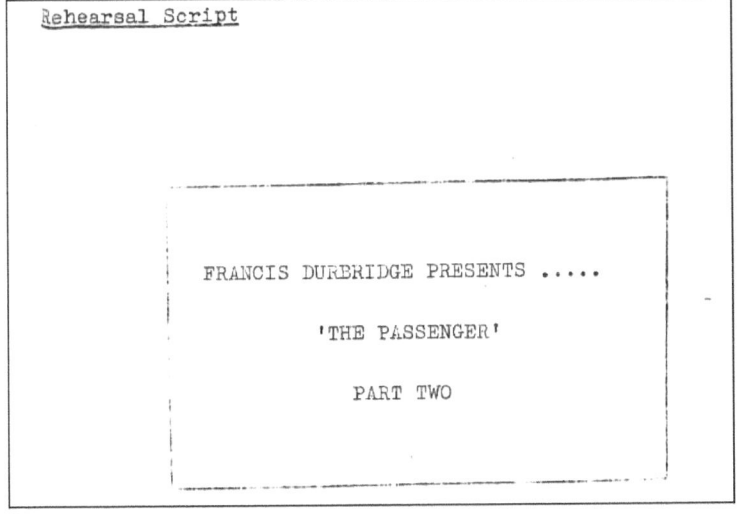

Rehearsal Script

FRANCIS DURBRIDGE PRESENTS .....

'THE PASSENGER'

PART TWO

Die Titelseite des Originalskripts zur zweiten Episode von *The Passenger*

243

FRANCIS DURBRIDGE PRESENTS ... 'The Passenger' Part Two.

CAST:

DAVID WALKER

EVELYN WALKER

MARTIN DENSON

HARRY KENNEDY

CHRISTINE BODLEY

ARTHUR EASTWOOD

SUE DENSON

RUTH JENSEN

ALEC REAMS

COLONEL REAMS

ANDY MASON

ALSO:    (Small parts or on film only)

OLIVE

P.C. REEVES

P.C. TOMKINS

WAITRESS

AMBULANCE MEN

LORRY DRIVER

CAR PARK ATTENDANT

POLICEMEN

Die Figurenliste aus dem Originaldrehbuch

SUPOSE CAM    Opening         (MUSIC)
              Credits:

1. INT. THE STUDY. GAMESWOOD HOUSE. NIGHT.

(DAVID WALKER'S BODY
IS SLUMPED OVER THE
DESK.

EVELYN IS HOLDING
THE LIGHTER, ON
THE VERGE OF BURNING
THE SUICIDE NOTE.

SUDDENLY THERE IS THE
SOUND OF A CAR
BRAKING TO A STAND-
STILL ON THE DRIVE
OUTSIDE.

EVELYN, TAKEN BY
SURPRISE, HESITATES,
NOT KNOWING QUITE
WHAT TO DO.  AFTER
A MOMENT SHE
EXTINGUISHES THE
LIGHTER AND STANDS
WAITING FOR THE
SOUND OF THE DOOR
BELL.

THE BELL RINGS.

EVELYN RETURNS
THE LIGHTER TO
THE DESK AND
LOOKS AT THE NOTE.
IT IS OBVIOUS THAT
SHE IS NOW IN TWO
MINDS ABOUT THE
NOTE, UNDECIDED
WHETHER TO DESTROY
IT OR NOT.

THE BELL RINGS.

SOMEWHAT AGITATED,
EVELYN TURNS
TOWARDS THE DOOR.

THE BELL RINGS AGAIN,
A TENSE REMINDER
THAT SHE HAS TO MAKE
A DECISION. SUDDENLY
SHE MAKES UP HER
MIND AND, PUTTING
THE NOTE DOWN ON THE
TYPEWRITER, GOES OUT
INTO THE HALL)

(EVELYN CROSSES TOWARDS
THE FRONT DOOR, THEN
STOPS.  SHE STANDS FOR
A SECOND OR TWO;  TAKING
A DEEP BREATH, GETTING
CONTROL OF HERSELF.
(SHE IS IN FACT PREPARING
HERSELF FOR A "PERFORMANCE",
FOR PUTTING ON THE ACT OF
THE DEEPLY DISTRESSED
WIFE)

Ext. Drive and Front Door of
Gameswood House. Night.

A Police Car is on the drive
and MARTIN and KENNEDY are
standing at the front door.
MARTIN'S HAND is on the bell.

The door is thrown open by
EVELYN.  She now looks tense,
frightened, desperately
near to tears.

MARTIN:  Good evening, Mrs. Walker.
Is your husband here, by any ...
What is it?  What's happened?

EVELYN:  My husband's dead.  He's --
he's committed suicide ...

As EVELYN sways KENNEDY
rushes forward and takes
hold of her.  MARTIN goes
quickly into the house.

END TELECINE 1.

3. INT. THE STUDY, GAMESWOOD HOUSE. NIGHT.

(MARTIN STANDS NEAR
THE DESK, HOLDING
THE SUICIDE NOTE IN
HIS HAND.

KENNEDY COMES IN
FROM THE HALL)

MARTIN: (LOOKING UP)  How is she?

KENNEDY:  Not too bad, considering.
It must have been a hell of a shock,
finding him like this. (LOOKING AT THE
BODY)  How long do you think he's been
dead?

MARTIN: Not long, I should say.
But that's only a guess. We'll see
what the doctor says.

KENNEDY: Apparently she didn't even
know he was in the house.

   (MARTIN LOOKS AT
   HIM)

She suddenly saw his cigarette case
on the table in the lounge and went to
look for him.

MARTIN: I see. Right, Harry. Get
the station to lay things on. Oh,
and ask them to call "The Grapevine"
and tell Andy Mason what's happened,
I expect he'll want to be with his
sister.

KENNEDY: Right.

   (HE GOES.

   MARTIN LOOKS AT
   THE NOTE AGAIN,
   THEN TAKING AN
   ENVELOPE OUT OF
   HIS POCKET, PUTS
   THE NOTE INSIDE
   IT, AND GOES OUT
   INTO THE HALL)

4. INT. THE DRAWING ROOM OF GAMESWOOD HOUSE.
   NIGHT.

   (MARTIN ENTERS THE
   ROOM.

   EVELYN IS SITTING
   ON THE SETTEE, HER
   FACE BURIED IN
   HER HANDS.

   MARTIN LOOKS AT
   HER FOR A MOMENT
   AS IF NOT QUITE
   KNOWING WHAT TO
   SAY OR DO IN THE
   SITUATION. HE
   STARTS TO SPEAK,
   CHANGES HIS MIND,
   AND GOES TOWARDS THE
   DRINKS CABINET. AS
   HE POURS A DRINK
   EVELYN LOOKS UP)

Die ersten paar Seiten aus dem Originaldrehbuch zur zweiten Folge

# The Passenger
# (Die Spur mit dem Lippenstift)
Dreiteiliger Kriminalfilm, Großbritannien 1971
Dauer: 3 x ca. 45 Minuten

Erstsendung BBC1
Teil 1: Samstag, 23.10.1971, 20.55 Uhr
Teil 2: Samstag, 30.10.1971, 20.55 Uhr
Teil 3: Samstag, 06.11.1971, 20.55 Uhr

Deutsche Erstsendung ARD/WDR Regional
Teil 1: Dienstag, 06.09.1983, 19.00 Uhr
Teil 2: Mittwoch, 07.09.1983, 19.00 Uhr
Teil 3: Donnerstag, 08.09.1983, 19.00 Uhr

Det. Insp. Martin Denson ................ Peter Barkworth
Sue Denson ...................................... Joanna Dunham
David Walker ................................... David Knight
Arthur Eastwood ............................. Arthur Pentelow
Evelyn Walker ................................ Melissa Stribling
Jack Steen ...................................... Roger Booth
Det. Sgt. Harry Kennedy ........................... Paul Grist
Judy Clayton ................................... Beth Morris
Roy Norton ...................................... James Kerry
George ............................................ Hugh Murray
Mr. Houghton ......................................... Jim Collier
Andy Mason ................................... Michael McStay
Christine Bodley ..................................... Mona Bruce
Polizist Tomkins ................................. Paul Hastings
Ruth Jensen ...................................... Jane Blackburn
Tom Reams ..................................... Anthony Garner
Colonel Reams ..................................... Derek Bond
Det. Const. Bellinger ............................... Ric Felgate
Gordon Pike ............................................ Alan Huntz
Olive ............................................... Christine Shaw
Wally ................................................... Billy Franks
Grayson ............................................ Dennis Cleary
Kellnerin .............................................. Sally Avery
Polizist .............................................. Patrick Durkin
Traktorfahrer ...................................... Derek Chafer
Mechaniker .......................................... Terry Walsh

Drehbuch ....................................... Francis Durbridge
Titelmusik »Dark Theme« von .... The Pretty Things
Filmkamera ..................................... A. A. Englander
Licht ........................................................... John Green
Schnitt ............................................... Anna Jackson
Szenenbild ........................................ Peter Kindred
Produzent ......................................... Gerard Glaister
Regie ............................................ Michael Ferguson
Eine Produktion der .......................................... BBC

Deutsche Synchronfassung:

| Rolle | SchauspielerIn | SprecherIn |
|-------|----------------|------------|
| Martin Denson | Peter Barkworth | Friedhelm Ptok |
| Sue Denson | Joanna Dunham | Alexandra Lange |
| David Walker | David Knight | Lothar Blumhagen |
| Arthur Eastwood | Arthur Pentelow | Heinz Petruo |
| Evelyn Walker | Melissa Stribling | Ursula Heyer |
| Harry Kennedy | Paul Grist | Uwe Paulsen |
| Roy Norton | James Kerry | Volker Brandt |
| Judy Clayton | Beth Morris | Katja Nottke |
| Andy Mason | Michael McStay | Christian Rode |
| Ruth Jensen | Jane Blackburn | Eva Maria Miener |
| Colonel Reams | Derek Bond | Jochen Schröder |

Sprecher der Zusammenfassungen ............. Edgar Ott
Dialogbuch ...................................... Ursula Buschow
Dialogregie ............................................. Edgar Ott
Redaktion WWF ................................... Lisa Scheu

Synchronstudio .............. DS Deutsche Synchron KG
Karlheinz Brunnemann
im Auftrag des ....... Westdeutschen Werbefernsehens

# La passagère

Neunzehnteilige Kriminalserie, Frankreich 1974
Dauer: 19 x ca. 11–13 Minuten

Erstsendung O.R.T.F.

| | | | |
|---|---|---|---|
| Teil 1: | 06.12.1974 | Teil 11: | 24.12.1974 |
| Teil 2: | 06.12.1964 | Teil 12: | 25.12.1974 |
| Teil 3: | 07.12.1974 | Teil 13: | 26.12.1974 |
| Teil 4: | 07.12.1974 | Teil 14: | 28.12.1974 |
| Teil 5: | 13.12.1974 | Teil 15: | 29.12.1274 |
| Teil 6: | 13.12.1974 | Teil 16: | 30.12.1974 |
| Teil 7: | 14.12.1974 | Teil 17: | 31.12.1974 |
| Teil 8: | 14.12.1974 | Teil 18: | 01.01.1975 |
| Teil 9: | 20.12.1974 | Teil 19: | 02.01.1975 |
| Teil 10: | 21.12.1974 | | |

Commissaire Clément ...................... Alain Mottet
Inspecteur Vauquelin ................. William Sabatier
Simone Clément ...................... Monique Lejeune
Lucien Maréchal ........…......……. Gabriel Cattand
Michel Caron ...........................…..... Denis Manuel
Catherine Caron ........................ Nicole Maurey
Jean-Paul Garnier ....................…... Sadi Rebbot
Patrick Larivière ..................... Georges Poujouly
Martine Thollon .............................. Anne Aor
Yvonne David ....................... Muse D'Albray
Devilliers ...............................…..... Pierre Negre
Rosy .................................... Martine Chopy
Guy Weber .......................... Marcel Charvey
Evelyne Royer ............................. Nicole Evans
Fabien ...............................…... Georges Depuis
Hamelin ...................................…..... Jean Franval
Salvat ...................................….... Pierre Saintons
Frédo Mounier ..........................…... René Morard
Gendarmerie-Brigadier ................. Norbert Dorsay
Francis Devillers ........................... Alain Duverger
ein Gast ............................…... Alain Miranda
Simonet .............................. Florent Gaudin
Barkeeper ............................................…... Idriss
LKW-Fahrer ..........................…..... Michel Lejeune
Die zwei Bettler ........ Louis Jojot & Hubert Lassiat

Drehbuch ........................... Francis Durbridge
Bearbeitung .................................. Abder Ikser
Kampfszenen und Stunts ............. Claude Carliez
Titelmusik ................................. Eddie Warner
Musikgestaltung ...................... Betty Willemetz
Szenenbild .................................. Gilles Vaster
Szenenbild Studio ...... Pierre Gerber & Gerald Delos
Kostüme .......................... Daniel Droeghmans
Bildtechnik ............................. Jacques Dodu
Spezialeffekte ..................... Jean-Loup Tirmont
Kamera (Studio) .................. Philippe Dumolard,
Jacques Lebeon, Marcel Moulinard, Yves Senon
Tontechnik ............................. Daniel Durand
Bildschnitt ............................. Gérard Griselin
Kamera (Außen). Yvon Favreau, Dominique Scheffer
Ton (Außendreh) ...................... Michel Chamard
Kamera (Außendreh Alger) ...... Rachid Merabtine
Ton (Außendreh Alger) .......... Bekat Berkani Riad
Filmschnitt ................ Jean-Raymond Cuguillère
Ton ....................................... Louis Devaivre
Mischung ............................... Robert Hamart
Regieassistenz. Jules Chiasselotti & Jacques Stocanne
Skriptgirl ............................. Claire Blangille
Chefkameramann ......................... Marc Fossard
Produktionsleitung ................... Édouard Portalis
Produktion ................................... Jean le Coz
Regie ........................................ Abder Isker
eine Produktion des ........................... O.R.T.F.
Office de Radiodiffusion Télévision Française

## Inhalt

*Michel Caron und Lucien Maréchal betreiben in Chantilly eine Spielzeugwarenfabrik. Als Michel seine Frau Catherine beim Ehebruch ertappt, will er einigen Abstand nehmen. Auf einer Autofahrt nimmt er eine junge, hübsche Anhalterin mit, die nach einer Panne spurlos verschwindet. Wenige Tage später taucht im Büro von Caron Kommissar Clément auf, der ihm mitteilt, dass die junge Frau nur wenige Meter von der Stelle, an der er die Panne hatte, ermordet aufgefunden wurde. Gemeinsam mit seinem Assistenten Inspektor Vauquelin und mit der Hilfe seiner Frau, die Carons Sekretärin ist, nimmt der Kommissar die Spur des Killers auf ...*

Die neunzehnteilige Adaption *La passagère* hält sich recht original-getreu an Durbridges Drehbuch, lediglich einige unwichtige Details wurden – neben den Personen- und Ortsbezeichnungen – geändert. Allerdings wird bereits in der siebzehnten Episode (von insgesamt neunzehn) der Täter entlarvt, was aber auch an der Dramaturgie des Originalskripts liegt. Hier wird die Identität des Mörders auch recht früh preisgegeben. Die Flucht des Täters führt diesen nach Algerien, das Geburtsland des Regisseurs Abder Isker. Die finale Szene wurde auf dem Flughafen von Alger gedreht.

Eine deutsche Synchronfassung dieser Durbridge-Adaption gibt es nicht, auch wurde der Mehrteiler in Frankreich kein einziges Mal seit der Erstsendung wiederholt.

# Interview mit
# Regisseur Michael Ferguson
geführt im Dezember 2015 von Georg Pagitz

Michael Ferguson (14.06.1937–04.10.2021) war einer der beschäftigtsten britischen Drehbuchautoren, Fernsehproduzenten und -regisseure. Er inszenierte Folgen der Kultserien *Doctor Who, Z Cars, The Bill* und *Paul Temple.* Im Dezember 2015 war er so nett, für ein exklusives Interview anlässlich der DVD-Veröffentlichung von *Die Spur mit dem Lippenstift* (*The Passenger*) zur Verfügung zu stehen. Bei dieser Produktion aus dem Jahre 1971 hatte Ferguson Regie geführt.

Vorab bemerkte er, dass es tröstlich sei, dass es auch fast fünfzig Jahre nach der Inszenierung immer noch Interesse dafür gäbe. Er bedauerte jedoch zugleich, dass er nach all der Zeit nur mehr vage Erinnerungen habe. Dennoch ist das Interview voller interessanter Informationen.

*Mr. Ferguson, in all den Jahren waren Sie Schauspieler, Fernsehproduzent und Regisseur. Sie waren beteiligt an den bekanntesten britischen TV-Serien wie »Doctor Who«, »The Bill«, »Z Cars« und »Eastenders«. Vielleicht könnten Sie uns anfangs einen kurzen Überblick über Ihre Karriere geben?*
In der Schule waren Schauspiel, Musik und Kunst die einzigen Gegenstände, für die ich mich begeistern konnte. Ich trat allen lokalen Laienschauspielgruppen bei und fand schnell heraus, dass der Regisseur den besten Job hatte. Ich machte weiter mit einer Ausbildung an der *London Academy of Dramatic Art* (Londoner Akademie der dramatischen Künste) und kam später als Produktionsassistent zur BBC. Nach einer Probezeit wurde mir ein Platz in der Ausbildung zum Regisseur zugeteilt.

Ich blieb zehn Jahre lang bei der BBC, dann ging ich für

sechzehn weitere zu ITV, dann wechselte ich zwischen beiden bis zum Ende des 20. Jahrhunderts hin und her.

Langsam lenkte ich meine Aufmerksamkeit weg von der Inszenierung von Fernsehspielen und wechselte dazu über, Filmschauspiel in einigen Schauspielschulen zu unterrichten. Ich arbeite jetzt häufig im *Actor's Theatre* in London und schreibe ein Buch über meine Methode, die Schauspielerdarbietungen für den Bildschirm vorzubereiten.

*Sie haben sowohl einzelne Fernsehspiele inszeniert, als auch etliche Episoden zahlreicher Serien. Brauchen Sie einen unterschiedlichen Zugang zu diesen beiden Typen und drehen Sie lieber TV-Serien oder Einzelfilme?*

Als einer von mehreren in einem Team für eine fortlaufende Serie zu arbeiten, bringt Verantwortlichkeiten mit sich, die es bei einem Einzelfilm nicht gibt. Es ist wichtig, die Optik der Serie beizubehalten, die Art, wie gespielt wird, ihre Dynamik und die Darstellung der Hauptdarsteller. Ein einzelnes Fernsehspiel bietet die Möglichkeit für mehr Freiheit und Individualität, aber ich habe stets beide Genres gleich genossen.

*1970/71 haben Sie vier Episoden der englisch-deutschen Fernsehserie »Paul Temple« mit Francis Matthews und Ros Drinkwater in den Hauptrollen inszeniert, darunter den Zweiteiler »Mord in München«. Welche Erinnerungen haben Sie daran?*

Die *Paul-Temple*-Serie brachte mich auch nach Schottland und Frankreich, aber die Zeit, die wir in München verbracht haben, war aus vielen Gründen die unvergesslichste. Die Schauplätze waren wundervoll und spektakulär, die Behörden tüchtig und kooperativ, das deutsche und österreichische Team, bestehend aus Aufnahmestab und Darstellern, war superb, gelassen und professionell, vor allem Dieter Borsche und Maria Perschy. Insgesamt war die Arbeit an *Paul Temple*, in Sheperd's Bush [wo sich die Londoner BBC-Studios befinden, Anmerkung des Übersetzers] und in Europa ein Privileg und ein Vergnügen.

*Obwohl Francis Durbridge die Figur Paul Temple erfand, schrieb er die Paul-Temple-Fernsehserie nicht. Er war jedoch als eine Art Berater involviert. Hatten Sie selbst irgendwelchen Kontakt mit ihm in Bezug auf Ihre vier Episoden?*
Ich war in das Schreiben der Bücher für die *Paul-Temple*-Episoden nicht involviert, nehme jedoch an, dass Francis die fertigen Entwürfe gelesen und mit Kommentaren versehen hat.

*Wenn Sie sich an die Zeit zurückerinnern, in der Sie ein Kind und ein junger Mann waren, erinnern Sie sich daran, die Paul-Temple-Mehrteiler im Radio gehört oder die Francis-Durbridge-Mehrteiler im Fernsehen gesehen zu haben?*
Das Durbridge-Phänomen war auf seiner absoluten Höhe während meiner frühen Jahre bei der BBC und ich sah mir alle Mehrteiler an. Sie waren raffiniert, verständlich, fesselnd und voller Überraschungen – vor allem dann, wenn jemand, der in Teil 1 ermordet wurde, in Teil 3 durch eine Tür wieder hereinkam. Das ist jedenfalls die Art, wie ich mich daran erinnere.

*Kommen wir speziell zu »Die Spur mit dem Lippenstift«. Wie kamen Sie in diese Produktion?*
Ich hatte ein Jahr zuvor zwei Folgen von *Paul Temple* gedreht, deshalb vermute ich, dass eines zum anderen führte. Es kann von Vorteil gewesen sein, dass ich zuvor auch für Alan Bromly Inszenierungen machte, der viele der früheren Durbridge-Mehrteiler produziert hatte. Vielleicht legte er ein gutes Wort für mich ein. Jedenfalls beauftragte mich mein Abteilungschef mit beiden Projekten. (*Paul Temple* und *Die Spur mit dem Lippenstift*, A. d. Ü.)

*Als man Sie fragte, ob Sie das inszenieren wollten, war das für Sie nur eines von vielen Projekten in einer langen Reihe oder waren Sie besonders begeistert, einen Francis-Durbridge-Mehrteiler drehen zu dürfen?*
Ich hätte sicherlich nie etwas dagegen eingewandt, auch wenn das damals gängige Praxis gewesen wäre, aber ich habe es

nicht getan.

*War Durbridge sehr an der laufenden Produktion beteiligt?*
*Hatten Sie viel Kontakt mit ihm?*
Nein, er war nicht direkt in den Produktionsvorgang eingebunden. Ich habe Francis mehrere Male während der Vorbereitungen getroffen und fand ihn reizend und zuvorkommend.
Ich erinnere mich, dass er fort war, wahrscheinlich irgendwo
im Ausland, während wir die Außenaufnahmen und die In-
nendrehs filmten.

*Können Sie uns etwas über die Drehorte in »Die Spur mit*
*dem Lippenstift« verraten? Wo und wann wurde das gedreht*
*und wie lange dauerte die gesamte Produktion?*
Leider kann ich mich nicht mehr erinnern, wo wir die Außenaufnahmen gemacht haben. Ich schätze irgendwo in Surrey
und wir brauchten etwa sechs oder sieben Tage dafür.

*Wurde es chronologisch im Studio mit mehreren Kameras*
*gedreht und das Außendrehfilmmaterial wurde eingespielt, so*
*wie das oft der Fall war in jener Zeit?*
Ja, wir arbeiteten nach dem üblichen Format mit Vorabau-
ßendrehs auf Film und Videoaufzeichnung des Rests in einem
Fernsehstudio.

*»Die Spur mit dem Lippenstift« hatte eine sehr gute Beset-*
*zung. Stammt diese von Ihnen oder wie kam es dazu?*
Zu jener Zeit hatte die BBC keine Besetzungsabteilung. Re-
gisseure verließen sich auf ihre eigene Erfahrung, ihr Wissen,
ihre Gespräche mit anderen Regisseuren und auf das *Spot-*
*light*-Besetzungsverzeichnis. Ich hatte bereits mit mindestens
sechs Leuten aus der *Lippenstift*-Besetzung gearbeitet und
war vertraut mit den Arbeiten der meisten anderen Darsteller.
Besetzungsvorschläge wurden damals – und ich nehme an,
werden heute auch noch – dem Produzenten gemacht, der
dann zustimmt.

*Was Francis Durbridges Radioserien betrifft, so hielt der*

*Produzent und Regisseur Martyn C. Webster die Identität des Mörders immer vor den Darstellerinnen und Darstellern geheim, bis diese die allerletzte Folge probten. Gab es so etwas Ähnliches auch bei »Die Spur mit dem Lippenstift«? Gab es viel Geheimhaltung um das Ende?*

Die lineare, chronologische Produktion eines Hörspiels macht die Geheimhaltung des Endes vor allen Beteiligten einfach, während das bruchstückhafte Filmen es sehr schwer macht. Ich kann mich nicht an irgendwelche Einschränkungen für die Darsteller erinnern, außer der generellen Klausel die, so glaube ich – aber ich bin mir bei weitem nicht sicher –, in jedem Vertrag stand, nichts über BBC-Angelegenheiten an Externe ohne Erlaubnis auszuplaudern.

*War die Eröffnungssequenz von »Die Spur mit dem Lippenstift« mit dem Vorspann und der Kamera unter dem Wagen Ihre Idee?*

Ja, das kann meiner Urheberschaft zugerechnet werden. Ich dachte, dass die Positionierung der Kamera am gefährlichsten Ort eines schnell fahrenden Wagens am besten mit der Vorstellung von »Mitfahren« und »Gefahr« zusammenpasst. Außerdem wurde auf diese Art ein großer schwarzer Fleck im Bild für den Titelvorspann geschaffen.

*Kann es sein, dass »Die Spur mit dem Lippenstift« ursprünglich als Sechsteiler geplant war? Ich frage deshalb, weil sich in der Mitte jeder der drei Episoden ein ganz klarer Durbridge-typischer Cliffhanger befindet.*

Ich habe keine Erinnerung daran, dass man das ursprünglich als Sechsteiler drehen wollte. Solche Diskussionen hätte man auch auf Produzentenebene geführt und geklärt, bevor der Regisseur zur Produktion hinzukam.

*Bekamen Sie viel Rückmeldung seitens des Publikums, als »Die Spur mit dem Lippenstift« ausgestrahlt wurde? Wenn ja, wie war die generelle Resonanz darauf?*

Ich kann mich leider auch nicht daran erinnern, wie die Produktion ankam, entsinne mich aber auch keiner enttäuschten oder missfallenden Beurteilung seitens meiner Familie, meiner Kollegen oder der Presse.

*Wenn Francis Durbridge heute noch leben würde, so würde er sehen, dass Fernsehspiele und Mehrteiler heute etwas gänzlich Anderes sind, als er zu schreiben pflegte. Trotzdem gibt es noch immer einen florierenden Markt für CDs und DVDs seiner Werke, die er über mehr als die Hälfte des 20. Jahrhunderts schrieb. Warum glauben Sie kann er sich immer noch so großer Beliebtheit erfreuen?*

Ich würde sagen, dass Francis Durbridge der erste Fernsehautor war, der – wie es Charles Dickens einst tat –, die außergewöhnlichen Möglichkeiten der wöchentlichen Serienforum und des Cliffhangers erkannte, die er in Geschichten des Whodunit-Krimigenres integrierte, die Autoren wie Dorothy L. Sayers, Agatha Christie oder P. D. James populär gemacht hatten.

*In Ihrer Karriere müssen Sie mit vielen Autoren zusammengearbeitet haben. Haben Sie eine Vorstellung davon, an welcher Stelle Francis Durbridge auf einer Ehrentafel stehen würde?*

Fernsehserien haben Francis Durbridge wirklich viel zu verdanken. Er zeichnete den Weg vor und legte den Grundstein für abendfüllende Krimiserien. Morse, Frost, Lewis, Marple und Poirot wurde dadurch der Weg geebnet. Deshalb muss man seinen Namen ganz weit oben, wenn nicht an erster Stelle, auf dieser Ehrentafel ansiedeln.

# Die Durbridge-Edition
## – Williams & Whiting –

Bei Williams & Whiting sind bisher elf Bände von Francis Durbridge erschienen. Sämtliche Bücher enthalten eine umfassende Einleitung und ein Nachwort mit vielen Hintergrundinformationen zu Francis Durbridge, den jeweiligen Geschichten und den Produktionsumständen der Verfilmungen bzw. Vertonungen.

Band 1          FRANCIS DURBRIDGE
## Stichtag für Harry
### Paul Temple und der vorausgesagte Mord
Vorwort, Nachwort und Übersetzung: Dr. Georg Pagitz

Ein junger Mann namens Peter Gibson sucht Superintendent Max Christian in Scotland Yard auf. Er berichtet, dass er in einem Café in Hampstead arbeitet und ungewollt bei der Arbeit zwei Frauen belauscht hat. Diese sagten, dass ein gewisser Harry Sherwood den Sechzehnten des kommenden Monats nicht überleben würde. Christian geht der Sache nach, muss aber feststellen, dass nichts von dem, was Gibson erzählt hatte, stimmt. Es gibt weder das Café, noch einen Mann dieses Namens. Am Sechzehnten des darauffolgenden Monats wird jedoch in einem Wohnwagen eine Leiche gefunden. Der Täter hat sein Opfer erstochen. Als Superintendent Christian den Toten sieht, glaubt er seinen Augen nicht: Es handelt sich dabei um den angeblichen Peter Gibson, der in Wirklichkeit Harry Sherwood hieß ...

Durbridge schrieb diese Geschichte als Fortsetzungsroman im Jahr 1960. Sie blieb jedoch unveröffentlicht und erscheint nun erstmals posthum.

Der Autor versuchte die Story auch als Filmtreatment deutschen Produzenten anzubieten und schrieb sie später zur Episode für eine *Paul-Temple*-TV-Folge um. Dieses Szenarium ist in dem Buch als *Paul Temple und der vorausgesagte Mord* enthalten, den Abschluss bildet eine Abhandlung über Durbridge und die Temple-TV-Serie.

Band 2          FRANCIS DURBRIDGE
## Schritt ins Dunkel
### Drehbuch für einen deutschen Spielfilm
Vorwort, Nachwort und Übersetzung: Dr. Georg Pagitz

In Soho geht ein gefährlicher Mörder um, der Barmädchen mit einem Messer tötet. Scotland Yard steht vor einem Rätsel. Zur gleichen Zeit befindet sich der wohlhabende Immobilienmakler Mike Hilton in einer existentiellen Krise: Nach dem Tod seiner Tochter und schwierigen Phasen in seiner Ehe verlässt ihn seine Ehefrau Ruth. Nach einer Reifenpanne nahe eines berüchtigten Pubs in Soho lernt er die attraktive Selby Brooks kennen und verliebt sich in sie. Als er die junge Dame wenig später auf einem Hausboot besuchen will, findet er ihre Leiche. Mike Hilton gerät unter Mordverdacht. Zur Tatzeit half er einem kleinen Jungen dabei, dessen Papierdrachen aus einem Baum zu befreien. Doch dieses Alibi ist nichts wert, denn der Junge scheint spurlos verschwunden zu sein und gar nicht zu existieren. Gleichzeitig erfährt Mike von Scotland Yard, dass nichts von dem, was Selby ihm erzählt hatte, stimmte. Kann er sich aus dem Teufelskreis, in dem er sich befindet, befreien und den wahren Täter finden?

Die Hintergrundgeschichte zu diesem verschollenen Drehbuch ist ebenso spannend wie die Kriminalgeschichte selbst. Francis Durbridge verfasste das Skript 1961 und verkaufte es 1962 an einen deutschen Filmproduzenten. Letztlich wurde daraus der Spielfilm *Piccadilly null Uhr zwölf*, der bis auf vier Namen nichts mehr mit der Originalstory zu tun hatte.

Im Vor- und Nachwort werden die Hintergründe analysiert und dank erst kürzlich aufgefundener Originalkorrespondenz von Francis Durbridge auch die Umstände und Gründe der Änderungen rekonstruiert.

Band 3        FRANCIS DURBRIDGE

# Paul Temple muss her!
## Ein Kriminalstück

Vorwort, Nachwort und Übersetzung: Dr. Georg Pagitz

Scotland Yard steht vor einem Rätsel. Eine gefährliche Verbrecherbande verunsichert London durch Kindesentführungen, Lösegelderpressungen und andererseits durch spektakuläre Juwelenraube. Die Ganoven operieren unter dem Namen »Die Schlagzeilenmänner«. Dies ist gleichzeitig der Titel des Romans einer unbekannten Autorin, deren Identität niemand kennt. Nachdem Sir Graham und seine Ermittler nicht weiter kommen, fordern die Zeitungen nach Unterstützung und titeln: »Paul Temple muss her!« Der erfolgreiche Kriminalschriftsteller und Privatermittler schaltet sich daraufhin ein und weiß bald, dass der große Hintermann ein Superverbrecher namens Max Lorraine ist. Aber wer der Verdächtigen versteckt sich hinter diesem Namen? Wer ist der gefährliche Schlagzeilenmann Nummer 1?

Dieses im Jahr 1943 in Birmingham uraufgeführte Theaterstück wurde seither nie mehr gespielt. Der Autor zeigt darin sein ganzes Können und liefert Drehungen, Wendungen und atemberaubende Cliffhanger im Minutentakt. Vier Personen sterben auf der Bühne, ebenso viele Leichen gibt es aus Erzählungen. Die *Birmingham Post* schrieb damals zur Uraufführung: »Leichen fallen aus Aufzügen, Schreie hallen durch die Nacht, aus einem unverdächtig aussehenden Grammophon kommen Schüsse und Blausäure findet ihren Weg in harmlose Whiskyfläschchen. Eigentlich haben wir A oder B als Täter verdächtigt, aber dann war es plötzlich X.«

Bei dem Stück handelt es sich um eine geschickte Mischung aus Paul Temples ersten beiden Hörspielabenteuern.

260

Band 4        FRANCIS DURBRIDGE
# Schöne Grüße von Mister Brix
Kriminalroman
Vorwort und Nachwort: Dr. Georg Pagitz

Geheimnisvolle und höchst mysteriöse Umstände haben den Ex-Inspektor Richard Grant und seine Frau Margret dazu veranlasst, vorübergehend wieder in den Dienst von Scotland Yard zu treten. In einem Fischerdorf namens Shorecombe war zuvor die Leiche einer gewissen Barbara Willis, Tochter eines feinen Londoner Hauses, aus dem Meer gezogen worden. Kurz darauf bekam ihr Verlobter Robert Brown eine Dia-mantenbrosche zugeschickt. Darauf stand: »Schöne Grüße von Mister Brix«. Wenig später finden die Grants in ihrer Garage eine weitere Leiche. Peggy Gillow, die in dem Fall undercover ermittelte, wurde erdrosselt. Auch ihr Vater bekam eine mysteriöse Karte von Mister Brix mit der gleichen sarkastischen Botschaft. Steckt hinter diesem Pseudonym jener gefährliche Ariman, dessen Fall Grant einst bearbeitete? Und wenn ja, wer von den zahllosen Verdächtigen ist dieser unheimliche Verbrecher?

Durbridge schrieb diesen Kriminalroman 1962 für den deutschen Markt. Er basiert auf dem legendären Hörspiel *Paul Temple und die Affäre Gregory* und erzählt dieses sehr werkgetreu nach, allerdings wurden die Charaktere umbenannt. Wer schon immer wissen wollte, worum es in diesem Fall geht und ihn in voller Länge erleben wollte, kann dies nun endlich tun.

Band 5        FRANCIS DURBRIDGE
# Die gelbe Windmühle
Kriminalroman
Vorwort und Nachwort: Dr. Georg Pagitz

Susan Kelford, die vierjährige Tochter des reichen Sir Cedric Kelford, dem Präsidenten der Londoner Central Bank, wird entführt. Das Mädchen war gerade in einem Londoner Park, als eine kleine gelbe Spielzeugwindmühle ihre Aufmerksamkeit erregte und sie in die Hand ihres Entführers lockte. Dieser zerrte das Kind in seinen Wagen und suchte daraufhin rasch mit seinem Komplizen das Weite. Man fordert 10.000 Pfund Lösegeld von dem Multimillionär Kelford. Inspektor Houston von Scotland Yard macht drei Tage später eine grausige Entdeckung: Sein Sohn Dennis, der in Sir Cedrics Bank arbeitet, sitzt erschossen vor dem Fernsehgerät. In den Bildschirm ist eine gelbe Windmühle eingeritzt. Nobbler Williams, ein wichtiger Zeuge in dem Entführungsfall, wird am selben Abend von einem Auto überfahren. Der Besitzer des Wagens ist ein italienischer Arzt namens Dr. Spedro. Als Inspektor Houston und seine Tochter Rona, eine junge Schauspielerin, zu ihm fahren wollen, wird gerade eine Leichenbahre aus dessen Haus getragen. Es ist ein äußerst schwieriger und komplexer Kriminalfall, den der persönlich involvierte Kriminalinspektor Houston da zu klären hat ...

Die gelbe Windmühle erschien 1954 als Fortsetzungsroman in England. Im Jahr 1965 verfasste Francis Durbridge eine eigene Fassung für den deutschen Markt, die hier erstmals als Buch vorliegt.

Band 6          FRANCIS DURBRIDGE

## Mitten ins Herz
### Der Mann, der das Quiz gewann
### Paul Temple und die flüchtige Miss Helvin
Vorwort und Nachwort: Dr. Georg Pagitz

Gary Mason, der berühmteste und beliebteste Schauspieler Englands, wird auf dem Gelände eines Londoner Filmstudios erschossen. Wer ist der Täter? Und hatte er tatsächlich Mason als Ziel auserkoren oder war dieser Mord ein Versehen und er galt eigentlich der überaus attraktiven schwedischen Nachwuchsschauspielerin Karin Lund? Diese legt ein seltsames Verhalten an den Tag, vor allem als sie zwei Tage später dem Journalisten Michael Collins begegnet, der Augenzeuge der Tat wurde und sich danach um die junge Frau gekümmert hatte. Diesmal ignoriert Karin den Reporter und ist in Begleitung eines mysteriösen Fremden. Als Journalist Collins in der darauffolgenden Nacht von einem weiteren Mord berichten soll, ist er schockiert, als er in der Leiche Karin Lund wieder erkennt. Sie wurde erstochen ...

*Mitten ins Herz* wurde 1955 als *The Man Who Beat the Panel* in Großbritannien als Fortsetzungsroman veröffentlicht. Durbridge überarbeitete diese Fassung für den deutschen Markt im Jahr 1962, erweiterte und verbesserte sie um viele Handlungsstränge und machte aus einem Nichtwhodunit einen Whodunit. Später entwickelte er daraus auch ein Skript für die *Paul-Temple*-Fernsehserie namens *The Elusive Miss Helvin*, das aber nie Verwendung fand. In dieser Ausgabe sind neben der deutschen Romanfassung auch erstmals die Übersetzungen der britischen Fortsetzungsgeschichte und des Szenariums enthalten. Titel: *Der Mann, der das Quiz gewann* und *Paul Temple und die vorsichtige Miss Helvin*, beide übersetzt von Dr. Georg Pagitz.

Band 7          FRANCIS DURBRIDGE

## Sie wussten zu viel
### Das Gesicht der Carol West
Vorwort und Nachwort: Dr. Georg Pagitz

Victor Merton, der Geschäftsführer der Absteige *High Dive* in Belhampton, zieht beim morgendlichen Schwimmsport die Leiche eines jungen Mädchens aus dem Hotelpool. Julia Nagy, eine aus Ungarn stammende Angestellte und Mister Cooper, ein Privatgelehrter, werden Augenzeugen des

262

Vorgangs. Ein Notizbuch der Toten führt zu einer gewissen Carol West. Außerdem findet sich darin die Telefonnummer von Scotland-Yard-Superintendent Christian Stiller, der die Tote allerdings nicht kannte. Stiller übernimmt die Ermittlungen. Immer wieder wird er in deren Verlauf von einem Anrufer mit sanfter Stimme gewarnt. Wenig später wird auf den Superintendent ein Überfall verübt, kurz darauf ein Anschlag in Scotland Yard. Was weiß das mysteriöse Ehepaar Beckworth? Und welche Rolle spielt der konservative Privatgelehrte Robin Long? Alle Spuren führen erneut in die zwielichtige Absteige *High Dive ...*

Francis Durbridge hatte diesen Roman 1959 als Fortsetzungsroman für die Zeitschrift *News of the World* geschrieben. 1963 überarbeitete er diesen für den deutschen Markt unter dem Titel *Sie wussten zu viel*, führte viele neue Handlungsstränge und Figuren ein und baute die Geschichte erheblich aus. Dieses Ausgabe enthält erstmals beide Fassungen, die deutsche erweiterte Version und die davon erheblich abweichende Originalfassung, die von Dr. Georg Pagitz erstmals unter dem Titel *Das Gesicht der Carol West* ins Deutsche übertragen wurde. In einem Vor- und Nachwort des Übersetzers wird auf die Hintergründe eingegangen sowie auf Durbridges meisterliche Fähigkeiten, alte Stoffe wiederzuverwerten.

Band 8          FRANCIS DURBRIDGE

# Paul Temple und der Fall Valentine
## Skript für ein achtteiliges Hörspiel

Vorwort, Nachwort, Übersetzung: Dr. Georg Pagitz

London, 1946: Seit einigen Wochen wird das Westend von einer geheimnisvollen Selbstmordserie junger Frauen erschüttert. Scotland Yard ist ratlos und kann nur herausfinden, dass es wohl um Drogen und einen geheimnisvollen Hintermann namens »Valentine« geht. Für Sir Graham Forbes ist eines klar: Das ist ein Fall für Paul Temple! Der bekannte Detektiv und Schriftsteller ist zunächst jedoch gar nicht daran interessiert. Erst als eine junge Frau spurlos aus seinem Wagen verschwindet, lässt er sich doch überreden. Dann geht alles blitzschnell: Auf die Temples wird im eigenen Schlafzimmer ein Mordanschlag verübt, eine geheimnisvolle Botschaft führt Paul und Steve zu einem mysteriösen Kapitän in eine Kneipe am Fluss und schließlich findet sich eine deutliche Warnung von Valentine bei einer Leiche in einer Zahnarztpraxis. Es gibt zahllose Verdächtige und undurchsichtige Gestalten und der gefährliche Unbekannte schlägt immer wieder zu.

Dieses Buch beinhaltet das vom englischen Originalmanuskript übersetzte Temple-Abenteuer, das 2021/22 Grundlage für die neue Pidax-Hörspielproduktion Paul Temple und der Fall Valentine war. In einem Vor- und Nachwort des Übersetzers werden interessante Hintergrundinfos geliefert. Außerdem wird auf die unterschiedlichen Versionen, die im Laufe der Jahre von diesem Stoff entstanden sind, eingegangen.

# Zwei Fälle für Paul Temple: McRoy/Westfield
## Zwei einteilige Hörspiele
Vorwort, Nachwort, Übersetzung: Dr. Georg Pagitz

Der Fall McRoy: Paul Temple und Steve haben ein paar erholsame Tage in Italien verbracht. Sie befinden sich gerade auf der Weiterreise in die Schweiz, als sie auf dem Mailänder Bahnhof zufällig den Ex-Ermittler Harry McRoy treffen. Gemeinsam tritt man die Weiterfahrt an. Im Zug erzählt Harry von einem rätselhaften Auftrag und bittet Paul, einen Koffer mit geheimnisvollem Inhalt an Sir Graham Forbes zu über-bringen, wenn ihm etwas zustoßen sollte. Ehe man Basel er-reicht, überschlagen sich die Ereignisse und es gibt Tote. Im weiteren Verlauf spielen eine geheimnisvol-le Brosche und Aufnahmen eines Boots namens »Corina« eine wichtige Rolle. Ein brenzliger Fall für Paul Temple ...

Der Fall Westfield: Vor Jahren wurde aus dem Hause des Herzogs von Westfield Schmuck im Werte einer Dreiviertelmillion Pfund gestohlen. Es gab keine Spuren und Scotland Yard legte den Fall damals auf Eis. Paul Temple interessiert sich für die Sache, zumal es bald auch eine neue Spur zu ge-ben scheint. Diese ergibt sich aus einem mysteriösen Leichen-fund in einem Londoner Hotel. Bei dem Toten handelt es sich um einen Franzosen, der mit gestohlenen Steinen handelte. Bei seinen Sachen werden ein Fahr-schein für eine Fähre und ein Rezept eines gewissen Dr. Schumann gefun-den. Temple geht der Sache nach. Die Ermittlungen führen ihn schließlich nach Cornwall, wo es bald eine weitere Leiche gibt...

Dieses Buch enthält die beiden Originalmanuskripte zu den 2021/22 neu produzierten Temple-Hörspielen von Pidax und HNYWOOD. In einem umfangreichen Vorwort werden die Hintergründe beleuchtet, zudem enthält dieser Band vollständige Stab- und Besetzungslisten sämtlicher Adaptionen und einige exemplarische Beispiele, wie im Fall McRoy dramaturgische Anpassungen vorgenommen wurden.

# Paul Temple und der Fall Dr. Belasco
## Skript für ein achtteiliges Hörspiel
Vorwort, Nachwort, Übersetzung: Dr. Georg Pagitz

Als Paul und Steve nach einem Tanzabend anlässlich Steves Geburtstag nach Hause kommen, werden sie schon von Sir Graham erwartet. Dieser hat Philip Kaufman von der Kopenhagener Polizei mitgebracht. Sie erklären, dass der berüchtigte Dr. Belasco seine Aktivitäten vom Kontinent nach England verlegt hat. Niemand kennt das Gesicht dieses gefährlichen Man-nes, der das Verbrechen organisiert und für Schutzgelerpressungen aber auch Mord verantwortlich ist. Sir Graham und Kaufman bitten Temple um Hilfe. Bald schon soll der Kanadier Ross Morgan in England ankommen. Er ist ein Handlanger Dr. Belascos. Temple soll ihn im Auge behalten, doch dann gibt es einen unerwarteten Zwischenfall: Bei der Zugfahrt nach London kommt es zu einem Unfall und Morgan stirbt. Der Kanadier kann Temple jedoch noch einen wichtigen Hinweis geben. Bei seinen Sachen findet Temple ein Feuerzeug. Dieses ähnelt jenem, das Steve an ihrem Geburtstag irrtümlich von einem Mr. Nelson eingesteckt hat ...

Francis Durbridge verfasste *Paul Temple and Steve*, so der Originaltitel dieses in der Chronologie gesehenen achten Falls, im Jahr 1947. Dieser band enthält ein informatives Vorwort, einen Artikel über die Paul-Temple-Comic-Serie und Francis Durbridges für die Radio Times geschriebene Einleitung zu dem Fall.

Band 11      FRANCIS DURBRIDGE
# Paul Temple und die Marquis-Morde
## Kriminalroman
Vorwort, Nachwort, Übersetzung: Dr. Georg Pagitz

In London sorgt ein skrupelloser Mörder, der sich »Der Marquis« nennt, für Angst und Schrecken. Ein halbes Dutzend Personen – lauter renommierte Damen und Herren – musste schon ins Gras beißen und kein Ende ist in Sicht. Scotland Yard in Form von Sir Graham Forbes ist ratlos. Doch diesmal ist es nicht der Chefkommissar, der Paul Temple um Hilfe bittet, sondern das Innenministerium. Ein anonymer Brief des Marquis an Temple sorgt schließlich dafür, dass sich der schreibende Detektiv in die Ermittlungen einschaltet. Er trifft eine Privatdetektivin, die dem großen Unbekannten auf der Spur ist. Doch auch sie wird wenig später tot aus der Themse gezogen. Alle Spuren führen zu einem Ägyptologen namens Sir Felix Reybourn. Ist er der Marquis? Und wenn nicht, wer von den zahlreichen Verdächtigen ist es dann? Temple und seine Frau Steve setzen sich zahllosen Gefahren aus, ehe Paul den gefährlichen Mörder endlich überführen kann ...

Dieser Krimi ist der letzte nicht übersetzte Paul-Temple-Roman und erscheint nun erstmals in deutscher Sprache – fast 80 Jahre nach seinem Entstehen! Ein packender, typischer Temple voller Cliffhanger, Drehungen und Wendungen, verdächtiger Figuren und natürlich mit der obligatorischen Cocktailparty. Das Buch enthält eine informative Einleitung und ein umfassendes Nachwort, in dem die multimediale Auswertung des Stoffs, der auf einem Durbridge-Hörspiel von 1942 beruht, beleuchtet wird. 1952 entstand auch eine Verfilmung mit John Bentley und Christopher Lee.

+++++++++++++++++++++++++++++++++++++++++ +++ +++++++++++++++

IN VORBEREITUNG – ERSTMALS AUF DEUTSCH ... BAND 13 & 14

+++++++++++++++++++++++++++++++++++++++++++++++++++++++++++

Band 13      FRANCIS DURBRIDGE
# Die Frau im Hintergrund
## Kriminalroman

Torcombe, an der Küste von Cornwall. Der ehemals als Kriminalreporter in der Fleetstreet tätige Roy Burton hat sich hierher zurückgezogen, um an einem Buch zu arbeiten. Gemeinsam mit Hund Angus lebt er in einer einfachen Hütte an der Küste. Eines Tages nähert er sich bei einem Spaziergang einer verlassenen Zinnmine und wird niedergeschlagen. Als er wenig später erwacht, erzählt ihm eine gewisse Karen Silvers, dass er sich in der Mine befinde. Sie leitet dort ein geheimes wissenschaftliches Projekt der Regierung. Es geht um den Bau einer Atomrakete, die so stark ist, dass sie ganz London oder New York zerstören könnte. Die Wissenschaftlerin erklärt, dass die Arbeiter in der Mine allerdings nichts davon wissen oder nur soviel als nötig. In der Umgebung scheint sich der gefährliche Kriminelle Fabian Delouris zu befinden, der schon einen Mitarbeiter entführt hat. Gemeinsam mit gefährlichen deutschen Ex-Nazis will er die Rakete stehlen und damit die Weltherrschaft erlangen. Karen und ihr Vorgesetzter, Chefinspektor Leyland, bitten Roy daraufhin um seine Mithilfe bei der Bekämpfung der Organisation. Bald darauf werden auf Roy mehrere Mordversuche verübt und die Ehefrau und Tochter eines Pubbesitzers verschwinden spurlos. Alles deutet daraufhin, dass die kriminelle Organisation ihr Hauptquartier in einer verlassenen Abtei aufgebaut hat, zu der mehrere unterirdische Tunnel führen …

*Die Frau im Hintergrund* stellt unter mehreren Gesichtspunkten eine Besonderheit dar. So ist es der einzige Kriminalroman von Francis Durbridge, der nicht nach dem Whodunit-Muster gestrickt und in dem der Täter von Anfang an bekannt ist. Eine spannende Abenteuergeschichte, in der die beiden Protagonisten gegen eine gefährliche, aus brutalen Nazis bestehende Organisation kämpfen, die die Weltherrschaft mit einer Atomrakete erzwingen will. Obwohl James Band 1950 noch nicht existierte, klingt diese Story eher nach 007 als nach Durbridge. Weltherrschaftsphantasien bewegten damals die Welt. Eine für den Autor untypische, aber spannende Geschichte mit interessanten Wendungen.

Band 14      FRANCIS DURBRIDGE
# Vorsicht vor Johnny Washington!
## Kriminalroman

Eine kriminelle Bande lässt an den Tatorten Visitenkarten mit dem Aufdruck »Es grüßt herzlich Johnny Washington« zurück. Washington, ein reicher Amerikaner, ist jedoch unschuldig und versucht bald, den geheimnisvollen Hintermann zu finden, der sich selbst ›Der graue Elch‹ nennt.